中国文学研究叢刊 3

劉孝綽詩索引

森野繁夫 校閲　　佐藤利行　編
　　　　　　　　　佐伯雅宣

白帝社

本索引は、平成12年度　科学研究費(基盤研究C)「六朝詩語の研究」による成果の一部である。

「中国文学研究叢刊」発刊の辞

　このたび中国中世文学会から「中国文学研究叢刊」が刊行されることになった。中国中世文学会には既に昭和三十六年創刊の『中国中世文学研究』があり、また中国文学研究室には平成十年に創刊した『中国文学研究論集』もあるが、それらには索引や訳注など大部の研究成果は載せることができない。そこで基礎的にして大部の研究成果を発表する場として「中国文学研究叢刊」を刊行しようということになったわけである。

　ところで「中国文学研究叢刊」は此のたびが初めてのことではない。すでに昭和十年代には「漢文学双書」として『楚辞索引』『全唐詩作者索引』等が出され、次いで昭和二十・三十年代、斯波六郎先生、小尾郊一先生の時期に、中文研究室から第一期の「中文研究叢刊」として『文選索引』（のちに「唐代研究のしおり」）『世説新語索引』などが刊行されている。その刊行の目的は、おそらく此のたびと同じであったにちがいない。そこには今もなお中国文学研究に欠くことのできない基礎的業績が収められている。

　このたびの第二期「中国文学研究叢刊」には、六朝時代を中心とした作家・作品についての研究成果、すなわち詩文集の索引、大部の訳注などを収めることにしている。しかし六朝のものしか入れないというわけではなく、その前後の時代についてのものも此の叢刊に収めたい。要は中国文学の基礎的な研究成果で、それを土台として更に大きな成果を挙げることのできる業績を、ここに蓄積しておきたいと考えている。

　広島大学文学部に中国文学科が創設されて五十年が経過しようとしている。私たちは、斯波六郎先生をはじめ諸先生による重厚な業績を継承しつつ、更に新たな成果を加えていかなければならない。「中国文学研究叢刊」の発刊は、次の五十年間の始まりとして、まさに時宜を得た計画といえよう。若い人たちの今後の精進を心より願っている。

　　　　　　　　　　　　　　　　　　平成十一年九月十五日
　　　　　　　　　　　　　　　　中国中世文学会　会長　　森野繁夫

目　次

部首表

検字表　……　i〜xii

索　引　……　1〜61

校勘表　……　65〜76

『詩紀』影印　……　77〜116（三九頁〜七八頁）
　　　　　（附『廬山記』所引劉孝綽「東林寺」詩）
　　　　　（附『韻補』所引劉孝綽詩）
　　　　　（附『初學記』所引劉孝綽「三光篇」詩）

劉孝綽伝（『梁書』）　……　118〜154（一頁〜三七頁）

凡　例

1　この索引は、広島大学文学部所蔵『詩紀』を底本とした。但し、詩語研究に資するため、底本の文字の特異な点画は、概ね『康熙字典』体に改めた。しかし、パソコンを利用して作成したので、「ISO 10646」（いわゆるユニ・コード）の範囲内である。なお、『詩紀』に収めない作品を『廬山記』・『韻補』・『初学記』によって補っている。

2　文字の配列は、部首順による。

3　それぞれの文字群における語句の排列は、下記の方針に従った。

　a　一例のみで熟語を成さないものは、作品番号の順に並べる。

　b　一例のみの熟語及び二例以上でも熟語を成さないものは、最初に現れる例の箇所にまとめて、作品番号の順に並べる。この場合、aとbとは区別しない。

　c　当該文字が語頭につく熟語で二例以上見えるものを、見出しをつけて、第二字目の漢字の総画順に並べる。それぞれの熟語群における排列は、作品番号の順に依る。

　d　作品番号・句番号は、下のように表した。

　　「蓬山〇何峻　　15-2」は、巻末に付した『詩紀』の、詩題の上につけた作品番号「15」の第2句を示す。

4　『劉秘書集』（『漢魏六朝百三家集』所収）・『劉孝綽集』（『六朝詩集』所収）・『芸文類聚』・『初学記』・『文苑英華』・『玉台新詠』・『楽府詩集』などによって校勘表を付した。

部 首 表

【一画】

一部 …… i
丨部 …… i
丶部 …… i
丿部 …… i
乙部 …… i
亅部 …… i

【二画】

二部 …… i
亠部 …… i
人部 …… i
儿部 …… i
入部 …… i
八部 …… i
冂部 …… i
冖部 …… i
冫部 …… i
几部 …… i
凵部 …… i
刀部 …… ii
力部 …… ii
勹部 …… ii
匕部 …… ii
匚部 …… ii
匸部 …… ii
十部 …… ii
卜部 …… ii
厂部 …… ii
厶部 …… ii
又部 …… ii

【三画】

口部 …… ii
囗部 …… ii
土部 …… ii
士部 …… ii

夂部 …… ii
夕部 …… iii
大部 …… iii
女部 …… iii
子部 …… iii
宀部 …… iii
寸部 …… iii
小部 …… iii
尸部 …… iii
山部 …… iii
巛部 …… iii
工部 …… iii
己部 …… iii
巾部 …… iii
干部 …… iii
幺部 …… iii
广部 …… iii
廴部 …… iv
廾部 …… iv
弓部 …… iv
彡部 …… iv
彳部 …… iv

【四画】

心部 …… iv
戈部 …… iv
戶部 …… iv
手部 …… iv
支部 …… iv
文部 …… iv
斗部 …… v
斤部 …… v
方部 …… v
无部 …… v
日部 …… v
曰部 …… v
月部 …… v

木部 …… v
欠部 …… v
止部 …… v
歹部 …… v
殳部 …… vi
毋部 …… vi
比部 …… vi
毛部 …… vi
氏部 …… vi
气部 …… vi
水部 …… vi
火部 …… vi
爪部 …… vi
父部 …… vi
爿部 …… vi
片部 …… vi
牛部 …… vii
犬部 …… vii

【五画】

玄部 …… vii
玉部 …… vii
瓜部 …… vii
瓦部 …… vii
生部 …… vii
用部 …… vii
田部 …… vii
疋部 …… vii
疒部 …… vii
癶部 …… vii
白部 …… vii
皮部 …… vii
皿部 …… vii
目部 …… vii
矢部 …… vii
石部 …… vii
示部 …… vii

内部 …… vii
禾部 …… vii
穴部 …… vii
立部 …… vii

【六画】

竹部 …… viii
米部 …… viii
糸部 …… viii
缶部 …… viii
网部 …… viii
羊部 …… viii
羽部 …… viii
而部 …… viii
耒部 …… viii
耳部 …… viii
肉部 …… viii
臣部 …… viii
自部 …… viii
至部 …… ix
臼部 …… ix
舌部 …… ix
舛部 …… ix
舟部 …… ix
艮部 …… ix
色部 …… ix
艸部 …… ix
虍部 …… ix
虫部 …… ix
行部 …… ix
衣部 …… ix
西部 …… ix

【七画】

見部 …… ix
角部 …… ix
言部 …… ix

谷部 …… x	髟部 …… xii
豆部 …… x	鬥部 …… xii
豕部 …… x	鬼部 …… xii
豸部 …… x	
貝部 …… x	【十一画】
赤部 …… x	魚部 …… xii
走部 …… x	鳥部 …… xii
足部 …… x	鹿部 …… xii
身部 …… x	
車部 …… x	【十二画】
辛部 …… x	黄部 …… xii
辰部 …… x	黑部 …… xii
辵部 …… x	
邑部 …… x	【十三画】
酉部 …… xi	黽部 …… xii
釆部 …… xi	鼓部 …… xii
里部 …… xi	
	【十四画】
【八画】	齊部 …… xii
金部 …… xi	
長部 …… xi	【十五画】
門部 …… xi	齒部 …… xii
阜部 …… xi	
隹部 …… xi	【十六画】
雨部 …… xi	龍部 …… xii
靑部 …… xi	
非部 …… xi	
【九画】	
音部 …… xi	
頁部 …… xi	
風部 …… xi	
飛部 …… xi	
食部 …… xi	
首部 …… xi	
香部 …… xi	
【十画】	
馬部 …… xi	
高部 …… xii	

検字表

【一部】
- 一 …… 1
- 丈 …… 1
- 三 …… 1
- 上 …… 1
- 下 …… 1
- 不 …… 1
- 且 …… 1
- 世 …… 2
- 丘 …… 2

【丨部】
- 中 …… 2
- 丰 …… 2

【丶部】
- 丹 …… 2

【丿部】
- 乃 …… 2
- 久 …… 2
- 之 …… 2
- 乍 …… 2
- 乘 …… 2

【乙部】
- 九 …… 2
- 乳 …… 2
- 亂 …… 2

【亅部】
- 事 …… 2

【二部】
- 二 …… 2
- 云 …… 2
- 五 …… 2
- 井 …… 2
- 亙 …… 2
- 亟 …… 2

【亠部】
- 交 …… 2
- 亦 …… 2
- 京 …… 2
- 亮 …… 2

【人部】
- 人 …… 2
- 今 …… 3
- 仍 …… 3
- 仕 …… 3
- 他 …… 3
- 仙 …… 3
- 仞 …… 3
- 代 …… 3
- 令 …… 3
- 以 …… 3
- 仰 …… 3
- 仲 …… 3
- 任 …… 3
- 伊 …… 3
- 伎 …… 3
- 伏 …… 3
- 休 …… 3
- 似 …… 3
- 但 …… 3
- 位 …… 3
- 何 …… 3
- 余 …… 4
- 作 …… 4
- 佩 …… 4
- 佳 …… 4
- 使 …… 4
- 來 …… 4
- 侍 …… 4
- 依 …… 4
- 侵 …… 4
- 侶 …… 4
- 便 …… 4
- 俄 …… 4
- 俊 …… 4
- 俗 …… 4
- 俛 …… 4
- 俠 …… 4
- 信 …… 4
- 俢 …… 4
- 倒 …… 4
- 倚 …… 4
- 倡 …… 4
- 值 …… 4
- 倦 …… 4
- 假 …… 5
- 偏 …… 5
- 停 …… 5
- 側 …… 5
- 偶 …… 5
- 傅 …… 5
- 傍 …… 5
- 催 …… 5
- 傳 …… 5
- 傷 …… 5
- 傾 …… 5
- 僚 …… 5
- 僧 …… 5
- 僮 …… 5
- 優 …… 5
- 儷 …… 5
- 儼 …… 5

【儿部】
- 元 …… 5
- 兆 …… 5
- 先 …… 5
- 光 …… 5
- 兔 …… 5

【入部】
- 入 …… 6
- 全 …… 6
- 兩 …… 6

【八部】
- 公 …… 6
- 共 …… 6
- 兼 …… 6

【冂部】
- 再 …… 6

【冖部】
- 冠 …… 6

【冫部】
- 冬 …… 6
- 冰 …… 6
- 冽 …… 6
- 凌 …… 6
- 凍 …… 6
- 凝 …… 6

【几部】
- 凱 …… 6

【凵部】
- 出 …… 6

i

【刀部】		卉 …… 7	含 …… 9	因 …… 10
分 …… 6		半 …… 7	吹 …… 9	困 …… 10
切 …… 6		卓 …… 7	吾 …… 9	囿 …… 10
列 …… 6		南 …… 7	告 …… 9	國 …… 10
初 …… 6			周 …… 9	圍 …… 10
別 …… 6		【卩部】	命 …… 9	園 …… 10
前 …… 7		危 …… 8	咀 …… 9	圓 …… 10
副 …… 7		卽 …… 8	和 …… 9	圖 …… 10
創 …… 7			咸 …… 9	
劉 …… 7		【厂部】	哉 …… 9	【土部】
劍 …… 7		厚 …… 8	唇 …… 9	土 …… 10
		原 …… 8	唐 …… 9	在 …… 10
【力部】		厠 …… 8	唯 …… 9	地 …… 10
力 …… 7		厭 …… 8	唱 …… 9	均 …… 11
勉 …… 7			唾 …… 9	坐 …… 11
動 …… 7		【厶部】	商 …… 9	垂 …… 11
勗 …… 7		去 …… 8	問 …… 9	城 …… 11
務 …… 7		參 …… 8	啓 …… 9	基 …… 11
勞 …… 7			啼 …… 9	堂 …… 11
勤 …… 7		【又部】	善 …… 10	堦 …… 11
勸 …… 7		又 …… 8	喉 …… 10	報 …… 11
		及 …… 8	喜 …… 10	塔 …… 11
【勹部】		友 …… 8	喝 …… 10	塗 …… 11
勿 …… 7		反 …… 8	喧 …… 10	塘 …… 11
		取 …… 8	喩 …… 10	塵 …… 11
【匕部】		叢 …… 8	喬 …… 10	墀 …… 11
化 …… 7			單 …… 10	墜 …… 11
北 …… 7		【口部】	嗟 …… 10	壁 …… 11
		可 …… 8	嘉 …… 10	壑 …… 11
【匚部】		右 …… 8	嘯 …… 10	壘 …… 11
匡 …… 7		司 …… 8	嘹 …… 10	
匯 …… 7		合 …… 8	噓 …… 10	【士部】
		同 …… 8	噪 …… 10	士 …… 11
【匸部】		名 …… 8	嚬 …… 10	壯 …… 11
匹 …… 7		后 …… 9	囀 …… 10	壺 …… 11
區 …… 7		吏 …… 9	囂 …… 10	
		向 …… 9		【夂部】
【十部】		君 …… 9	【囗部】	夏 …… 11
十 …… 7		咎 …… 9	四 …… 10	
千 …… 7		吟 …… 9	回 …… 10	

【夕部】			孝 …… 13		少 …… 15		【己部】	
夕 …… 11			季 …… 13		尙 …… 15		己 …… 16	
外 …… 11			孤 …… 13				已 …… 16	
多 …… 11					【尸部】		巳 …… 16	
夜 …… 12			【宀部】		局 …… 15			
夢 …… 12			宇 …… 13		居 …… 15		【巾部】	
			守 …… 13		展 …… 15		布 …… 16	
【大部】			安 …… 13		屛 …… 15		帆 …… 16	
大 …… 12			宦 …… 13		屢 …… 15		帝 …… 16	
天 …… 12			定 …… 13		層 …… 15		師 …… 16	
太 …… 12			宛 …… 13		履 …… 15		席 …… 16	
夫 …… 12			客 …… 13		屬 …… 15		帳 …… 16	
央 …… 12			室 …… 13				帶 …… 16	
奄 …… 12			宮 …… 13		【山部】		帷 …… 16	
奇 …… 12			宴 …… 14		山 …… 15		常 …… 16	
奉 …… 12			宵 …… 14		岐 …… 15		幃 …… 16	
奏 …… 12			家 …… 14		岩 …… 15		幕 …… 16	
契 …… 12			容 …… 14		岫 …… 15		幡 …… 16	
奕 …… 12			宿 …… 14		岸 …… 15			
奮 …… 12			寂 …… 14		峭 …… 15		【干部】	
			寄 …… 14		峯 …… 15		平 …… 16	
【女部】			密 …… 14		峻 …… 15		年 …… 16	
女 …… 12			富 …… 14		崇 …… 15		幷 …… 16	
好 …… 12			寒 …… 14		嶠 …… 15		幸 …… 17	
如 …… 12			寞 …… 14		嶺 …… 15			
妙 …… 12			實 …… 14		嶼 …… 15		【幺部】	
妾 …… 12			寧 …… 14		巒 …… 15		幽 …… 17	
始 …… 13			寫 …… 14		巖 …… 15			
委 …… 13			寵 …… 14				【广部】	
姦 …… 13			寶 …… 14		【巛部】		府 …… 17	
姬 …… 13					川 …… 15		庠 …… 17	
姸 …… 13			【寸部】				度 …… 17	
婦 …… 13			寺 …… 14		【工部】		座 …… 17	
嫁 …… 13			封 …… 14		工 …… 16		庭 …… 17	
嫋 …… 13			將 …… 14		巧 …… 16		康 …… 17	
嬌 …… 13			尋 …… 14		巨 …… 16		廢 …… 17	
			對 …… 14		巫 …… 16		廣 …… 17	
【子部】					差 …… 16		廬 …… 17	
子 …… 13			【小部】					
孔 …… 13			小 …… 15					

【廴部】		復 …… 18	慘 …… 20	拙 …… 21
延 …… 17		徭 …… 19	憝 …… 20	招 …… 22
建 …… 17		微 …… 19	慧 …… 20	持 …… 22
廻 …… 17		德 …… 19	慨 …… 20	挂 …… 22
		徽 …… 19	憂 …… 20	振 …… 22
【廾部】			憐 …… 20	挺 …… 22
弄 …… 17		【心部】	憩 …… 20	捨 …… 22
弊 …… 17		心 …… 19	憶 …… 20	掌 …… 22
		志 …… 19	應 …… 20	排 …… 22
【弓部】		忘 …… 19	懷 …… 20	採 …… 22
引 …… 17		忝 …… 19	懸 …… 21	接 …… 22
弘 …… 17		念 …… 19	懼 …… 21	推 …… 22
弦 …… 17		忽 …… 19		掩 …… 22
弭 …… 17		思 …… 19	【戈部】	揚 …… 22
張 …… 17		急 …… 19	戈 …… 21	揮 …… 22
彈 …… 17		怨 …… 19	戍 …… 21	援 …… 22
		恆 …… 19	成 …… 21	搖 …… 22
【彡部】		恥 …… 19	我 …… 21	搦 …… 22
形 …… 17		恨 …… 19	或 …… 21	摘 …… 22
彤 …… 17		恩 …… 19	戲 …… 21	擅 …… 22
彥 …… 17		息 …… 19		操 …… 22
彩 …… 17		悟 …… 19	【戶部】	舉 …… 22
彰 …… 18		悅 …… 19	戶 …… 21	擾 …… 22
影 …… 18		悲 …… 19	房 …… 21	擿 …… 22
		悵 …… 20	所 …… 21	攀 …… 22
【彳部】		悽 …… 20	扁 …… 21	攢 …… 22
役 …… 18		情 …… 20	扇 …… 21	
彼 …… 18		惆 …… 20	扉 …… 21	【攴部】
往 …… 18		惜 …… 20		收 …… 22
征 …… 18		惠 …… 20	【手部】	改 …… 22
徂 …… 18		想 …… 20	手 …… 21	故 …… 22
待 …… 18		愁 …… 20	才 …… 21	教 …… 22
徊 …… 18		慭 …… 20	托 …… 21	敢 …… 23
後 …… 18		意 …… 20	扶 …… 21	散 …… 23
徑 …… 18		愛 …… 20	承 …… 21	敬 …… 23
徒 …… 18		愧 …… 20	披 …… 21	敷 …… 23
得 …… 18		慎 …… 20	抱 …… 21	
徘 …… 18		慈 …… 20	抽 …… 21	【文部】
從 …… 18		態 …… 20	拂 …… 21	文 …… 23
御 …… 18		慕 …… 20	拖 …… 21	

【斗部】		晨 …… 24	【木部】		樒 …… 28
料 …… 23		晚 …… 24	木 …… 26		榜 …… 28
		景 …… 24	末 …… 26		榮 …… 28
【斤部】		暑 …… 25	朱 …… 26		槐 …… 28
新 …… 23		智 …… 25	李 …… 26		槃 …… 28
斷 …… 23		暇 …… 25	杏 …… 27		樂 …… 28
		暉 …… 25	杜 …… 27		樓 …… 28
【方部】		暗 …… 25	杯 …… 27		標 …… 28
方 …… 23		暘 …… 25	東 …… 27		樹 …… 28
於 …… 23		暝 …… 25	杳 …… 27		樽 …… 28
旐 …… 23		暫 …… 25	松 …… 27		橈 …… 28
旁 …… 23		暮 …… 25	析 …… 27		橋 …… 28
旅 …… 23		暗 …… 25	枕 …… 27		櫨 …… 28
旋 …… 23		曉 …… 25	林 …… 27		機 …… 28
旗 …… 23		曙 …… 25	柄 …… 27		橫 …… 28
旛 …… 23		曜 …… 25	果 …… 27		檥 …… 28
			枝 …… 27		檻 …… 28
【无部】		【曰部】	柏 …… 27		櫂 …… 28
既 …… 23		曰 …… 25	染 …… 27		櫳 …… 29
		曲 …… 25	柯 …… 27		櫻 …… 29
【日部】		曳 …… 25	柱 …… 27		欄 …… 29
日 …… 23		更 …… 25	柳 …… 27		
旦 …… 23		書 …… 25	查 …… 27		【欠部】
早 …… 23		曹 …… 25	根 …… 27		欲 …… 29
旭 …… 23		曼 …… 25	桂 …… 27		歌 …… 29
昊 …… 24		曾 …… 25	桃 …… 27		歎 …… 29
昌 …… 24		最 …… 25	案 …… 27		歛 …… 29
明 …… 24			桑 …… 27		歟 …… 29
昏 …… 24		【月部】	梁 …… 27		歡 …… 29
易 …… 24		月 …… 26	條 …… 27		
昔 …… 24		有 …… 26	梨 …… 27		【止部】
映 …… 24		朋 …… 26	棄 …… 27		正 …… 29
春 …… 24		服 …… 26	棗 …… 28		此 …… 29
昨 …… 24		朗 …… 26	棟 …… 28		步 …… 29
昭 …… 24		望 …… 26	棹 …… 28		武 …… 29
是 …… 24		朝 …… 26	楓 …… 28		歷 …… 29
時 …… 24		期 …… 26	楚 …… 28		歸 …… 29
晞 …… 24		朧 …… 26	楡 …… 28		
晤 …… 24			楥 …… 28		【歹部】
晦 …… 24			極 …… 28		殊 …… 29

v

殘 …… 29	沼 …… 31	渦 …… 32	瀾 …… 33
殫 …… 29	沾 …… 31	游 …… 32	灞 …… 33
	況 …… 31	湍 …… 32	
【殳部】	泉 …… 31	湖 …… 32	【火部】
殷 …… 29	法 …… 31	湛 …… 32	炎 …… 34
殺 …… 30	泛 …… 31	湯 …… 32	烏 …… 34
殿 …… 30	泒 …… 31	溢 …… 32	焗 …… 34
	波 …… 31	溽 …… 32	烹 …… 34
【毋部】	泣 …… 31	滂 …… 33	焚 …… 34
每 …… 30	泥 …… 31	滄 …… 33	無 …… 34
	洄 …… 31	滋 …… 33	然 …… 34
【比部】	洛 …… 31	滴 …… 33	煙 …… 34
比 …… 30	洞 …… 31	滿 …… 33	煥 …… 34
	津 …… 31	漁 …… 33	照 …… 34
【毛部】	洲 …… 31	漂 …… 33	煩 …… 34
毫 …… 30	派 …… 31	漏 …… 33	熟 …… 34
	流 …… 31	漠 …… 33	熠 …… 34
【氏部】	浦 …… 31	漢 …… 33	燈 …… 34
氏 …… 30	浪 …… 31	漣 …… 33	燕 …… 34
民 …… 30	浮 …… 31	漭 …… 33	燭 …… 34
	海 …… 32	漲 …… 33	爐 …… 34
【气部】	浼 …… 32	漳 …… 33	爛 …… 34
氣 …… 30	涼 …… 32	漸 …… 33	
	淇 …… 32	漾 …… 33	【爪部】
【水部】	淑 …… 32	潔 …… 33	爭 …… 34
水 …… 30	淚 …… 32	潘 …… 33	爲 …… 34
永 …… 30	渝 …… 32	潤 …… 33	爵 …… 35
汗 …… 30	淮 …… 32	潦 …… 33	
江 …… 30	深 …… 32	澗 …… 33	【爻部】
池 …… 30	淵 …… 32	澤 …… 33	爾 …… 35
汲 …… 30	清 …… 32	濁 …… 33	
沈 …… 30	淹 …… 32	濕 …… 33	【爿部】
沙 …… 30	淺 …… 32	濛 …… 33	牀 …… 35
沒 …… 30	渙 …… 32	濤 …… 33	
沫 …… 30	渚 …… 32	濫 …… 33	【片部】
沮 …… 30	減 …… 32	濯 …… 33	片 …… 35
沱 …… 30	渝 …… 32	濱 …… 33	牖 …… 35
河 …… 30	渠 …… 32	濺 …… 33	牘 …… 35
油 …… 30	渡 …… 32	瀛 …… 33	
治 …… 30	渥 …… 32	瀨 …… 33	

【牛部】
 牧 …… 35

【犬部】
 犯 …… 35
 狸 …… 35
 猨 …… 35
 猶 …… 35
 猿 …… 35
 獎 …… 35
 獨 …… 35
 獻 …… 35

【玄部】
 玄 …… 35

【玉部】
 玉 …… 35
 王 …… 35
 玳 …… 35
 珍 …… 35
 珠 …… 35
 珥 …… 35
 珪 …… 35
 班 …… 35
 理 …… 36
 琂 …… 36
 琴 …… 36
 瑁 …… 36
 瑤 …… 36
 瑩 …… 36
 璠 …… 36
 璧 …… 36
 瓔 …… 36
 環 …… 36
 璵 …… 36

【瓜部】
 瓜 …… 36

【瓦部】
 甍 …… 36

【生部】
 生 …… 36
 產 …… 36

【用部】
 用 …… 36

【田部】
 田 …… 36
 由 …… 36
 申 …… 36
 甸 …… 36
 畏 …… 36
 留 …… 36
 畢 …… 36
 畫 …… 36
 異 …… 36
 當 …… 36
 畿 …… 37

【疋部】
 疎 …… 37
 疏 …… 37
 疑 …… 37

【疒部】
 疲 …… 37
 病 …… 37

【癶部】
 登 …… 37
 發 …… 37

【白部】
 白 …… 37
 百 …… 37
 皆 …… 37

 皇 …… 37
 皎 …… 37
 皓 …… 37

【皮部】
 皮 …… 37

【皿部】
 盈 …… 37
 益 …… 37
 盛 …… 37
 盡 …… 37

【目部】
 相 …… 37
 省 …… 37
 眉 …… 37
 看 …… 38
 眠 …… 38
 眷 …… 38
 眺 …… 38
 睠 …… 38
 睢 …… 38
 睨 …… 38
 睿 …… 38
 曖 …… 38
 瞻 …… 38
 矗 …… 38

【矢部】
 知 …… 38
 短 …… 38

【石部】
 石 …… 38
 砆 …… 38
 研 …… 38
 硇 …… 38
 碑 …… 38
 碧 …… 38

 碟 …… 38
 礴 …… 38
 礐 …… 38

【示部】
 祓 …… 38
 祗 …… 38
 神 …… 38
 禁 …… 38
 禊 …… 38
 禮 …… 38

【内部】
 禽 …… 38

【禾部】
 秀 …… 38
 私 …… 38
 秋 …… 39
 秦 …… 39
 移 …… 39
 稀 …… 39
 程 …… 39
 稱 …… 39
 穆 …… 39
 積 …… 39

【穴部】
 穴 …… 39
 空 …… 39
 窈 …… 39
 窕 …… 39
 窗 …… 39
 窟 …… 39
 窮 …… 39
 窺 …… 39

【立部】
 立 …… 39
 竝 …… 39

竟	39	【糸部】		繆	42	翼	43
章	39	紅	40	總	42	耀	43
端	39	紆	40	織	42		
競	39	紈	40	繞	42	【而部】	
		紉	41	繡	42	而	43
【竹部】		紋	41	續	42		
竹	39	紛	41	纓	42	【耒部】	
竿	39	素	41	纖	42	耕	43
笑	39	紫	41	纏	42		
笙	40	終	41	纜	42	【耳部】	
笨	40	絃	41			耿	43
第	40	組	41	【缶部】		聊	43
笳	40	結	41	缺	42	聖	43
筆	40	絕	41			聚	43
等	40	絮	41	【网部】		聞	43
筍	40	絲	41	罝	42	聯	43
答	40	絹	41	置	42	聲	43
策	40	綃	41	署	42	職	43
筠	40	經	41	罷	42	聽	43
筵	40	綠	41	羅	42		
箔	40	綢	41			【肉部】	
管	40	綦	41	【羊部】		背	43
節	40	綏	41	羊	42	胸	44
篁	40	網	41	美	42	能	44
篇	40	綴	41	羞	42	脈	44
築	40	綸	41	羣	42	脫	44
篠	40	綺	41	羨	43	腸	44
簟	40	綾	41	義	43	膏	44
簡	40	緒	41			朣	44
簪	40	緗	41	【羽部】		膳	44
簷	40	緣	41	羽	43	臆	44
簾	40	緹	41	翅	43	臉	44
簿	40	縈	42	翊	43		
籍	40	縑	42	習	43	【臣部】	
籠	40	縠	42	翔	43	臣	44
		縣	42	翠	43	臥	44
【米部】		縫	42	翡	43	臨	44
粉	40	縱	42	翦	43		
粧	40	總	42	翩	43	【自部】	
粲	40	繁	42	翰	43	自	44

【至部】
　至 …… 44
　臺 …… 44

【臼部】
　與 …… 44

【舌部】
　舌 …… 44
　舒 …… 44

【舛部】
　舞 …… 44

【舟部】
　舟 …… 44
　舠 …… 45
　航 …… 45
　舳 …… 45
　船 …… 45
　艫 …… 45

【艮部】
　良 …… 45

【色部】
　色 …… 45

【艸部】
　芒 …… 45
　芝 …… 45
　芰 …… 45
　花 …… 45
　芳 …… 45
　芷 …… 45
　芽 …… 45
　苗 …… 45
　若 …… 45
　苦 …… 45
　茂 …… 45

茫 …… 45
茱 …… 45
茲 …… 45
茵 …… 46
茸 …… 46
草 …… 46
荊 …… 46
荷 …… 46
荻 …… 46
莖 …… 46
莫 …… 46
菅 …… 46
菉 …… 46
菌 …… 46
華 …… 46
菱 …… 46
菲 …… 46
萎 …… 46
萌 …… 46
萸 …… 46
落 …… 46
葆 …… 46
葉 …… 46
著 …… 46
葵 …… 46
蒙 …… 46
蒼 …… 46
蓋 …… 46
蓬 …… 47
蓮 …… 47
蔑 …… 47
蔕 …… 47
蔚 …… 47
蔣 …… 47
蔬 …… 47
蔽 …… 47
蕊 …… 47
蕙 …… 47
蕩 …… 47
蕪 …… 47

蕭 …… 47
薄 …… 47
薇 …… 47
薑 …… 47
薦 …… 47
薰 …… 47
藉 …… 47
藥 …… 47
藻 …… 47
蘿 …… 47
蘭 …… 47
蘼 …… 47
蘿 …… 47

【虍部】
　虎 …… 47
　處 …… 47
　虛 …… 47

【虫部】
　虹 …… 47
　蛾 …… 48
　蜂 …… 48
　蜆 …… 48
　蝶 …… 48
　螢 …… 48
　蟠 …… 48
　蟬 …… 48
　蟲 …… 48
　蟾 …… 48

【行部】
　行 …… 48
　街 …… 48
　衡 …… 48
　衢 …… 48

【衣部】
　衣 …… 48
　表 …… 48

衰 …… 48
袂 …… 48
袖 …… 48
被 …… 48
裁 …… 48
裏 …… 48
裙 …… 48
裵 …… 48
裳 …… 48
裾 …… 48
褰 …… 48
襟 …… 48
襦 …… 48

【襾部】
　西 …… 48
　要 …… 49
　覆 …… 49

【見部】
　見 …… 49
　規 …… 49
　視 …… 49
　親 …… 49
　覺 …… 49
　覽 …… 49
　觀 …… 49

【角部】
　解 …… 49
　觴 …… 49
　觸 …… 49

【言部】
　言 …… 49
　計 …… 49
　託 …… 49
　訪 …… 49
　詎 …… 49
　詠 …… 49

詩 …… 49	貴 …… 50	【車部】	造 …… 53
誘 …… 49	資 …… 50	車 …… 51	逢 …… 53
誚 …… 49	賈 …… 50	軒 …… 51	連 …… 53
語 …… 49	賓 …… 51	軸 …… 51	進 …… 53
誠 …… 49	賞 …… 51	輀 …… 52	逾 …… 53
誰 …… 50	賢 …… 51	輕 …… 52	遂 …… 53
談 …… 50	賤 …… 51	輟 …… 52	遇 …… 53
論 …… 50	賦 …… 51	輦 …… 52	遊 …… 53
諧 …… 50	質 …… 51	輪 …… 52	過 …… 53
諷 …… 50	賴 …… 51	輜 …… 52	適 …… 53
諺 …… 50	贈 …… 51	輿 …… 52	道 …… 53
諼 …… 50	贊 …… 51	轄 …… 52	違 …… 53
謁 …… 50		轅 …… 52	遙 …… 53
謂 …… 50	【赤部】	轉 …… 52	遞 …… 53
謔 …… 50	赤 …… 51	輳 …… 52	遠 …… 53
謝 …… 50			遣 …… 53
謬 …… 50	【走部】	【辛部】	遨 …… 53
謳 …… 50	赴 …… 51	辛 …… 52	遲 …… 53
識 …… 50	起 …… 51	辨 …… 52	遶 …… 53
警 …… 50	越 …… 51	辭 …… 52	遷 …… 53
變 …… 50	趙 …… 51	辯 …… 52	選 …… 53
	趣 …… 51		遺 …… 53
【谷部】		【辰部】	遽 …… 53
谷 …… 50	【足部】	辰 …… 52	避 …… 53
	足 …… 51		邂 …… 54
【豆部】	距 …… 51	【辵部】	還 …… 54
豈 …… 50	跨 …… 51	迎 …… 52	邇 …… 54
	跬 …… 51	近 …… 52	邈 …… 54
【豕部】	路 …… 51	返 …… 52	
象 …… 50	踐 …… 51	迤 …… 52	【邑部】
豫 …… 50	踟 …… 51	迥 …… 52	邑 …… 54
	蹕 …… 51	迷 …… 52	邛 …… 54
【豸部】	蹢 …… 51	迸 …… 52	邦 …… 54
豻 …… 50	躋 …… 51	追 …… 52	郎 …… 54
貂 …… 50	躅 …… 51	送 …… 52	郡 …… 54
		逅 …… 52	郭 …… 54
【貝部】	【身部】	逐 …… 53	鄉 …… 54
財 …… 50	身 …… 51	途 …… 53	鄭 …… 54
貫 …… 50		逗 …… 53	鄰 …… 54
貲 …… 50		通 …… 53	鄾 …… 54

【西部】		閉 …… 55	雄 …… 57	響 …… 58
酌 …… 54		開 …… 55	雅 …… 57	
酒 …… 54		閑 …… 55	集 …… 57	【頁部】
醳 …… 54		閣 …… 55	雉 …… 57	頃 …… 58
醴 …… 54		閨 …… 55	雌 …… 57	頓 …… 58
		閽 …… 55	雍 …… 57	領 …… 58
【釆部】		闌 …… 55	雕 …… 57	頰 …… 58
釆 …… 54		闊 …… 55	雛 …… 57	顏 …… 58
釋 …… 54		關 …… 55	雙 …… 57	願 …… 58
		闡 …… 56	雜 …… 57	類 …… 58
【里部】		闢 …… 56	雞 …… 57	顧 …… 58
里 …… 54			離 …… 57	
重 …… 54		【阜部】	難 …… 57	【風部】
野 …… 54		阜 …… 56		風 …… 58
		阡 …… 56	【雨部】	颼 …… 59
【金部】		阮 …… 56	雨 …… 57	飄 …… 59
金 …… 54		防 …… 56	雪 …… 57	
釣 …… 54		阻 …… 56	雲 …… 57	【飛部】
釧 …… 54		阿 …… 56	電 …… 57	飛 …… 59
釵 …… 54		附 …… 56	震 …… 57	
鉛 …… 55		陌 …… 56	霍 …… 57	【食部】
鉤 …… 55		降 …… 56	霏 …… 57	飲 …… 59
銀 …… 55		院 …… 56	霜 …… 57	飾 …… 59
銅 …… 55		陪 …… 56	霞 …… 57	餌 …… 59
銖 …… 55		陰 …… 56	霤 …… 58	餘 …… 59
銜 …… 55		陳 …… 56	霰 …… 58	餞 …… 59
銷 …… 55		陵 …… 56	露 …… 58	饑 …… 59
鎮 …… 55		陽 …… 56	霆 …… 58	
鏡 …… 55		隅 …… 56	靈 …… 58	【首部】
鐃 …… 55		隆 …… 56		首 …… 59
鐸 …… 55		階 …… 56	【青部】	
鑒 …… 55		隔 …… 56	青 …… 58	【香部】
鑾 …… 55		隙 …… 56	靜 …… 58	香 …… 59
鑿 …… 55		際 …… 56		
		隨 …… 56	【非部】	【馬部】
【長部】		險 …… 56	非 …… 58	馬 …… 59
長 …… 55		隱 …… 56		馭 …… 59
			【音部】	馮 …… 59
【門部】		【佳部】	音 …… 58	馳 …… 59
門 …… 55		雀 …… 57	韻 …… 58	馴 …… 59

駐 …… 59	鴛 …… 60	【龍部】
駕 …… 59	鴦 …… 60	龍 …… 61
馴 …… 59	鴻 …… 60	
駭 …… 59	鵝 …… 60	
騁 …… 60	鵠 …… 61	
騎 …… 60	鴨 …… 61	
騖 …… 60	鷗 …… 61	
驄 …… 60	鷳 …… 61	
驅 …… 60	鶯 …… 61	
驚 …… 60	鶴 …… 61	
驥 …… 60	鶻 …… 61	
驪 …… 60	鴿 …… 61	
	鷙 …… 61	
【高部】	鷲 …… 61	
高 …… 60	鸞 …… 61	
【髟部】	【鹿部】	
髣 …… 60	鹿 …… 61	
髦 …… 60	麗 …… 61	
髯 …… 60		
鬢 …… 60	【黃部】	
	黃 …… 61	
【鬥部】		
鬱 …… 60	【黑部】	
	黑 …… 61	
【鬼部】	黛 …… 61	
魂 …… 60	點 …… 61	
【魚部】	【黽部】	
魚 …… 60	黽 …… 61	
魯 …… 60		
鮮 …… 60	【鼓部】	
	鼓 …… 61	
【鳥部】		
鳥 …… 60	【齊部】	
鳧 …… 60	齊 …… 61	
鳳 …… 60		
鳴 …… 60	【齒部】	
鴈 …… 60	齒 …… 61	
鴿 …… 60		

索 引

【一】		
蓬山○何峻	15-2	
法朋○已散	18-17	
○命乔爲	21-4	
經過○柱觀	27-3	
王粲始○別	29-1	
蒙籠乍○啓	29-69	
朝蔬○不共	33-7	
○遇便如此	36-3	
○知心相濁	46-7	
春心非○傷	64-2	
○聽一沾纓	62-4	
一聽○沾纓	62-4	
〔一言〕		
○○白璧輕	11-11	
欲寄○○別	27-9	
〔一朝〕		
○○謬爲	21-15	
○○四美廢	29-49	

【丈】		
○人愼	5-5	

【三】		
薰祓○陽暮	10-1	
○入崇賢旁	21-6	
千里懷○益	23-4	
出入○休臺	27-4	
相思如○月	31-1	
○光垂表象	70-1	
〔三五〕		
雀臺○○日	3-1	
明明○○月	60-1	
客行○○夜	66-1	

【上】		
日暮楚江○	6-1	
餘辰屬○巳	11-13	
日華嚴○留	12-8	
麗景花○鮮	15-3	

鮮雲積○月	16-1
築室華池○	20-3
橫經參○庠	21-12
釋事川梁	21-26
吾登陽臺○	23-1
濛漠江煙	26-9
喬柯貫簷○	29-35
北○輪難進	29-63
更泛輪湖○	29-112
下邑非○郡	33-1
淇○未湯湯	34-2
○下傍雕梁	38-10
曾要湛○人	40-6
玉羊東北○	42-7
偏光粉○津	67-2
○宮秋露結	65-1
別待春山○	67-3
〔上征〕	
○○切雲漢	8-5
援蘿遂○○	29-72
〔上客〕	
○○誘明瑭	34-4
○○夜琴鳴	65-2

【下】		
○輦朝旣	14-9	
引籍陪○膳	21-11	
猶聞棗○吹	28-3	
○邑非上郡	33-1	
上○傍雕梁	38-10	
○聽長而短	44-7	
日○房櫳閑	47-3	
詎匹龍樓○	62-3	
寄語龍城○	65-5	
差池高復○	66-3	

【不】		
○資魯俗移	11-7	
榜人○敢唱	21-35	
紫書時○至	29-79	

朝蔬一○共	33-7
露葵○待勸	34-7
同羞○相難	35-7
爛舌○成珍	40-2
微芳雖○足	40-11
懷抱○能裁	41-2
豈○憐飄墜	62-7
滂沱暄○晞	63-6
徘徊定○出	68-3
輪光缺○半	64-1
○踟躕	67-2
〔不可〕	
丘山○○答	9-9
中來○○絕	21-39
歸歟○○卽	29-23
蓬瀛○○託	29-83
喬枝○○攀	37-14
所思○○寄	49-7
雅琴○○聽	62-3
〔不見〕	
行舟雖○○	29-9
○○青	34-13
〔不辭〕	
湍長自○○	1-7
○○纖手倦	47-7
○○紅袖濕	69-3
〔不可見〕	
龍門○○○	23-9
可思○○○	29-113

【且】		
鶡 ○轡弄	2-1 絃	
猶○歎風雲	29-2	
相望○相思	29-13	
丹爐○未成	29-80	
含毫○成賦	60-8	
日暮○盈舳	60-2	
〔且留〕		
挂玉○○冠	35-10	
終奕○○賓	47-2	

【世】		【之】		幽谷雖○阻	29-121
既異人○勞	29-87	況余屢○遠	29-3	司舉未○書	32-14
		因○泝廬久	29-52		
【丘】				【五】	
○山不可答	9-9	【乍】		雀臺三○日	3-1
昭○霜露積	23-8	菱芒○冒絲	1-12	明明三○月	60-1
寄謝浮○子	25-15	○出連山合	21-31	客行三○夜	66-1
		蒙籠○一啓	29-69		
【中】		○觀秦帝石	29-73	【井】	
○婦料繡文	5-2	因風○共歸	61-4	復有寒泉○	39-7
樹○望流水	9-3	風簾○和扉	63-8		
分區屏○縣	11-2			【瓦】	
春色江○滿	12-7	【乘】		芳洲○千里	11-17
○來不可絕	21-39	後○歷芳洲	12-6		
桑○始奕奕	34-1	託○侶才賢	18-20	【亟】	
鏡○私自看	35-2	小○非汲引	29-103	與子○離羣	29-4
莫言蒂○久	40-9				
出沒花○見	61-5	【九】		【交】	
息榦隱○洲	66-2	○成變絲竹	10-13	船○檣影合	1-9
廻拂影○塵	67-4	願入○重闈	62-8	方塘○密篠	20-5
欲知密○意	61-3			○峯隱玉霤	29-75
		【乳】		魂○忽在御	38-15
【丰】		陳○何能貴	40-1	○枝蕩子房	49-4
○茸花樹舒	10-8				
		【亂】		【亦】	
【丹】		馮翊○京兆	19-1	溢酒○成珍	39-6
○爐且未成	29-80	浮光○粉壁	43-7	柳絮○霏霏	43-2
非但汗○脣	40-4			園葵○何幸	63-3
		【事】			
【乃】		比○實光前	18-4	【京】	
襟袖○披	7-6	誰謂服○淺	21-13	俛眺周○洛	8-6
兹堂○峭嶠	9-1	釋○上川梁	21-26	〔京兆〕	
況○還故鄉	22-10	卽○已多傷	28-8	衣渝○○眉	1-14
尋因途○異	46-1	從容少職○	29-55	馮翊亂○○	19-1
【久】		【二】		【亮】	
因之泝廬○	29-52	徒然想○馮	33-2	姸歌已嘹○	10-11
黑貂○自弊	30-19				
臥○疑粧脫	35-1	【云】		【人】	
莫言蒂中○	40-9	謔浪雖○善	25-11	倡○怨獨守	2-5

丈○愼勿去	5-5		○掌方晞露	31-7		【伎】	
壺○告漏晚	13-11					伊臣獨無○	14-13
辯論悅○天	18-14		【仍】				
榜○不敢唱	21-35		何以窺重○	15-10		【伏】	
奕奕苦○腸	21-40					○檻臨曲池	9-2
榜○夜理機	22-11		【代】				
商○泣紈扇	26-3		欲以○芳菅	37-8		【休】	
佳○每曉遊	27-7					邂逅逢○幸	9-7
薄暮闇○進	29-15		【令】			出入三○臺	27-4
飢異○世勞	29-87		○王愍追送	17-5			
若○惠思我	31-5		無○絕詠歌	29-120		【似】	
美○要雜佩	34-3		羞○夜向晨	47-8		弦吹○佳期	3-2
日暗○聲靜	34-5					妾身○秋扇	4-5
良○惜美珥	37-7		【以】			嘉樹○雕飾	14-6
故○安可忘	38-12		何○儷金艗	8-16		安波○未流	24-2
曾要湛上○	40-6		復○焚林日	10-7		懸帆○馳驥	26-13
羞儷曹○衣	43-6		何○窺重仭	15-10		山橫路○絕	29-67
山○惜春暮	44-1		無○儷瑤瓌	32-22		慧義○傳燈	29-100
華燭命佳○	47-4		欲○代芳菅	37-8		紛余○鑿枘	30-17
〔人爵〕			兼○瑩心神	39-8		百囀○臺吟	44-10
於茲被○○	8-14					因風○蝶飛	62-6
自我從○○	32-11		【仰】				
			昭暗○燈然	18-16		【但】	
【今】			化雞○季智	21-19		非○汗丹唇	40-4
從○賤妾辭	4-8					〔但願〕	
復爲○日分	29-6		【仲】			○○長閒暇	32-23
○聽忽悲今	44-12		馴雉推○康	21-20		○○崇明德	39-13
今聽忽悲○	44-12						
			【任】			【位】	
【仍】			無貲徒有○	21-3		列○華池側	45-3
階基○巨墼	29-94		比質非所○	29-28			
						【何】	
【仕】			【伊】			所思竟○在	6-3
衣冠○洛陽	21-2		御鶴翔○水	18-1		○待齊風變	11-8
			閒居○洛濱	39-10		伊臣獨○取	13-5
【他】			〔伊臣〕			○用奉吹息	14-14
轉側定○鄉	38-16		○○獨何取	13-5		蓬山一○峻	15-2
			○○獨無伎	14-13		如○此日風	25-3
【仙】						如○持此念	29-5
再踐神○側	21-5					平生竟○托	29-47

如○嫁蕩子	34-11		〔佳麗〕			【俊】	
陳乳○能貴	40-1		○○寶皇居	32-4		餞言班○造	15-7
如○當此時	42-11		燕趙多○○	38-1		東朝禮髦○	21-7
園葵亦○幸	63-3						
〔何以〕			【使】			【俗】	
○○儷金鑣	8-16		幸非○君問	36-5		不資魯○移	11-7
○○窺重仞	15-10		空○蘭膏夜	38-19		雜○良在茲	19-6
〔何由〕							
局步○○騁	17-10		【來】			【俛】	
○○入故園	25-13		十日遞○過	20-2		○眺周京洛	8-6
高駕○○來	27-10		中○不可絕	21-39			
夜被○○同	33-8		憂○自難遣	26-5		【俠】	
○○辨國圍	43-16		高駕何由○	27-10		言歸遊○窟	26-15
			○喻勵離金	29-27			
【余】			月色度雲○	41-6		【信】	
昔○筮賓始	21-1					果得承芳○	29-16
況○屢之遠	29-3		【侍】			詎知書○難	65-6
曰○濫官守	29-51		憖非楚○	7-7			
紛○似鑿枘	30-17		○從榮前阮	12-13		【條】	
○慙野王德	33-3		遊談○名理	21-9		○見搖心慘	25-5
嗟○獨有違	43-12						
			【依】			【倒】	
【作】			夏葉○窗落	41-7		圓淵○荷芰	32-7
賦詩追竝○	8-12		嘉樹欲相○	61-8			
臨渦起睿○	12-11					【倚】	
暫○背飛鴻	31-4		【侵】			○巖忽廻望	29-71
莫○羅敷辭	36-6		方見百憂○	29-50			
			行衣○曉露	69-1		【倡】	
【佩】						○人怨獨守	2-5
美人要雜○	34-3		【侶】			此日○家女	37-5
搖○奮鳴環	37-12		託乘○才賢	18-20			
						【值】	
【佳】			【便】			復○懷春鳥	44-3
遨遊○可望	21-25		一遇○如此	36-3			
〔佳人〕						【倦】	
○○每曉遊	27-7		【俄】			誰言薄遊○	11-20
華燭命○○	47-4		纜舟宴○頃	17-6		遊子○飄蓬	30-1
〔佳期〕			○瞻鄉路難	25-6		不辭纖手○	47-7
前浦有○○	1-8						
弦吹似○○	3-2						

【假】			【傳】			【元】		
暫欲○飛鸞		25-16	析珪承羽○		11-6	灌禊○巳初		10-2
方○排虛翩		31-9	江風○葇吹		12-9			
			風○鳳臺琯		29-77	【兆】		
【偏】			慧義似○燈		29-100	衣渝京○眉		1-14
○念客衣單		65-2	積雪更○聲		65-4	馮翊亂京○		19-1
○光粉上津		67-2						
			【傷】			【先】		
【停】			妾心○此時		3-6	寧關○有期		36-4
鶴操暫○徽		2-2	卽事已多○		28-8			
馴馬暫○軔		12-12	猶○江際楓		30-10	【光】		
○鑾對寶座		18-13	玉階空自○		38-6	遠近風○扇		11-18
無因○合浦		69-3	遲暮獨○心		44-14	餘○映泉石		13-14
			春心非一○		64-2	○風送綺翼		14-8
【側】						○私獎輶各		15-8
帳餞靈芝○		14-2	【傾】			落景煥新○		16-4
再踐神仙○		21-5	徑側樹如○		29-68	比事實○前		18-4
徑○樹如傾		29-68	兼○卓氏僮		30-14	結綬去承○		21-16
轉○定他鄉		38-16	○葉奉離光		63-4	熠熠動微○		22-6
列位華池○		45-3				宿昔夢容○		38-14
〔側光〕			【僚】			○陰已如此		41-9
○○全照局		47-5	疲病疎○友		29-56	微○垂步簷		42-2
○○聊可書		60-7				簾螢隱○息		42-5
			【僧】			簾蟲映○織		42-6
【偶】			談謔有名○		29-99	浮○亂粉壁		43-7
○憩鹿園閣		29-86				側○全照局		47-5
還耕○漢馮		30-22	【僮】			側○聊可書		60-7
○懷笨車是		43-19	兼傾卓氏○		30-14	電隙時○帳		63-7
						月○隨浪動		66-3
【傅】			【優】			偏○粉上津		67-2
賈生○南國		29-115	邂逅逢○渥		18-19	浮○逐笑廻		61-4
			○游匡贊罷		29-117	傾葉奉離○		63-4
【傍】						輪○缺不半		64-1
淸瀾○席疏		10-10	【儼】			流○照濚濙		64-3
○浦喧棹謳		24-8	何以○金艧		8-16	三○垂表象		70-1
上下○雕梁		38-10	無以○璠璵		32-22			
			羞○曹人衣		43-6	【兔】		
【催】						蟾○屢盈虛		32-12
舟子行○櫂		6-5	【儺】			褰葉彰金○		60-4
復持憂自○		41-10	笳劍○將旋		18-18	明月懷靈○		70-6

【入】			【冠】			步○金華省	32-1
反景○池林	13-13		衣○仕洛陽	21-2		微步○蘭房	34-6
三○崇賢旁	21-6		方從○蓋衢	26-16		落花浮浦○	37-3
顧帷憖○楚	23-5		挂玉且留○	35-10		遷喬聲迥○	44-5
日○江風靜	24-1					廻羞○曼臉	48-3
何由○故園	25-13		【冬】			○沒花中見	61-5
出○三休臺	27-4		○曉風正寒	65-1		徘徊定不○	68-3
條開風暫○	29-37					照檻○扶桑	63-2
驂駕○吾廬	32-20		【冰】			扇影○將圓	64-2
差池○綺幕	38-9		漁子服○紈	1-2			
朣朧○牀簟	42-3					【分】	
願○九重闈	62-8		【冽】			○區屛中縣	11-2
			○洲財賦總	29-19		洛橋○曲渚	28-5
【全】						復爲今日○	29-6
側光○照局	47-5		【凌】			○悲宛如昨	29-7
			空慕○寒柏	23-10		出洲○去燕	30-5
【兩】			岜岜○太清	29-60			
禁姦摘鋳○	19-7		晨征○迮水	30-3		【切】	
相望非○宮	31-2		詎減見○波	48-6		上征○雲漢	8-5
						已○臨睨情	29-21
【公】			【凍】				
生○道復弘	29-102		〔凍雨〕			【列】	
			○○晦初陽	16-2		○位華池側	45-3
【共】			秋江○○絕	21-27			
○摘雲氣藻	27-5					【初】	
懷抱○君深	29-48		【凝】			灌禊元巳○	10-2
朝蔬一不○	33-7		○朱半有殘	35-4		凍雨晦○陽	16-2
因風乍○歸	61-4					華茵藉○卉	25-9
			【凱】				
【兼】			○樂盛周居	10-6		【別】	
躐跨○流采	11-3					派○引沮漳	22-4
廣漢欲○治	19-2		【出】			將○復徘徊	27-2
豈若○邦牧	19-3		浦深魚○遲	1-10		欲寄一言○	27-9
○傾卓氏僮	30-14		臨炎○蕙樓	8-3		王粲始一○	29-1
○以瑩心神	39-8		紆餘○紫陌	12-3		蕩子十年○	38-3
			策馬○王田	18-2		○前秋已落	49-5
【再】			乍○連山合	21-31		○後春更芳	49-6
○踐神仙側	21-5		○入三休臺	27-4		○待春山上	67-3
			○洲分去燕	30-5		〔別有〕	
			○處嗟莫同	30-24		○○啼鳥曲	2-3

○○無枝實	40-5	

【前】
○浦有佳期	1-8
清祕追○謐	11-14
○驅掩蘭徑	12-5
侍從榮○阮	12-13
比事實光○	18-4
夕鳥赴○洲	24-6
○途方未極	29-24
別○秋已落	49-5

【副】
○君西園宴	45-1

【創】
搦管○文章	21-10

【劉】
雍容愍昔○	12-14

【劍】
笳○儼將旋	18-18

【力】
奇文爭筆○	14-12

【勉】
黽○謐相追	45-6

【動】
旭日輿輪○	12-1
纖羅殊未○	21-29
熠熠○微光	22-6
遽○思歸引	29-22
月光隨浪○	66-3
簾○聞釧聲	68-2
離怨○方開	61-2
波○映淪漣	64-4

【勗】
來喻○雕金	29-27
爾○聖鄉風	33-4

【務】
潘生民○稀	63-2

【勞】
○朝復勞晚	29-14
勞朝復○晚	29-14
飫異人世○	29-87
徒○紅粉粧	34-14
方夜○石扉	43-14

【勤】
殷○覽妙書	29-17

【勸】
露葵不待○	34-7

【勿】
丈人愼○去	5-5
芳華幸○謝	61-7

【化】
○雞仰季智	21-19
聊比○城樂	29-88

【北】
○土無遺彥	11-10
○閣時旣啓	13-1
輾轉東○望	17-1
○上輪難進	29-63
相與○山叢	31-10
玉羊東○上	42-7

【匡】
優游○贊罷	29-117

【匯】
○澤良孔殷	11-1

【匹】
詎○龍樓下	62-3

【區】
分○屛中縣	11-2

【十】
○日遞來過	20-2
蕩子○年別	38-3

【千】
況復○餘里	28-9
〔千里〕	
芳洲亙○○	11-17
○○懷三益	23-4
飄飆○○飛	43-4

【卉】
芳○疑綸組	14-5
華茵藉初○	25-9

【半】
洛城雖○掩	20-9
凝朱○有殘	35-4
廻花○隱身	47-6
攢柯○玉蟾	60-3
輪光缺不○	64-1

【卓】
兼傾○氏僮	30-14

【南】
蓮度江○手	1-13
江漢西○永	17-2
竹庭已○映	29-33
賈生傅○國	29-115
金虎西○昃	42-8

○皮弦吹罷	47-1	

【危】
○絃斷復續	3-5

【卽】
詎○紉新蘭	25-14
○事已多傷	28-8
歸歟不可○	29-23
園楥○重嶺	29-93

【厚】
方歡○德重	11-19

【原】
水接淺○陰	29-53

【厠】
虛薄○才良	21-8

【厭】
若○蘭臺右	30-25

【去】
丈人慎勿○	5-5
風○水餘波	20-8
結綬○承光	21-16
扁舟○平樂	28-1
出洲分○燕	30-5
○辭追楚穆	30-21
見此○珠還	69-4

【參】
綢繆○宴笑	13-9
橫經○上庠	21-12

〔參差〕
城寺鬱○○	8-7
○○葉際飛	61-6

【又】
西園○已闢	13-2

【及】
復○秋風年	18-10
○爾宴蓬瀛	29-82
○捨趣猶幷	46-2
○此同多暇	63-3

【友】
疲病疎僚○	29-56

【反】
徒然謬○隅	15-9
謝病○清漳	21-42
悵然○城郭	29-84
夜長愁○覆	41-1

〔反景〕
○○入池林	13-13
○○照移塘	21-28

【取】
伊臣獨何○	13-5

【叢】
荻苗抽故○	30-8
相與北山○	31-10

【可】
丘山不○答	9-9
烹鮮徒○習	21-17
遨遊佳○望	21-25
中來不○絕	21-39
龍門不○見	23-9
行程猶○度	29-10
歸歟不○卽	29-23
蓬瀛不○託	29-83
○思不可見	29-113
可思不○見	29-113
喬枝不○攀	37-14

【司】
故居猶○念	38-11
故人安○忘	38-12
浮瓜聊○貴	39-5
所思不○寄	49-7
側光聊○書	60-7
雅琴不○聽	62-3

【右】
山帶荊門○	29-54
若厭蘭臺○	30-25

【司】
○舉未云書	32-14

【合】
船交橈影○	1-9
乍出連山○	21-31
日暮愁陰○	26-7
葉○影還沈	29-38
含嬌曖已○	61-1
無因停○浦	69-3

【同】
賴有○舟客	25-7
○舉霞紋杯	27-6
標霞○赤城	29-62
方才幸○貫	29-119
出處嗟莫○	30-24
夜被何由○	33-8
○羞不相難	35-7
欲寄○花燭	36-9
誰與○衣裳	38-18
及此○多暇	63-3

【名】
遊談侍○理	21-9
廬阜擅高○	29-59
談譃有○僧	29-99

【后】			【吹】			聲○善響應	70-3
我○遊祇鷺	18-3		弦○似佳期	3-2			
			松風○總帷	3-4		【咸】	
【吏】			習習春○	7-2		詎比○池曲	43-3
一朝謬爲○	21-15		江風傳葆○	12-9			
煩君計○過	29-122		何用奉○息	14-14		【哉】	
			鐃○臨風警	17-4		惜○無輕軸	29-111
【向】			猶聞棗下○	28-3		壯○宛洛地	32-3
爭塗○洛陽	22-14		蟠木濫○噓	32-18			
○浦逐歸鴻	30-6		南皮弦○罷	47-1		【唇】	
羞令夜○晨	47-8					非但汗丹○	40-4
欲○龍門飛	66-4		【吾】				
			○王奄鄽畢	11-5		【唐】	
【君】			○登陽臺上	23-1		非夢高○客	23-2
○恩絕履綦	4-6		○生棄武騎	30-11			
窈窕舞昭○	5-4		驂駕入○廬	32-20		【唯】	
夫○追宴喜	20-1					○餘最小婦	5-3
度○路應遠	29-11		【告】			〔唯憐〕	
懷抱共○深	29-48		壼人○漏晚	13-11		○○盈袖香	49-8
煩○計吏過	29-122					○○綠葉香	69-4
夫○多敬愛	32-17		【周】				
妾心○自解	35-9		俛眺○京洛	8-6		【唱】	
幸非使○問	36-5		凱樂盛○居	10-6		忽聞生離○	2-7
副○西園宴	45-1		復憩○王城	29-74		榜人不敢○	21-35
想○愁日落	48-7						
賈○徭役少	63-1		【命】			【唾】	
			朝行○金碧	13-4		自○誠礌砆	32-21
【吝】			摛辭雖○	18-21			
光私獎輸○	15-8		一○禾烏郎	21-4		【商】	
			○駕獨尋幽	29-57		○人泣紈扇	26-3
【吟】			華燭○佳人	47-4			
百囀似羣○	44-10					【問】	
			【咀】			幸非使君○	36-5
【含】			含○願相親	40-12			
桂挺已○芳	16-6					【啓】	
○咀願相親	40-12		【和】			北閣時旣○	13-1
○毫且成賦	60-8		蕭條聊屬○	29-45		蒙籠乍一○	29-69
○淚翦綾紈	65-4		風輪○寶鐸	29-92			
○嬌曖已合	61-1		風簾乍○扉	63-8		【啼】	
			風輪○寶鐸	68-2		別有○烏曲	2-3

【善】			【嘯】			【圉】	
片○黃金賤	11-12		○歌無與晤	60-6		罷籍睢陽○	30-15
謔浪雖云○	25-11						
法○招報能	29-104		【嘹】			【國】	
聲和○響應	70-3		妍歌已○亮	10-11		賈生傅南○	29-115
						何由辨○圍	43-16
【喉】			【噓】				
襟○邇封甸	11-4		蟠木濫吹○	32-18		【圍】	
						何由辨國○	43-16
【喜】			【噪】				
夫君追宴○	20-1		繞樹○寒烏	26-8		【園】	
						西○又已闢	13-2
【喝】			【嚬】			何由入故○	25-13
無所○流聲	6-6		送態表○蛾	48-4		偶憩鹿○閣	29-86
						○榎卽重嶺	29-93
【喧】			【囀】			忽憶○閑柳	30-9
傍浦○棹謳	24-8		百○似羣吟	44-10		副君西○宴	45-1
						○葵亦何幸	63-3
【喻】			【囂】				
來○勗雕金	29-27		案牘罷○塵	39-2		【圓】	
						方○殊未工	30-18
【喬】			【四】			○淵倒荷芰	32-7
○枝不可攀	37-14		一朝○美廢	29-49		月帶○樓影	64-3
遷○聲迥出	44-5					扇影出將○	64-2
〔喬柯〕			【回】				
○○變夏葉	18-11		○首望長安	23-3		【圖】	
○○貫簷上	29-35		官寺隱○塘	28-6		影塔○花樹	29-89
【單】			【因】			【土】	
偏念客衣○	65-2		○之泝廬久	29-52		北○無遺彥	11-10
			無○追羽翮	29-81			
【嗟】			尋○途乃異	46-1		【在】	
非徒○未遒	12-16		無○停合浦	69-3		況○青春日	4-3
出處○莫同	30-24		〔因風〕			所思竟何○	6-3
○余獨有違	43-12		○○乍共歸	61-4		況○登臨地	18-9
			○○似蝶飛	62-6		雜俗良○茲	19-6
						魂交忽○御	38-15
【嘉】							
〔嘉樹〕			【困】			【地】	
○○似雕飾	14-6		顧已慼○地	39-11		況在登臨○	18-9
○○欲相依	61-8						

10

淮海封畿○	19-5	【基】		【壁】	
復此淪波○	22-3	階○仍巨壑	29-94	浮光亂粉○	43-7
茲○多諧賞	29-110				
壯哉宛洛○	32-3	【堂】		【壑】	
顧已慙困○	39-11	茲○乃峭嶠	9-1	階基仍巨○	29-94
天○有暑度	70-2	曲宴闞蘭○	16-10		
		尙識杏閒○	28-4	【壘】	
【均】		高○夢容色	42-10	玉○稱津潤	62-1
恥○班女扇	43-5				
		【堦】		【士】	
【坐】		羽觴環○轉	10-9	淸宴延多○	8-1
委○陪瑤席	13-8			東山富遊○	11-9
○臥猶懷想	29-108	【報】			
夜長眠復○	36-7	法善招○能	29-104	【壯】	
披衣○惆悵	41-3			○哉宛洛地	32-3
○銷風露質	43-17	【塔】			
旭旦○花林	44-2	影○圖花樹	29-89	【壺】	
茲林有夜○	60-5			○人告漏晚	13-11
		【塗】			
【垂】		爭○向洛陽	22-14	【夏】	
○竿自有樂	1-15	望望餘○盡	33-5	豫遊高○諺	10-5
岫隱雲易○	9-6			此城鄰○穴	21-21
○條拂戶陰	29-36	【塘】		白雲○峯盡	32-9
○釵繞落鬢	35-5	林○多秀色	14-4	〔夏葉〕	
微光○步簷	42-2	方○交密篠	20-5	喬柯變○○	18-11
○影當高樹	60-2	反景照移○	21-28	○○依窗落	41-7
三光○表象	70-1	官寺隱回○	28-6		
				【夕】	
【城】		【塵】		煙霞起將○	13-12
○寺鬱參差	8-7	淹○資海滴	18-15	○鳥赴前洲	24-6
復展○隅宴	11-16	案牘罷囂○	39-2	輕寒朝○殊	26-2
洛○雖半掩	20-9	廻拂影中○	67-4	淹留望○霏	45-8
此○鄰夏穴	21-21				
結宇灞○陰	29-32	【堋】		【外】	
標霞同赤○	29-62	布武登玉○	13-7	屛居靑門○	29-31
復憩周王○	29-74				
悵然反○郭	29-84	【墜】		【多】	
聊比化○樂	29-88	豈不憐飄○	62-7	淸宴延○士	8-1
寄語龍○下	65-5			林塘○秀色	14-4
				臨泛自○美	22-9

卽事已○傷	28-8	【太】		【女】	
茲地○諧賞	29-110	誰能爲○師	1-16	櫂○闇成粧	22-12
縱橫辭賦○	29-118	岌岌凌○淸	29-60	此日倡家○	37-5
夫君○敬愛	32-17			恥均班○扇	43-5
燕趙○佳麗	38-1	【夫】		鄭○發淸歌	48-2
及此同○暇	63-3	留故○	67-1		
		〔夫君〕		【好】	
【夜】		○○追宴喜	20-1	枝閒弄○音	44-4
長○泣羅衣	2-8	○○多敬愛	32-17	○聽雅琴聲	62-2
榜人○理檝	22-11				
○被何由同	33-8	【央】		【如】	
春○守空牀	34-12	悲心未遽○	28-10	駭水忽○湯	21-30
空使蘭膏○	38-19			時○高蓋張	21-32
長門隔淸○	42-9	【奄】		與子○黃鵠	27-1
方○勞石扉	43-14	吾王○酆畢	11-5	分悲宛○昨	29-7
羞令○向晨	47-8			徑側樹○傾	29-68
茲林有○坐	60-5	【奇】		相思○三月	31-1
客行三五○	66-1	○文爭筆力	14-12	臨邛幸第○	32-16
上客○琴鳴	65-2			〔如何〕	
征舢犯○湍	69-2	【奉】		○○此日風	25-3
〔夜水〕		淹留○觴醳	13-10	○○持此念	29-5
○○聲帷薄	29-96	何用○吹息	14-14	○○嫁蕩子	34-11
○○聲帷箔	68-4	傾葉○離光	63-4	○○當此時	42-11
〔夜長〕				〔如此〕	
○○眠復坐	36-7	【奏】		一遇便○○	36-3
○○愁反覆	41-1	未能○緗綺	43-15	光陰已○○	41-9
		燕姬○妙舞	48-1		
【夢】				【妙】	
非○高唐客	23-2	【契】		殷勤覽○書	29-17
客子○羅襦	26-4	○闊變炎涼	21-14	〔妙舞〕	
宿昔○容光	38-14			○○復紆餘	10-12
高堂○容色	42-10	【奕】		燕姬奏○○	48-1
		終○且留賓	47-2		
【大】		〔奕奕〕		【妾】	
○婦縫羅裙	5-1	○○苦人腸	21-40	○身似秋扇	4-5
		桑中始○○	34-1	從今賤○辭	4-8
【天】				〔妾心〕	
自昔承○寵	8-13	【奮】		○○傷此時	3-6
辯論悅人○	18-14	搖佩○鳴環	37-12	○○君自解	35-9
○地有晷度	70-2				

【始】			寄謝浮丘〇	25-15	江流苦未〇	25-12
竹萌〇防露		16-5	客〇夢羅襦	26-4	故人〇可忘	38-12
昔余篤賓〇		21-1	與〇如黃鵠	27-1		
王粲〇一別		29-1	與〇亟離羣	29-4	【官】	
桑中〇奕奕		34-1	平〇相東阿	29-116	〇寺隱回塘	28-6
秋月〇纖纖		42-1	遊〇倦飄蓬	30-1	曰余濫〇守	29-51
			如何嫁蕩〇	34-11		
【委】			蕩〇十年別	38-3	【定】	
〇坐陪瑤席		13-8	交枝蕩〇房	49-4	轉側〇他鄉	38-16
					徘徊〇不出	68-3
【姦】			【孔】			
禁〇摘銖兩		19-7	匯澤良〇殷	11-1	【宛】	
					分悲〇如昨	29-7
【姬】			【孝】		壯哉〇洛地	32-3
燕〇奏妙舞		48-1	〇碑黃絹語	21-23		
			既殯〇王產	30-13	【客】	
【妍】					誰言留〇袂	3-7
〇歌已嘹亮		10-11	【季】		愛〇待驪歌	20-10
			化雞仰〇智	21-19	非夢高唐〇	23-2
【婦】			〇秋弦望後	26-1	賴有同舟〇	25-7
大〇縫羅裙		5-1			〇子夢羅襦	26-4
中〇料繡文		5-2	【孤】		上〇誘明璫	34-4
唯餘最小〇		5-3	於此逗〇舟	24-10	〇心空振蕩	37-13
			〇鳴若無對	44-9	睊彼忘言〇	39-9
【嫁】					偏念〇衣單	65-2
如何〇蕩子		34-11	【宇】		上〇夜琴鳴	65-2
			結〇灞城陰	29-32	〔客行〕	
【嫋】					〇〇裁跬步	28-7
〔嫋嫋〕			【守】		〇〇三五夜	66-1
〇〇秋聲		7-1	倡人怨獨〇	2-5		
			徘徊〇故林	29-30	【室】	
【嬌】			曰余濫官〇	29-51	築〇華池上	20-3
競〇桃李顏		37-6	春夜〇空牀	34-12		
含〇曠已合		61-1	春樓怨難〇	38-5	【宮】	
			終朝〇玉署	43-13	〇屬引鴻鷺	13-3
【子】			瞑瞑〇空牀	64-6	陪謁建章〇	30-16
漁〇服冰紈		1-2			相望非兩〇	31-2
蕩〇殊未歸		2-6	【安】		上〇秋露結	65-1
舟〇行催棹		6-5	回首望長〇	23-3		
舟〇詎能航		21-36	〇波似未流	24-2		

【宴】			【寄】			【寫】	
清○延多士	8-1		○謝浮丘子	25-15		方鏡○簪裾	32-8
復展城隅○	11-16		欲○一言別	27-9		【寵】	
綢繆參○笑	13-9		期○新詩返	29-12		自昔承天○	8-13
留○景將晨	14-10		欲○同花燭	36-9		【寶】	
曲○闢蘭堂	16-10		所思不可○	49-7		停鑾對○座	18-13
纜舟○俄頃	17-6		○語龍城下	65-5		〔寶鐸〕	
夫君追○喜	20-1					風輪和○○	29-92
移○息層巒	25-8		【密】			風輪和○○	68-2
及爾○蓬瀛	29-82		方塘交○篠	20-5			
悽悽良○終	33-6		欲知○中意	61-3		【寺】	
副君西園○	45-1					城○鬱參差	8-7
			【富】			官○隱回塘	28-6
【宵】			東山○遊士	11-9			
方○盡談謔	29-98					【封】	
春○猶自長	64-1		【寒】			襟候邇○甸	11-4
			禁林○氣晚	8-9		淮海○畿地	19-5
【家】			空慕凌○柏	23-10		東○馬易驚	29-64
離○復臨水	21-37		芳樽散緒○	25-10		皆緣○著情	46-6
此日倡○女	37-5		輕○朝夕殊	26-2			
			復有○泉井	39-7		【將】	
【容】			冬曉風正○	65-1		煙霞起○夕	13-12
雍○慙昔劉	12-14		〔寒烏〕			皇心眷○遠	14-1
從○少職事	29-55		○○逐查漾	22-7		留宴景○晨	14-10
宿昔夢○光	38-14		繞樹噪○○	26-8		笳劍儼○旋	18-18
高堂夢○色	42-10					○別復徘徊	27-2
			【寬】			薄黛銷○盡	35-3
【宿】			寂○少知音	29-46		屢○歌罷扇	67-3
疑是辰陽○	24-9					扇影出○圓	64-2
淹留○廬阜	29-58		【實】				
暮○犯頹風	30-4		比事○光前	18-4		【尋】	
○昔夢容光	38-14		佳麗○皇居	32-4		研○還慨息	29-26
			別有無枝○	40-5		命駕獨○幽	29-57
【寂】						時聞絕復○	44-8
應門○已閉	4-1		【寧】			○因途乃異	46-1
○寞少知音	29-46		○無流水琴	29-44			
重門○已暮	39-1		○關先有期	36-4		【對】	
〔寂寂〕			○殊遇行雨	48-5		停鑾○寶座	18-13
○○桑榆晚	63-5						

○霤接繁柯	20-6		【屨】			【岫】	
○澗距金楹	29-76		況余○之遠	29-3		○隱雲易垂	9-6
○笑更成歡	35-8		黄金○已空	30-20			
焖焖○繁霜	38-20		蟾兔○盈虚	32-12		【岸】	
孤鳴若無○	44-9		昔聞○歡昔	44-11		○廻知舳轉	24-3
誰能○雙燕	64-5		○將歌罷扇	67-3			
						【峭】	
【小】			【層】			茲堂乃○嶠	9-1
唯餘最○婦	5-3		移宴息○巒	25-8			
○乘非汲引	29-103					【峯】	
○臣輕蟬翼	45-5		【履】			交○隱玉霤	29-75
			君恩絕○綦	4-6		白雲夏○盡	32-9
【少】							
寂寞○知音	29-46		【屬】			【峻】	
從容○職事	29-55		餘辰○上巳	11-13		蓬山一何○	15-2
賈君徭役○	63-1		宮○引鴻鷺	13-3			
○知雅琴曲	62-1		蕭條聊○和	29-45		【崇】	
						三入○賢旁	21-6
【尚】			【山】			但願○明德	39-13
○識杏間堂	28-4		丘○不可答	9-9			
			東○富遊士	11-9		【嶠】	
【局】			蓬○一何峻	15-2		茲堂乃峭○	9-1
○步何由騁	17-10		乍出連○合	21-31			
側光全照○	47-5		隔○聞戍鼓	24-7		【嶺】	
			慈○行旅鎮	29-20		園棧卽重○	29-93
【居】			○帶荆門右	29-54			
凱樂盛周○	10-6		未若茲○險	29-65		【嶼】	
屏○靑門外	29-31		○横路似絕	29-67		蒼茫沙○蕪	26-10
佳麗實皇○	32-4		相與北○叢	31-10			
故○猶可念	38-11		巫○薦枕日	36-1		【巒】	
閒○伊洛濱	39-10		○人惜春暮	44-1		移宴息層○	25-8
			○影逐波流	66-4			
【展】			別待春○上	67-3		【巖】	
復○城隅宴	11-16					日華○上留	12-8
			【岐】			○華映采斿	12-10
【屛】			聖襟惜○路	16-9		樓帳縈○谷	18-7
分區○中縣	11-2					倚○忽廻望	29-71
○居靑門外	29-31		【嵒】				
帷○溽早露	29-39		〔嵒嵒〕			【川】	
			○○凌太淸	29-60		○平落日迴	22-1

落照滿○漲	22-2		爲懽誠○往	29-107	【帶】	
況復阻○隅	26-6		黃金厦○空	30-20	山○荊門右	29-54
〔川梁〕			殺靑徒○汗	32-13	羅衣雙○長	38-4
釋事上○○	21-26		翠釵挂○落	34-9	月○圓樓影	64-3
還顧極○○	28-2		重門寂○暮	39-1		
			光陰○如此	41-9	【帷】	
【工】			別前秋○落	49-5	松風吹繐○	3-4
方圓殊未○	30-18		含嬌曖○合	61-1	朱輪褰素○	19-4
					顧○慙入楚	23-5
【巧】			【巳】		○屛溥早露	29-39
○拙良爲異	30-23		濯禊元○初	10-2	夜水聲○薄	29-96
無爲陳○機	43-22		餘辰屬上○	11-13	○開見釵影	68-1
					夜水聲○箔	68-4
【巨】			【布】			
階基仍○壑	29-94		○武登玉堭	13-7	【常】	
					○羞華燭明	68-4
【巫】			【帆】			
○山薦枕日	36-1		懸○似馳驟	26-13	【幃】	
					羅○自擧	7-5
【差】			【帝】			
城寺鬱參○	8-7		乍觀秦○石	29-73	【幕】	
參○葉際飛	61-6		陳王謁○歸	45-2	差池入綺○	38-9
〔差池〕						
○○入綺幕	38-9		【師】		【幡】	
○○高復下	66-3		誰能爲太○	1-16	月殿耀朱○	68-1
			遠○教逾闉	29-101		
【己】					【平】	
顧○慙困地	39-11		【席】		川○落日迥	22-1
			淸瀾傍○疏	10-10	扁舟去○樂	28-1
【巳】			委坐陪瑤○	13-8	○生竟何托	29-47
應門寂○閉	4-1		賓○簡衣簪	29-42	礌砎無暫○	29-70
姸歌○嘹亮	10-11		徒然顧枕○	38-17	○子相東阿	29-116
西園又○闢	13-2		輕涼生筠○	39-3		
桂挺○含芳	16-6				【年】	
法朋一○散	18-17		【帳】		復及秋風○	18-10
春心○應豫	25-1		○殿臨春渠	10-4	蕩子十○別	38-3
卽事○多傷	28-8		○餞靈芝側	14-2		
○切臨眺情	29-21		樓○縈巖谷	18-7	【幷】	
竹庭○南映	29-33		電隙時光○	63-7	及捨趣猶○	46-2
積迷頓○悟	29-105					

【幸】		【康】		【引】	
邂逅逢休○	9-7	馴雉推仲○	21-20	宮屬○鴻鷺	13-3
方才○同貫	29-119			○籍陪下膳	21-11
臨邛○第如	32-16	【廢】		派別○沮漳	22-4
○非使君問	36-5	一朝四美○	29-49	遽動思歸○	29-22
芳華○勿謝	61-7			小乘非汲○	29-103
園葵亦何○	63-3	【廣】			
		滄池誡自○	15-1	【弘】	
【幽】		○漢欲兼治	19-2	生公道復○	29-102
○澗潔涼泉	18-12				
命駕獨尋○	29-57	【廬】		【弦】	
○谷雖云阻	29-121	因之泝○久	29-52	〔弦吹〕	
赴谷響○深	44-6	還望承明○	32-2	○○似佳期	3-2
○蘭暫罷曲	65-3	驂駕入吾○	32-20	南皮○○罷	47-1
		〔廬阜〕		〔弦望〕	
【府】		淹留宿○○	29-58	季秋○○後	26-1
舒雲類紫○	29-61	○○擅高名	29-59	○○殊揮霍	29-8
【庠】		【延】		【弭】	
橫經參上○	21-12	清宴○多士	8-1	○節馳喝谷	63-1
【度】		【建】		【張】	
蓮○江南手	1-13	陪謁○章宮	30-16	時如高蓋○	21-32
迤邐○青樓	12-4			鳴琴無暇○	34-8
風○餘芳滿	15-5	【廻】			
行程猶可○	29-10	○風飄淑氣	16-3	【彈】	
○君路應遠	29-11	岸○知舳轉	24-3	空然等○翰	12-15
飛雉○洲還	37-4	倚巖忽○望	29-71		
月色○雲來	41-6	○花半隱身	47-6	【形】	
天地有暑○	70-2	○羞出曼臉	48-3	○立景自附	70-4
		○拂影中塵	67-4		
【座】		浮光逐笑○	61-4	【彤】	
停鑾對寶○	18-13			積照朗○闈	43-8
		【弄】			
【庭】		鵾絃且輟○	2-1	【彥】	
非復後○時	4-2	枝閒○好音	44-4	北土無遺○	11-10
竹○已南映	29-33				
洞○春水綠	66-1	【弊】		【彩】	
		黑貂久自○	30-19	釣舟畫○鷁	1-1

【彰】			【徊】			○○守故林	29-30
裛葉○金兔	60-4		將別復徘○	27-2		當戶立○○	41-4
			徘○守故林	29-30		○○定不出	68-3
【影】			當戶立徘○	41-4			
船交檟○合	1-9		徘○定不出	68-3		【從】	
葉合○還沈	29-38					○今賤妾辭	4-8
○塔圖花樹	29-89		【後】			侍○榮前阮	12-13
垂○當高樹	60-2		非復○庭時	4-2		方○冠蓋衢	26-16
月帶圓樓○	64-3		○乘歷芳洲	12-6		○容少職事	29-55
山○逐波流	66-4		季秋弦望○	26-1		自我○人爵	32-11
廻拂○中塵	67-4		別○春更芳	49-6			
帷開見釵○	68-1					【御】	
扇○出將圓	64-2		【徑】			○鶴翔伊水	18-1
			前驅掩蘭○	12-5		魂交忽在○	38-15
【役】			○側樹如傾	29-68			
賈君徭○少	63-1					【復】	
			【徒】			況○西陵晚	3-3
【彼】			相望○盈盈	6-4		危絃斷○續	3-5
睠○忘言客	39-9		非○嗟未遒	12-16		非○後庭時	4-2
相○猶自得	43-11		隆恩○自昔	13-6		江深風○生	6-2
			烹鮮○可習	21-17		○以焚林日	10-7
【往】			殺青○已汗	32-13		妙舞○紆餘	10-12
爲懽誠已○	29-107		○勞紅粉粧	34-14		○展城隅宴	11-16
			○知薑桂辛	39-12		○及秋風年	18-10
【征】			〔徒有〕			離家○臨水	21-37
上○切雲漢	8-5		首燕○○心	17-9		○此淪波地	22-3
掩袂眺○雲	17-7		無貲○○任	21-3		歸路○當歡	25-2
援蘿逐上○	29-72		〔徒然〕			況○阻川隅	26-6
晨○凌迸水	30-3		○○謬反隅	15-9		將別○徘徊	27-2
○舠犯夜湍	69-2		○○想二馮	33-2		況○千餘里	28-9
			○○顧枕席	38-17		○爲今日分	29-6
【徂】						勞朝○勞晚	29-14
接軸騖西○	26-12		【得】			池牖○東臨	29-34
			果○承芳信	29-16		○憩周王城	29-74
【待】			爲懽○未曾	29-106		生公道○弘	29-102
何○齊風變	11-8		相彼猶自○	43-11		況○心所積	29-109
愛客○驪歌	20-10					夜長眠○坐	36-7
欲○春江曙	22-13		【徘】			河鳥○關關	37-2
露葵不○勸	34-7		〔徘徊〕			○此歸飛燕	38-7
別○春山上	67-3		將別復○○	27-2		○有寒泉井	39-7

○持憂自催	41-10		當看○裏新	40-10		所○不可寄	49-7
○值懷春鳥	44-3		遲暮獨傷○	44-14			
時聞絕○尋	44-8		一知○相濁	46-7		【急】	
差池高○下	66-3		春○非一傷	64-2		○槳渡江湍	1-6
【徭】			【志】			【怨】	
賈君○役少	63-1		皇心重發○	8-11		倡人○獨守	2-5
						春樓○難守	38-5
【微】			【忘】			離○動方開	61-2
鴻漸濫○薄	8-2		故人安可○	38-12			
○步出蘭房	34-6		睠彼○言客	39-9		【恆】	
○汗染輕紈	35-6					禁門○晚開	27-8
○風起扇輪	39-4		【忝】				
○芳雖不足	40-11		一命○爲郎	21-4		【恥】	
〔微光〕						○均班女扇	43-5
熠熠動○○	22-6		【念】				
○○垂步簷	42-2		如何持此○	29-5		【恨】	
			離○空盈蕩	29-114		遺○獨終篇	18-22
【德】			故居猶可○	38-11			
方歡厚○重	11-19		偏○客衣單	65-2		【恩】	
余斳野王○	33-3					君○絕履綦	4-6
但願崇明○	39-13		【忽】			隆○徒自昔	13-6
無謂○無鄰	39-14		○聞生離唱	2-7			
			駭水○如湯	21-30		【息】	
【徽】			倚巖○廻望	29-71		何用奉吹○	14-14
鶴操暫停○	2-2		○憶園閒柳	30-9		移宴○層巒	25-8
			魂交○在御	38-15		研尋還慨○	29-26
【心】			今聽○悲今	44-12		車騎○逢迎	29-66
妾○傷此時	3-6		映日○爭起	61-3		簾螢隱光	42-5
皇○重發志	8-11					○棹隱中洲	66-2
皇○睠樂飲	10-3		【思】				
皇○眷將遠	14-1		所○竟何在	6-3		【悟】	
首燕徒有○	17-9		眷然○故鄉	21-38		積迷頓已○	29-105
春○已應㒥	25-1		相望且相○	29-13			
倏見搖○慘	25-5		遷動○歸引	29-22		【悅】	
悲○未遽央	28-10		可○不可見	29-113		辯論○人天	18-14
況復○所積	29-109		相○如三月	31-1			
妾○君自解	35-9		若人惠○我	31-5		【悲】	
客○空振蕩	37-13		爲照遙相○	36-10		還掩望陵○	3-8
兼以瑩○神	39-8		相○昏望絕	38-13		○心未遽央	28-10

【分】		
○宛如昨	29-7	
今聽忽○今	44-12	

【悵】		
○然反城郭	29-84	
披衣坐悵○	41-3	

【悽】		
〔悽悽〕		
○○良宴終	33-6	

【情】		
已切臨睨○	29-21	
懷○滿胸臆	42-12	
皆緣封著○	46-6	

【惆】		
披衣坐○悵	41-3	

【惜】		
聖襟○岐路	16-9	
銜杯○餘景	17-8	
○哉無輕軸	29-111	
良人○美珥	37-7	
山人○春暮	44-1	

【惠】		
若人○思我	31-5	

【想】		
坐臥猶懷○	29-108	
徒然○二馮	33-2	
○君愁日落	48-7	

【愁】		
日暮○陰合	26-7	
夜長○反覆	41-1	
想君○日落	48-7	

【憨】		
令王○追送	17-5	

【意】		
欲知密中○	61-3	

【愛】		
○客待驪歌	20-10	
夫君多敬○	32-17	
豈非輪轉○	46-5	

【愧】		
雖○陽陵曲	29-43	
文昌○通籍	32-15	

【慎】		
丈人○勿去	5-5	

【慈】		
○山行旅鎮	29-20	

【態】		
送○表嚬蛾	48-4	

【慕】		
空○凌寒柏	23-10	

【慘】		
倏見搖心○	25-5	

【憋】		
○非楚侍	7-7	
雍容○昔劉	12-14	
顧帷○入楚	23-5	
余○野王德	33-3	
顧己○困地	39-11	

【慧】		
○義似傳燈	29-100	

【慨】		
研尋還○息	29-26	

【憂】		
○來自難遣	26-5	
方見百○侵	29-50	
復持○自催	41-10	

【憐】		
唯○盈袖香	49-8	
豈不○飄墜	62-7	
唯○綠葉香	69-4	

【憩】		
復○周王城	29-74	
偶○鹿園閣	29-86	

【憶】		
詎○遊輕輦	4-7	
忽○園閒柳	30-9	

【應】		
○門寂已閉	4-1	
春心已○豫	25-1	
度君路○遠	29-11	
○羨魯陽戈	48-8	
聲和善響○	70-3	

【懷】		
千里○三益	23-4	
坐臥猶○想	29-108	
○情滿胸臆	42-12	
偶○笨車是	43-19	
復值○春鳥	44-3	
明月○靈兔	70-6	
〔懷抱〕		
○○共君深	29-48	
○○不能裁	41-2	

【懸】			【房】			【托】		
○帆似馳驥	26-13		微步出蘭○	34-6		平生竟何○	29-47	
			銜泥繞曲○	38-8				
【懽】			日下○櫳閣	47-3		【扶】		
爲○得未曾	29-106		交枝蕩子○	49-4		照檻出○桑	63-2	
爲○誠已往	29-107							
			【所】			【承】		
【戈】			無○喝流聲	6-6		自昔○天寵	8-13	
應羨魯陽○	48-8		比質非○任	29-28		析珪○羽傳	11-6	
			況復心○積	29-109		翠蓋○朝景	18-5	
【戍】			〔所思〕			結綬去○光	21-16	
隔山聞○鼓	24-7		○○竟何在	6-3		果得○芳信	29-16	
			○○不可寄	49-7		還望○明廬	32-2	
【成】								
九○變絲竹	10-13		【扁】			【披】		
權女閤○粧	22-12		○舟去平樂	28-1		襟袖乃○	7-6	
丹爐且未○	29-80					留連○雅韻	29-18	
對笑更○歡	35-8		【扇】			○衣坐惆悵	41-3	
含毫且○賦	60-8		妾身似秋○	4-5				
〔成珍〕			遠近風光○	11-18		【抱】		
溢酒亦○○	39-6		商人泣紈○	26-3		懷○共君深	29-48	
爛舌不○○	40-2		微風起○輪	39-4		懷○不能裁	41-2	
			恥均班女○	43-5		素日○玄鳥	70-5	
【我】			屢將歌罷○	67-3				
聽○駐浮雲	5-6		○影出將圓	64-2		【抽】		
○后遊祗鷲	18-3					荻苗○故叢	30-8	
若人惠思○	31-5		【扉】					
自○從人爵	32-11		方夜勞石○	43-14		【拂】		
			素蕊映華○	62-4		饑鵜○浪翔	22-8	
【或】			風簾乍和○	63-8		垂條○戶陰	29-36	
椁水○沾粧	69-2					羅衣○更香	34-10	
			【手】			鶄鷗○翅歸	43-10	
【戲】			蓮度江南○	1-13		廻○影中塵	67-4	
百○起龍魚	10-14		不辭纖○倦	47-7				
						【拖】		
【戶】			【才】			虹蜺○飛閣	32-5	
垂條拂○陰	29-36		託乘侶○賢	18-20				
當○立徘徊	41-4		虛薄厠○良	21-8		【拙】		
秋花當○開	41-8		方○幸同貫	29-119		巧○良爲異	30-23	

【招】			【推】			【舉】		
法善○報能		29-104	馴雉○仲康		21-20	羅幃自○		7-5
						同○霞紋杯		27-6
【持】			【掩】			司○未云書		32-14
空○渝皓齒		40-3	還○望陵悲		3-8			
復○憂自催		41-10	前驅○蘭徑		12-5	【擾】		
〔持此〕			○袂眺征雲		17-7	階霤○昏禽		29-40
○○陽瀨遊		11-15	洛城雖半○		20-9			
如何○○念		29-5	曳綃爭○穀		37-11	【摘】		
○○連枝樹		31-3	高臥○重闈		63-4	禁姦○銖兩		19-7
【挂】			【揚】			【攀】		
翠釵○已落		34-9	礐石素波○		21-34	喬枝不可○		37-14
○玉且留冠		35-10						
			【揮】			【攢】		
【振】			弦望殊○霍		29-8	竹裏見○枝		9-4
鳥集新條○		15-6				玉沼發○蔣		16-8
客心空○蕩		37-13	【援】			○柯半玉蟾		60-3
			○蘿遂上征		29-72			
【挺】						【收】		
桂○已含芳		16-6	【搖】			西沮水潦○		23-7
			方秋未○落		8-10			
【捨】			倏見○心慘		25-5	【改】		
及○趣猶并		46-2	○佩奮鳴環		37-12	景移林○色		20-7
			鶊鴒○羽至		43-9			
【掌】						【故】		
仙○方晞露		31-7	【搦】			何由入○園		25-13
			○管創文章		21-10	徘徊守○林		29-30
【排】						荻苗抽○叢		30-8
方假○虛闡		31-9	【摛】			新縑疑○素		37-9
			○辭雖立命		18-21	○居猶可念		38-11
【採】			共○雲氣藻		27-5	○人安可忘		38-12
○菱非採荇		60-1	○藻蔚雕蟲		31-6	留○夫		67-1
採菱非○荇		60-1				〔故鄉〕		
相看○蘼蕪		67-4	【擅】			眷然思○○		21-38
			蘆阜○高名		29-59	況乃還○○		22-10
【接】								
對霤○繁柯		20-6	【操】			【教】		
○軸鶩西徂		26-12	鶴○暫停徽		2-2	遠師○逾闡		29-101
水○淺原陰		29-53						

【敢】		
榜人不○唱	21-35	
踟躕未○進	60-3	

【散】		
法朋一已○	18-17	
芳樽○緒寒	25-10	

【敬】		
夫君多○愛	32-17	

【敷】		
莫作羅○辭	36-6	

【文】		
中婦料繡○	5-2	
奇○爭筆力	14-12	
搦管創○章	21-10	
○昌愧通籍	32-15	
○雅縱橫飛	45-4	

【料】		
中婦○繡文	5-2	

【新】		
鳥集○條振	15-6	
落景煥○光	16-4	
詎卽紉○蘭	25-14	
期寄○詩返	29-12	
○縑疑故素	37-9	
當看心裏○	40-10	

【斷】		
危絃○復續	3-5	

【方】		
○秋未搖落	8-10	
○歡厚德重	11-19	
○塘交密篠	20-5	
○從冠蓋衢	26-16	

前途○未極	29-24
○見百憂侵	29-50
○宵盡談謔	29-98
○才幸同貫	29-119
○圓殊未工	30-18
仙掌○晞露	31-7
○假排虛鬮	31-9
○鏡寫簪裾	32-8
○夜勞石扉	43-14
離怨動○開	61-2

【於】		
○茲被人爵	8-14	
○此逗孤舟	24-10	

【斿】		
巖華映采○	12-10	

【旁】		
三入崇賢○	21-6	

【旅】		
慈山行○鎭	29-20	
衡陽○鴈歸	66-2	

【旋】		
笳劍儼將○	18-18	

【旗】		
羽○映日移	17-3	
朱○曳曉煙	18-6	

【旛】		
月殿曜朱○	29-91	

【旣】		
北閣時○啓	13-1	
下輦朝○盈	14-9	
○異人世勞	29-87	
○殫孝王產	30-13	

河流○浼浼	37-1
○言謝端木	43-21

【日】		
雀臺三五○	3-1	
況在靑春○	4-3	
復以焚林○	10-7	
旭○輿輪動	12-1	
○華嚴上留	12-8	
是○靑春獻	14-3	
羽旗映○移	17-3	
十○遞來過	20-2	
川平落○迥	22-1	
○入江風靜	24-1	
如何此○風	25-3	
復爲今○分	29-6	
○暗人聲靜	34-5	
巫山薦枕○	36-1	
此○倡家女	37-5	
白○照紅粧	38-2	
置酒陪朝○	45-7	
○下房櫳闇	47-3	
想君愁○落	48-7	
映○忽爭起	61-3	
素○抱玄鳥	70-5	
〔日暮〕		
○○楚江上	6-1	
○○愁陰合	26-7	
○○且盈舠	60-2	

【旦】		
旭○坐花林	44-2	

【早】		
帷屛潯○露	29-39	

【旭】		
○日輿輪動	12-1	
○旦坐花林	44-2	

【昃】		
留宴景將○	14-10	
金虎西南○	42-8	

【昌】		
文○愧通籍	32-15	

【明】		
還望承○廬	32-2	
上客誘○瑠	34-4	
但願崇○德	39-13	
獨○花裏翠	67-1	
常羞華燭○	68-4	
○月懷靈兔	70-6	
〔明明〕		
○○三五月	60-1	

【昏】		
階霤擾○禽	29-40	
相思○望絕	38-13	

【易】		
岫隱雲○垂	9-6	
東封馬○驚	29-64	
詎○紫梨津	40-8	

【昔】		
自○承天寵	8-13	
雍容慙○劉	12-14	
隆恩徒自○	13-6	
○余筮賓始	21-1	
宿○夢容光	38-14	
○聞屢歡昔	44-11	
昔聞屢歡○	44-11	

【映】		
巖華○采斿	12-10	
餘光○泉石	13-14	
竹庭已南○	29-33	
簾蟲○光織	42-6	

素蕊○華扉	62-4	
波動○淪漣	64-4	
〔映日〕		
羽旗○○移	17-3	
○○忽爭起	61-3	

【春】		
況在青○日	4-3	
習習○吹	7-2	
帳殿臨○渠	10-4	
○色江中滿	12-7	
是日青○獻	14-3	
欲待○江曙	22-13	
○夜守空牀	34-12	
○樓怨難守	38-5	
山人惜○暮	44-1	
復值懷○鳥	44-3	
別後○更芳	49-6	
○宵猶自長	64-1	
洞庭○水綠	66-1	
別待○山上	67-3	
〔春心〕		
○○已應豫	25-1	
○○非一傷	64-2	

【昨】		
分悲宛如○	29-7	

【昭】		
窈窕舞○君	5-4	
○暗仰燈然	18-16	
○丘霜露積	23-8	

【是】		
○日青春獻	14-3	
疑○辰陽宿	24-9	
偶懷笨車○	43-19	

【時】		
荷根○觸餌	1-11	

妾心傷此○	3-6	
非復後庭○	4-2	
北閣○既啓	13-1	
○如高蓋張	21-32	
虛薄無○用	29-29	
紫書○不至	29-79	
○過馬鳴院	29-85	
洛浦獻珠○	36-2	
如何當此○	42-11	
○聞絕復尋	44-8	
電隙○光帳	63-7	
菱莖○繞釧	69-1	
〔時時〕		
○○釋簿領	32-19	

【晞】		
仙掌方○露	31-7	
滂沱曀不○	63-6	

【晤】		
嘯歌無與○	60-6	

【晦】		
凍雨○初陽	16-2	

【晨】		
○征凌迣水	30-3	
羞令夜向○	47-8	

【晚】		
況復西陵○	3-3	
禁林寒氣○	8-9	
壺人告漏○	13-11	
禁門恆○開	27-8	
勞朝復勞○	29-14	
寂寂桑榆○	63-5	

【景】		
欄高○難蔽	9-5	
反○入池林	13-13	

留宴○將昃	14-10		磷砳無○平	29-70		○宴闢蘭堂	16-10
麗○花上鮮	15-3		○作背飛鴻	31-4		洛橋分○渚	28-5
落○煥新光	16-4		幽蘭○罷曲	65-3		雖愧陽陵○	29-43
銜杯惜餘○	17-8					銜泥繞○房	38-8
翠蓋承朝○	18-5		【暮】			詎比咸池○	43-3
○移林改色	20-7		日○楚江上	6-1		少知雅琴○	62-1
反○照移塘	21-28		薰祓三陽○	10-1		幽蘭暫罷○	65-3
餘○驚登臨	29-97		○煙生遠渚	24-5			
形立○自附	70-4		日○愁陰合	26-7		【曳】	
			薄○闇人進	29-15		朱蹕○青規	9-8
【晷】			○宿犯頹風	30-4		朱旗○曉煙	18-6
天地有○度	70-2		重門寂已○	39-1		○綃爭掩縠	37-11
			山人惜春○	44-1			
【智】			遲○獨傷心	44-14		【更】	
化雞仰季○	21-19		日○且盈舠	60-2		○泛輪湖上	29-112
						羅衣拂○香	34-10
【暇】			【曀】			對笑○成歡	35-8
但願長閒○	32-23		靄○駭波瀾	25-4		別後春○芳	49-6
鳴琴無○張	34-8		滂沱○不晞	63-6		積雪○傳聲	65-4
及此同多○	63-3						
			【曉】			【書】	
【暉】			朱旗曳○煙	18-6		殷勤覽妙○	29-17
遊聯珠璧○	43-18		佳人每○遊	27-7		紫○時不至	29-79
			冬○風正寒	65-1		司擧未云○	32-14
【暗】			行衣侵○露	69-1		側光聊可○	60-7
昭○仰燈然	18-16					詎知○信難	65-6
日○人聲靜	34-5		【曙】				
			欲待春江○	22-13		【曹】	
【暘】						羞儷○人衣	43-6
弭節馳○谷	63-1		【曜】				
			緹組○林阡	18-8		【曼】	
【暝】			月殿○朱旛	29-91		廻羞出○臉	48-3
〔暝暝〕							
○○守空牀	64-6		【曰】			【曾】	
			○余濫官守	29-51		爲懽得未○	29-106
【暫】						○要湛上人	40-6
鶴操○停徽	2-2		【曲】				
馴馬○停輈	12-12		別有啼鳥○	2-3		【最】	
○欲假飛鷺	25-16		伏檻臨○池	9-2		唯餘○小婦	5-3
條開風○入	29-37		言追河○遊	12-2			

【月】			【望】			【朧】		
鮮雲積上〇		16-1	還掩〇陵悲		3-8	朣〇入牀簟		42-3
相思如三〇		31-1	相〇徒盈盈		6-4			
〇色度雲來		41-6	〇辰躋菌閣		8-4	【木】		
秋〇始纖纖		42-1	樹中〇流水		9-3	蟠〇濫吹噓		32-18
明明三五〇		60-1	輾轉東北〇		17-1	旣言謝端〇		43-21
〇帶圓樓影		64-3	遨遊佳可〇		21-25			
〇光隨浪動		66-3	回首〇長安		23-3	【未】		
明〇懷靈兔		70-6	季秋弦〇後		26-1	蕩子殊〇歸		2-6
〔月殿〕			弦〇殊揮霍		29-8	方秋〇搖落		8-10
〇〇曜朱旛		29-91	相〇且相思		29-13	非徒嗟〇遘		12-16
〇〇耀朱幡		68-1	倚巖忽廻〇		29-71	治民終〇長		21-18
			相〇非兩宮		31-2	纖羅殊〇動		21-29
【有】			還〇承明廬		32-2	安波似〇流		24-2
前浦〇佳期		1-8	相思昏〇絕		38-13	江流苦〇安		25-12
垂竿自〇樂		1-15	淹留〇夕霏		45-8	悲心〇遽央		28-10
別〇啼鳥曲		2-3	〔望望〕			前途方〇極		29-24
首燕徒〇心		17-9	〇〇餘塗盡		33-5	〇若茲山險		29-65
無貲徒〇任		21-3				丹爐且〇成		29-80
賴〇同舟客		25-7	【朝】			爲懼得之曾		29-106
談譔〇名僧		29-99	〇行命金碧		13-4	瞻途杳〇窮		30-2
凝朱半〇殘		35-4	下輦旣盈		14-9	方圓殊〇工		30-18
寧關先〇期		36-4	翠蓋承〇景		18-5	司擧〇云書		32-14
復〇寒泉井		39-7	東〇禮髦俊		21-7	淇上〇湯湯		34-2
別〇無枝實		40-5	一〇謬爲吏		21-15	〇能奏緗綺		43-15
嗟余獨〇違		43-12	輕寒〇夕殊		26-2	〇若華滋樹		49-3
茲林〇夜坐		60-5	勞〇復勞晚		29-14	踟躕〇敢進		60-3
天地〇暑度		70-2	一〇四美廢		29-49			
			〇猨響甍棟		29-95	【朱】		
【朋】			〇疏一不共		33-7	〇蹕曳青規		9-8
法〇一已散		18-17	終〇守玉署		43-13	〇旗曳曉煙		18-6
			置酒陪〇日		45-7	〇輪襄素帷		19-4
【服】			〇猿響甍棟		68-3	月殿曜〇旛		29-91
漁子〇冰紈		1-2				凝〇半有殘		35-4
誰謂〇事淺		21-13	【期】			羞比〇櫻熟		40-7
			前浦有佳〇		1-8	月殿耀〇幡		68-1
【朗】			弦吹似佳〇		3-2			
積照〇彤闈		43-8	〇寄新詩返		29-12	【李】		
			寧關先有〇		36-4	競嬌桃〇顏		37-6

【杏】			○塘多秀色	14-4	【查】	
尙識○開堂	28-4		緹組曜○阡	18-8	寒烏逐○漾	22-7
			景移○改色	20-7		
【杜】			徘徊守故○	29-30	【根】	
瑤階變○若	16-7		旭旦坐花○	44-2	荷○時觸餌	1-11
			茲○有夜坐	60-5		
【杯】					【桂】	
銜○惜餘景	17-8		【柄】		○挺已含芳	16-6
同擧霞紋○	27-6		紛余似鑿○	30-17	徒知薑○辛	39-12
					○華殊皎皎	43-1
【東】			【果】			
○西相背飛	2-4		○得承芳信	29-16	【桃】	
○山富遊士	11-9				競嬌○李顏	37-6
○朝禮髦俊	21-7		【枝】		畏欲比殘○	60-4
解纜辭○越	26-11		竹裏見攢○	9-4		
池牖復○臨	29-34		持此連○樹	31-3	【案】	
○封馬易驚	29-64		喬○不可攀	37-14	○牘罷囂塵	39-2
平子相阿○	29-116		別有無○實	40-5		
見訪灞陵○	30-26		○閒弄好音	44-4	【桑】	
〔東北〕			交○蕩子房	49-4	○中始奕奕	34-1
轅轅○○望	17-1				寂寂○榆晚	63-5
玉羊○○上	42-7		【柏】		照檻出扶○	63-2
			空慕凌寒○	23-10		
【杳】					【梁】	
瞻途○未窮	30-2		【染】		釋事上川○	21-26
			微汗○輕紈	35-6	還顧極川○	28-2
【松】			樂○法流清	46-8	上下傍離○	38-10
○風吹繐帷	3-4					
			【柯】		【條】	
【析】			喬○變夏葉	18-11	鳥集新○振	15-6
○珪承羽傳	11-6		對罍接繁○	20-6	垂○拂戶陰	29-36
			喬○貫簷上	29-35	○開風暫入	29-37
			攢○牛玉蟾	60-3	蕭○聊屬和	29-45
【枕】						
巫山薦○日	36-1		【柱】		【梨】	
徒然顧○席	38-17		經過一○觀	27-3	詎易紫○津	40-8
【林】			【柳】		【棄】	
禁○寒氣晚	8-9		忽憶園閒○	30-9	吾生○武騎	30-11
復以焚○日	10-7		○絮亦霏霏	43-2		
反景入池○	13-13					

27

【棗】			○○不敢唱	21-35	影塔圖花○	29-89
猶聞○下吹	28-3		○○夜理檥	22-11	持此連枝○	31-3
					風音觸○起	41-5
【棟】			【榮】		未若華滋○	49-3
朝猨響薨○	29-95		侍從○前阮	12-13	垂影當高○	60-2
朝猿響薨○	68-3				嘉○欲相依	61-8
			【槐】		風飄花○香	64-4
【棹】			青○秋葉疎	32-10		
舟子行催○	6-5				【樽】	
傍浦喧○謳	24-8		【槳】		芳○散緒寒	25-10
飛○若驚鳧	26-14		急○渡江湍	1-6		
息○隱中洲	66-2				【橈】	
○水或沾粧	69-2		【樂】		欹○隨水脈	1-5
			垂竿自有○	1-15	船交○影合	1-9
【楓】			皇心睠○飲	10-3		
猶傷江際○	30-10		凱○盛周居	10-6	【橋】	
			扁舟去平○	28-1	洛○分曲渚	28-5
【楚】			聊比化城○	29-88		
日暮○江上	6-1		苦極降歸○	46-3	【檣】	
慙非○侍	7-7		○極苦還生	46-4	○䔲茂筠篁	21-22
顧帷慙入○	23-5		○染法流清	46-8		
去辭追○穆	30-21				【機】	
			【樓】		無爲陳巧○	43-22
【楡】			臨炎出蕙○	8-3		
寂寂桑○晚	63-5		迤邐度青○	12-4	【橫】	
			○帳縈巖谷	18-7	○經參上庠	21-12
【楞】			春○怨難守	38-5	山○路似絕	29-67
園○卽重嶺	29-93		詎匹龍○下	62-3	縱○辭賦多	29-118
			月帶圓○影	64-3	文雅縱○飛	45-4
【極】						
還顧○川梁	28-2		【標】		【檝】	
前途方未○	29-24		○霞同赤城	29-62	榜人夜理○	22-11
苦○降歸樂	46-3					
樂○苦還生	46-4		【樹】		【檻】	
			鳴茲玉○	7-3	伏○臨曲池	9-2
【檻】			○中望流水	9-3	照○出扶桑	63-2
對澗距金○	29-76		丰茸花○舒	10-8		
			嘉○似雕飾	14-6	【櫂】	
			繞○噪寒鳥	26-8	○女闇成粧	22-12
【榜】			徑側○如傾	29-68		
〔榜人〕						

【櫳】		
日下房○闇	47-3	

【櫻】		
羞比朱○熟	40-7	

【欄】		
○高景難蔽	9-5	

【欲】		
廣漢○兼治	19-2	
○待春江曙	22-13	
暫○假飛鸞	25-16	
覽諷○護誚	29-25	
○以代芳菅	37-8	
嘉樹○相依	61-8	
畏○比殘桃	60-4	
○知密中意	61-3	
○向龍門飛	66-4	
〔欲寄〕		
○○一言別	27-9	
○○同花燭	36-9	

【歌】		
妍○已嘹亮	10-11	
愛客待驪○	20-10	
無令絕詠○	29-120	
鄭女發清○	48-2	
嘯○無與晤	60-6	
屢將○罷扇	67-3	

【歎】		
猶且○風雲	29-2	

【歛】		
○橈隨水脈	1-5	
誰知歛○眉	36-8	

【歟】		
歸○不可卽	29-23	

【歡】		
方○厚德重	11-19	
歸路復當○	25-2	
對笑更成○	35-8	
昔聞屢○昔	44-11	

【正】		
靈烏○轉風	31-8	
冬曉風○寒	65-1	

【此】		
渙○銅池	7-4	
持○陽瀨遊	11-15	
○城鄰夏穴	21-21	
復○淪波地	22-3	
於○逗孤舟	24-10	
如何持○念	29-5	
持○連枝樹	31-3	
一遇便如○	36-3	
復○歸飛燕	38-7	
光陰已如○	41-9	
及○同多暇	63-3	
見○去珠還	69-4	
〔此日〕		
如何○○風	25-3	
○○倡家女	37-5	
〔此時〕		
妾心傷○○	3-6	
如何當○○	42-11	

【步】		
局○何由騁	17-10	
客行裁跬○	28-7	
○出金華省	32-1	
微○出蘭房	34-6	
微光垂○簷	42-2	

【武】		
布○登玉墀	13-7	
吾生棄○騎	30-11	

【歷】		
後乘○芳洲	12-6	

【歸】		
蕩子殊未○	2-6	
○路復當歡	25-2	
言○遊俠窟	26-15	
遽動思○引	29-22	
○歟不可卽	29-23	
向浦逐○鴻	30-6	
復此○飛燕	38-7	
鴨鷗拂翅○	43-10	
陳王謁帝○	45-2	
苦極降○樂	46-3	
因風乍共○	61-4	
衡陽旅鴈○	66-2	

【殊】		
輕寒朝夕○	26-2	
弦望○揮霍	29-8	
桂華○皎皎	43-1	
聽聞非○異	44-13	
寧○遇行雨	48-5	
〔殊未〕		
蕩子○○歸	2-6	
纖羅○○動	21-29	
方圓○○工	30-18	

【殘】		
凝朱半有○	35-4	
畏欲比○桃	60-4	

【殫】		
旣○孝王產	30-13	

【殷】		
匯澤良孔○	11-1	
○勤覽妙書	29-17	

【殺】			離家復臨○	21-37	○牖復東臨	29-34
○青徒已汗	32-13		西沮○潦收	23-7	差○入綺幕	38-9
			寧無流○琴	29-44	詎比咸○曲	43-3
【殿】			○接淺原陰	29-53	列位華○側	45-3
帳○臨春渠	10-4		夜○聲帷薄	29-96	差○高復下	66-3
月○曜朱旛	29-91		晨征凌迸○	30-3		
月○耀朱幡	68-1		棹○或沾粧	69-2	【汲】	
			洞庭春○綠	66-1	小乘非○引	29-103
【每】			夜○聲帷箔	68-4		
佳人○曉遊	27-7				【沈】	
			【永】		葉合影還○	29-38
【比】			江漢西南○	17-2		
○事實光前	18-4				【沙】	
○質非所任	29-28		【汗】		漂○黃沫聚	21-33
聊○化城樂	29-88		殺青徒已○	32-13	蒼茫○嶼蕪	26-10
羞○朱櫻熟	40-7		微○染輕紈	35-6		
詎○咸池曲	43-3		非但○丹唇	40-4	【沒】	
畏欲○殘桃	60-4				出○花中見	61-5
			【江】			
【毫】			急槳渡○湍	1-6	【沫】	
含○且成賦	60-8		蓮度○南手	1-13	漂沙黃○聚	21-33
			日暮楚○上	6-1		
【氏】			○深風復生	6-2	【沮】	
兼傾卓○僮	30-14		春色○中滿	12-7	派別引○漳	22-4
			○漢西南永	17-2	西○水潦收	23-7
【民】			秋○凍雨絕	21-27		
治○終未長	21-18		欲待春○曙	22-13	【沱】	
潘生○務稀	63-2		○流苦未安	25-12	滂○曀不晞	63-6
			濛漠○煙上	26-9		
【氣】			猶傷○際楓	30-10	【河】	
禁林寒○晚	8-9		〔江風〕		言追○曲遊	12-2
廻風飄淑○	16-3		○○傳槳吹	12-9	○流既浼浼	37-1
共摘雲○藻	27-5		日入○○靜	24-1	○鳥復關關	37-2
【水】			【池】		【油】	
歛橈隨○脈	1-5		渙此銅○	7-4	○雲葉裏潤	15-4
樹中望流○	9-3		伏檻臨曲○	9-2		
御鶴翔伊○	18-1		反景入○林	13-13	【治】	
風去○餘波	20-8		滄○誠自廣	15-1	廣漢欲兼○	19-2
駭○忽如湯	21-30		築室華○上	20-3	○民終未長	21-18

【沼】			復此淪○地	22-3	夕鳥赴前○	24-6
玉○發攢蔣	16-8		安○似未流	24-2	冽○財賦總	29-19
			霾曀駭○瀾	25-4	出○分去燕	30-5
【沾】			詎減見凌○	48-6	飛雉度○還	37-4
棹水或○粧	69-2		山影逐○流	66-4	息棹隱中○	66-2
一聽一○纓	62-4		○動映淪漣	64-4		
					【派】	
【況】			【泣】		○別引沮漳	22-4
○乃還故鄉	22-10		長夜○羅衣	2-8		
○余屢之遠	29-3		商人○紈扇	26-3	【流】	
〔況在〕					無所喝○聲	6-6
○○青春日	4-3		【泥】		躑跨兼○采	11-3
○○登臨地	18-9		銜○繞曲房	38-8	耿耿○長脈	22-5
〔況復〕					安波似未○	24-2
○○西陵晚	3-3		【洄】		江○苦未安	25-12
○○阻川隅	26-6		泝○若無阻	21-41	河○既浼浼	37-1
○○千餘里	28-9				樂染法○清	46-8
○○心所積	29-109		【洛】		山影逐波○	66-4
			俛眺周京○	8-6	○光照漭瀁	64-3
【泉】			○城雖半掩	20-9	〔流水〕	
餘光映○石	13-14		○橋分曲渚	28-5	樹中望○○	9-3
幽澗潔涼○	18-12		雲渡○賓笙	29-78	寧無○○琴	29-44
復有寒○井	39-7		壯哉宛○地	32-3		
			○浦獻珠時	36-2	【浦】	
【法】			閒居伊○濱	39-10	前○有佳期	1-8
○朋一已散	18-17		〔洛陽〕		○深魚出遲	1-10
○善招報能	29-104		衣冠仕○○	21-2	傍○喧棹謳	24-8
樂染○流清	46-8		爭塗向○○	22-14	向○逐歸鴻	30-6
					洛○獻珠時	36-2
【泛】			【洞】		落花浮○出	37-3
臨○自多美	22-9		○庭春水綠	66-1	無因停合○	69-3
更○輪湖上	29-112					
			【津】		【浪】	
【泝】			詎易紫梨○	40-8	鷫鶒拂○翔	22-8
○洄若無阻	21-41		玉壘稱○潤	62-1	譖○雖云善	25-11
因之○廬久	29-52		偏光粉上○	67-2	月光隨○動	66-3
【波】			【洲】		【浮】	
風去水餘○	20-8		芳○亙千里	11-17	聽我駐○雲	5-6
礐石素○揚	21-34		後乘歷芳○	12-6	解纜覺船○	24-4

寄謝○丘子	25-15		赴谷響幽○	44-6		【渠】	
落花○浦出	37-3					帳殿臨春○	10-4
○瓜聊可貴	39-5		【淵】			蘭芷覆清○	32-6
〔浮光〕			圓○倒荷芰	32-7			
○○亂粉壁	43-7					【渡】	
○○逐笑廻	61-4		【清】			急槳○江湍	1-6
			○宴延多士	8-1		雲○洛賓笙	29-78
【海】			○瀾傍席疏	10-10			
淹塵資○滴	18-15		○祓追前諺	11-14		【渥】	
淮○封畿地	19-5		謝病反○漳	21-42		邂逅逢優○	18-19
			岧岧凌太○	29-60			
【浼】			蘭芷覆○渠	32-6		【渦】	
〔浼浼〕			長門隔○夜	42-9		臨○起睿作	12-11
河流既○○	37-1		樂染法流○	46-8			
			鄭女發○歌	48-2		【游】	
【涼】						優○匡贊罷	29-117
幽澗潔○泉	18-12		【淹】				
契闊變炎○	21-14		○塵資海滴	18-15		【湍】	
輕○生筍席	39-3		〔淹留〕			急槳渡江○	1-6
			○○奉觴醳	13-10		○長自不辭	1-7
【淇】			○○宿廬阜	29-58		征舠犯夜○	69-2
○上未湯湯	34-2		○○望夕霏	45-8			
						【湖】	
【淑】			【淺】			更泛輪○上	29-112
廻風飄○氣	16-3		誰謂服事○	21-13			
			水接○原陰	29-53		【湛】	
【涙】						曾要○上人	40-6
含○翦綾紈	65-4		【渙】				
			○此銅池	7-4		【湯】	
【淪】						駭水忽如○	21-30
復此○波地	22-3		【渚】			〔湯湯〕	
波動映○漣	64-4		暮煙生遠○	24-5		淇上未○○	34-2
			洛橋分曲○	28-5			
【淮】						【溢】	
○海封畿地	19-5		【減】			○酒亦成珍	39-6
			詎○見凌波	48-6			
【深】						【溽】	
浦○魚出遲	1-10		【渝】			帷屏○早露	29-39
江○風復生	6-2		衣○京兆眉	1-14			
懷抱共君○	29-48		空持○皓齒	40-3			

【滂】			【漣】			【濁】		
○沱噎不晞		63-6	波動映淪○		64-4	一知心相○		46-7
【滄】			【潾】			【濕】		
○池誠自廣		15-1	流光照○潾		64-3	不辭紅袖○		69-3
【滋】			【漲】			【濛】		
萋萋綠草○		4-4	落照滿川○		22-2	○漠江煙上		26-9
未若華○樹		49-3						
【滴】			【漳】			【濤】		
淹塵資海○		18-15	謝病反清○		21-42	神○白鷺翔		21-24
			派別引沮○		22-4			
【滿】			【漸】			【濫】		
春色江中○		12-7	鴻○濫微薄		8-2	○賦雄雌		7-8
風度餘芳○		15-5				鴻漸○微薄		8-2
落照○川漲		22-2	【漾】			曰余○官守		29-51
懷情○胸臆		42-12	寒烏逐查○		22-7	蟠木○吹噓		32-18
【漁】			【潔】			【濯】		
○子服冰紈		1-2	幽澗○涼泉		18-12	○禊元巳初		10-2
【漂】			【潘】			【濱】		
○沙黃沫聚		21-33	○生民務稀		63-2	閒居伊洛○		39-10
【漏】			【潤】			【潾】		
壺人告○晚		13-11	油雲葉裏○		15-4	流光照潾○		64-3
			玉壘稱津○		62-1			
【漠】			【潦】			【瀛】		
濛○江煙上		26-9	西沮水○收		23-7	及爾宴蓬○		29-82
〔漠漠〕						蓬○不可託		29-83
街衢紛○○		8-8	【澗】					
			幽○潔涼泉		18-12	【瀨】		
【漢】			對○距金楹		29-76	持此陽○遊		11-15
上征切雲○		8-5						
江○西南永		17-2	【澤】			【瀾】		
廣○欲兼治		19-2	匯○良孔殷		11-1	清○傍席疏		10-10
還耕偶○馮		30-22				霾噎駭波○		25-4
						【灞】		
						結宇○城陰		29-32

見訪○陵東	30-26		孤鳴若○對	44-9		【熠】	
			嘯歌○與晤	60-6		〔熠熠〕	
【炎】			〔無因〕			○○動微光	22-6
臨○出蕙樓	8-3		○○追犴罼	29-81		【燈】	
契闊變○涼	21-14		○○停合浦	69-3		昭暗仰○然	18-16
						慧義似傳○	29-100
【鳥】			【然】				
別有啼○曲	2-3		空○等彈翰	12-15		【燕】	
寒○逐查漾	22-7		徒○謬反隅	15-9		首○徒有心	17-9
繞樹噪寒○	26-8		昭暗仰燈○	18-16		出洲分去○	30-5
靈○正轉風	31-8		眷○思故鄉	21-38		○趙多佳麗	38-1
			悵○反城郭	29-84		復此歸飛○	38-7
【焗】			徒○想二馮	33-2		○姬奏妙舞	48-1
〔焗焗〕			徒○顧枕席	38-17		誰能對雙○	64-5
○○對繁霜	38-20						
			【煙】			【燭】	
【烹】			○霞起將夕	13-12		欲寄同花○	36-9
○鮮徒可習	21-17		朱旗曳曉○	18-6		華○命佳人	47-4
			暮○生遠渚	24-5		常羞華○明	68-4
【焚】			濛漠江○上	26-9			
復以○林日	10-7					【爐】	
酌醴薦○魚	32-24		【煥】			丹○且未成	29-80
			落景○新光	16-4			
【無】						【爛】	
○所喝流聲	6-6		【照】			○舌不成珍	40-2
北土○遺彦	11-10		反景○移塘	21-28			
伊臣獨○伎	14-13		落○滿川漲	22-2		【爭】	
○貲徒有任	21-3		爲○遙相思	36-10		奇文○筆力	14-12
泝洄若○阻	21-41		白日○紅粧	38-2		○塗向洛陽	22-14
虛薄○時用	29-29		積○朗彤闈	43-8		曳綃○掩穀	37-11
寧○流水琴	29-44		側光全○局	47-5		映日忽○起	61-3
磥砢○暫平	29-70		○檻出扶桑	63-2			
惜哉○輕軸	29-111		流光○漭瀁	64-3		【爲】	
○令絕詠歌	29-120					誰能○太師	1-16
○以儷瑤瑛	32-22		【煩】			一命忝○郎	21-4
鳴琴○暇張	34-8		○君計吏過	29-122		一朝謬○吏	21-15
○謂德無鄰	39-14					復○今日分	29-6
無謂德○鄰	39-14		【熟】			巧拙良○異	30-23
別有○枝實	40-5		羞比朱櫻○	40-7		○照遙相思	36-10
○爲陳巧機	43-22						

無○陳巧機	43-22	【猶】		○沼發攢蔣	16-8
〔爲懽〕		○聞棗下吹	28-3	交峯隱○罍	29-75
○○得未曾	29-106	○且歎風雲	29-2	挂○且留冠	35-10
○○誠已往	29-107	坐臥○懷想	29-108	○階空自傷	38-6
		○傷江際楓	30-10	○羊東北上	42-7
【爵】		及捨趣○幷	46-2	終朝守○署	43-13
於茲被人○	8-14	〔猶可〕		攢柯半○蟾	60-3
自我從人○	32-11	行程○○度	29-10	○壘稱津潤	62-1
		故居○○念	38-11		
【爾】		〔猶自〕		【王】	
及○宴蓬瀛	29-82	相彼○○得	43-11	吾○奄酆畢	11-5
○勗聖鄉風	33-4	春宵○○長	64-1	令○憨追送	17-5
				策馬出○田	18-2
【牀】		【猿】		○粲始一別	29-1
春夜守空○	34-12	朝○響薵棟	68-3	復憩周○城	29-74
朣朧入○簟	42-3			旣殫孝○產	30-13
暝暝守空○	64-6	【獎】		余慙野○德	33-3
		光私○輶客	15-8	陳○謁帝歸	45-2
【片】					
○善黃金賤	11-12	【獨】		【玳】	
		倡人怨○守	2-5	遺簪雕○瑁	49-1
【牖】		伊臣○何取	13-5		
池○復東臨	29-34	伊臣○無伎	14-13	【珍】	
		遺恨○終篇	18-22	溢酒亦成○	39-6
【牘】		命駕○尋幽	29-57	爛舌不成○	40-2
案○罷囂塵	39-2	高視○辭雄	30-12		
		嗟余○有違	43-12	【珠】	
【牧】		遲暮○傷心	44-14	洛浦獻○時	36-2
豈若兼邦○	19-3	○明花裏翠	67-1	遊聯○璧暉	43-18
				見此去○還	69-4
【犯】		【獻】			
暮宿○頹風	30-4	是日青春○	14-3	【珥】	
征舠○夜湍	69-2	洛浦○珠時	36-2	良人惜美○	37-7
【狸】		【玄】		【珪】	
馭黠震犳○	19-8	素日抱○鳥	70-5	析○承羽傳	11-6
【猨】		【玉】		【班】	
朝○響薵棟	29-95	鳴茲○樹	7-3	餞言○俊造	15-7
		布武登○墀	13-7	盛趙蔑衰○	37-10

	恥均○女扇	43-5	【璵】			【申】	
				無以儷璠○	32-22	降私等○白	23-6
【理】							
	遊談侍名○	21-9	【瓜】			【旬】	
	榜人夜○檝	22-11		浮○聊可貴	39-5	襟候邇封○	11-4
【琯】			【甍】			【畏】	
	風傳鳳臺○	29-77		〔棟甍〕		○欲比殘桃	60-4
				朝猱響○○	29-95		
【琴】				朝猿響○○	68-3	【留】	
	寧無流水○	29-44				誰言○客袂	3-7
	鳴○無暇張	34-8	【生】			日華巖上○	12-8
	少知雅○曲	62-1		忽聞○離唱	2-7	淹○奉觴醳	13-10
	好聽雅○聲	62-2		江深風復○	6-2	○宴景將昃	14-10
	雅○不可聽	62-3		暮煙○遠渚	24-5	○連披雅韻	29-18
	上客夜○鳴	65-2		平○竟何托	29-47	淹○宿廬阜	29-58
				○公道復弘	29-102	挂玉且○冠	35-10
【瑁】				賈○傅南國	29-115	淹○望夕霏	45-8
	遺簪雕玳○	49-1		吾○棄武騎	30-11	終奕且○賓	47-2
				輕涼○筍席	39-3	○故夫	67-1
【瑤】				樂極苦還○	46-4		
	委坐陪○席	13-8		潘○民務稀	63-2	【畢】	
	○階變杜若	16-7				吾王奄豐○	11-5
			【產】				
【瑩】				既殫孝王○	30-13	【畫】	
	兼以○心神	39-8				釣舟○彩鷁	1-1
			【用】				
【璠】				何○奉吹息	14-14	【異】	
	無以儷○璵	32-22		虛薄無時○	29-29	既○人世勞	29-87
						巧拙良爲○	30-23
【璧】			【田】			聽聞非殊○	44-13
	一言白○輕	11-11		策馬出王○	18-2	尋因途乃○	46-1
	遊聯珠○暉	43-18					
			【由】			【當】	
【瑢】				局步何○騁	17-10	歸路復○歡	25-2
	上客誘明○	34-4		何○入故園	25-13	○看心裏新	40-10
				高駕何○來	27-10	如何○此時	42-11
【環】				夜被何○同	33-8	垂影○高樹	60-2
	羽觴○堦轉	10-9		何○辨國圍	43-16	〔當戶〕	
	搖佩奮鳴○	37-12				○○立徘徊	41-4

秋花○○開	41-8		神濤○鷽翔	21-24		【盆】	
			降私等申○	23-6		千里懷三○	23-4
【畿】			○雲夏峯盡	32-9			
淮海封○地	19-5		○日照紅粧	38-2		【盛】	
						凱樂○周居	10-6
【疎】			【百】			○趙茂衰班	37-10
疲病○僚友	29-56		○戲起龍魚	10-14			
靑槐秋葉○	32-10		方見○憂侵	29-50		【盡】	
			○囀似羣吟	44-10		方宵○談謔	29-98
【疏】						白雲夏峯○	32-9
淸瀾傍席○	10-10		【皆】			望望餘塗○	33-5
			○緣封著情	46-6		薄黛銷將○	35-3
【疑】							
芳卉○綸組	14-5		【皇】			【相】	
○是辰陽宿	24-9		佳麗實○居	32-4		東西○背飛	2-4
臥久○粧脫	35-1		〔皇心〕			平子○東阿	29-116
新纕○故素	37-9		○○重發志	8-11		○與北山叢	31-10
雜雨○霰落	62-5		○○睦樂飮	10-3		同羞不○難	35-7
			○○眷將遠	14-1		含咀願○親	40-12
【疲】						○彼猶自得	43-11
○病疎僚友	29-56		【皎】			黽勉謬○追	45-6
			〔皎皎〕			一知心○濁	46-7
【病】			桂華殊○○	43-1		嘉樹欲○依	61-8
謝○反淸漳	21-42					○看採蘼蕪	67-4
疲○疎僚友	29-56		【皓】			〔相思〕	
			空持渝○齒	40-3		相望且○○	29-13
【登】						○○如三月	31-1
布武○玉墀	13-7		【皮】			爲照遙○○	36-10
吾○陽臺上	23-1		南○弦吹罷	47-1		○○昏望絕	38-13
〔登臨〕						〔相望〕	
況在○○地	18-9		【盈】			○○徒盈盈	6-4
餘景鷩○○	29-97		下輦朝旣○	14-9		○○且相思	29-13
			離念空○蕩	29-114		○○非兩宮	31-2
【發】			蟾兔屢○虛	32-12			
皇心重○志	8-11		唯憐○袖香	49-8		【省】	
玉沼○攢蔣	16-8		日暮且○舠	60-2		步出金華○	32-1
鄭女○淸歌	48-2		〔盈盈〕				
			相望徒○○	6-4		【眉】	
【白】						衣渝京兆○	1-14
一言○璧輕	11-11					誰知閣歛○	36-8

【看】			【知】			【䃟】		
鏡中私自〇		35-2	葵藿空自〇		9-10	自唾誠〇砆		32-21
當〇心裏新		40-10	岸廻〇舳轉		24-3			
相〇採蘼蕪		67-4	寂寞少〇音		29-46	【礜】		
			誰〇閨斂眉		36-8	〇石素波揚		21-34
【眠】			徒〇薑桂辛		39-12			
夜長〇復坐		36-7	良〇高蓋非		43-20	【祓】		
			一〇心相濁		46-7	薰〇三陽暮		10-1
【眷】			詎〇書信難		65-6	淸〇追前諺		11-14
皇心〇將遠		14-1	欲〇密中意		61-3			
〇然思故鄕		21-38	少〇雅琴曲		62-1	【祇】		
						我后遊〇鵞		18-3
【眺】			【短】					
俛〇周京洛		8-6	下聽長而〇		44-7	【神】		
掩袂〇征雲		17-7				再踐〇仙側		21-5
			【石】			〇濤白鷺翔		21-24
【睦】			餘光映泉〇		13-14	兼以瑩心〇		39-8
皇心〇樂飮		10-3	礜〇素波揚		21-34			
〇彼忘言客		39-9	乍觀秦帝〇		29-73	【禁】		
			方夜勞〇扉		43-14	〇林寒氣晚		8-9
【睢】						〇姦摘銖兩		19-7
罷籍〇陽囿		30-15	【砆】			〇門恆晚開		27-8
			自唾誠礛〇		32-21			
【睨】						【禊】		
已切臨〇情		29-21	【研】			濯〇元巳初		10-2
			〇尋還慨息		29-26			
【睿】						【禮】		
臨渦起〇作		12-11	【硱】			東朝〇髦俊		21-7
			磳〇無暫平		29-70			
【曖】						【禽】		
含嬌〇已合		61-1	【碑】			階霤擾昏〇		29-40
			孝〇黃絹語		21-23			
【瞻】						【秀】		
俄〇鄕路難		25-6	【碧】			林塘多〇色		14-4
〇途杳未窮		30-2	朝行命金〇		13-4			
						【私】		
【矗】			【磳】			光〇獎轜各		15-8
橚〇茂筠篁		21-22	〇硱無暫平		29-70	降〇等申白		23-6
						鏡中〇自看		35-2

【秋】			○照朗彤闈	43-8	【立】	
妾身似○扇	4-5		○雪更傳聲	65-4	當戶○徘徊	41-4
嫋嫋○聲	7-1				形○景自附	70-4
方○未搖落	8-10		【穴】			
復及○風年	18-10		此城鄰夏○	21-21	【竝】	
○江凍雨絕	21-27				賦詩追○作	8-12
季○弦望後	26-1		【空】		摛辭雖○命	18-21
青槐○葉疎	32-10		○然等彈翰	12-15		
○花當戶開	41-8		○慕凌寒柏	23-10	【竟】	
○月始纖纖	42-1		離念○盈蕩	29-114	〔竟何〕	
別前○已落	49-5		黃金屢已○	30-20	所思○○在	6-3
上宮○露結	65-1		客心○振蕩	37-13	平生○○托	29-47
			○使蘭膏夜	38-19		
【秦】			○持渝皓齒	40-3	【章】	
乍觀○帝石	29-73		〔空自〕		捫管創文○	21-10
			葵藿○○知	9-10	陪謁建○宮	30-16
【移】			玉階○○傷	38-6		
不資魯俗○	11-7		〔空牀〕		【端】	
羽旗映日○	17-3		春夜守○○	34-12	高辯競談○	14-11
景○林改色	20-7		暝暝守○○	64-6	既言謝○木	43-21
反景照○塘	21-28					
○宴息層巒	25-8		【窈】		【競】	
			○窕舞昭君	5-4	高辯○談端	14-11
【稀】					○嬌桃李顏	37-6
潘生民務○	63-2		【窕】			
			窈○舞昭君	5-4	【竹】	
【程】					○裏見攅枝	9-4
行○猶可度	29-10		【窗】		九成變絲○	10-13
			夏葉依○落	41-7	○萌始防露	16-5
【稱】			髣髴鑒○簾	42-4	○庭已南映	29-33
玉壘○津潤	62-1					
			【窟】		【竿】	
【穆】			言歸遊俠○	26-15	銀鉤翡翠○	1-4
去辭追楚○	30-21				垂○自有樂	1-15
			【窮】			
【積】			瞻途杳未○	30-2	【笑】	
鮮雲○上月	16-1				綢繆參宴○	13-9
昭丘霜露○	23-8		【窺】		對○更成歡	35-8
○迷頓已悟	29-105		何以○重仞	15-10	浮光逐○廻	61-4
況復心所○	29-109					

【笙】			【節】			【籍】		
雲渡洛賓○		29-78	弭○馳暘谷		63-1	引○陪下膳		21-11
						羆○睢陽圍		30-15
【笨】			【筥】			文昌愧通○		32-15
偶懷○車是		43-19	櫐蠱茂筠○		21-22			
						【籠】		
【第】			【篇】			蒙○乍一啓		29-69
臨邛幸○如		32-16	遺恨獨終○		18-22			
						【粉】		
【笳】			【築】			徒勞紅○粧		34-14
○劍儼將旋		18-18	○室華池上		20-3	浮光亂○壁		43-7
						偏光○上津		67-2
【筆】			【篠】					
奇文爭○力		14-12	方塘交密○		20-5	【粧】		
						櫂女闇成○		22-12
【等】			【簟】			徒勞紅粉○		34-14
空然○彈翰		12-15	朣朧入牀○		42-3	臥久疑○脫		35-1
降私○申白		23-6				白日照紅○		38-2
			【簡】			臨○罷鉛黛		65-3
【筍】			賓席○衣簪		29-42	棹水或沾○		69-2
輕涼生○席		39-3						
			【簪】			【粲】		
【答】			賓席簡衣○		29-42	王○始一別		29-1
丘山不可○		9-9	方鏡寫○裾		32-8			
			遺○雕玳瑁		49-1	【紅】		
【策】						徒勞○粉粧		34-14
○馬出王田		18-2	【簽】			白日照○粧		38-2
			喬柯貫○上		29-35	不辭○袖濕		69-3
【筠】			微光垂步○		42-2			
櫐蠱茂○筥		21-22				【紆】		
			【簾】			〔紆餘〕		
【筵】			髣髴鑒窗○		42-4	妙舞復○○		10-12
昔余○賓始		21-1	○螢隱光息		42-5	○○出紫陌		12-3
			○蟲映光織		42-6			
【箔】			風○乍和扉		63-8	【紈】		
夜水聲帷○		68-4	○動聞釧聲		68-2	漁子服冰○		1-2
						商人泣○扇		26-3
【管】			【簿】			微汗染輕○		35-6
搦○創文章		21-10	時時釋○領		32-19	含淚翦綾		65-4

【紉】			○宇灞城陰	29-32	【綢】	
詎卽○新蘭	25-14		上宮秋露○	65-1	○繆參宴笑	13-9
【紋】			【絕】		【縶】	
同擧霞○杯	27-6		君恩○履縶	4-6	君恩絕履○	4-6
			秋江凍雨○	21-27		
【紛】			中來不可○	21-39	【綏】	
街衢○漠漠	8-8		山橫路似○	29-67	結○去承光	21-16
○余似鑿枘	30-17		無令○詠歌	29-120		
			相思昏望○	38-13	【網】	
【素】			時聞○復尋	44-8	金轄茱萸○	1-3
朱輪褱○帷	19-4					
礐石○波揚	21-34		【絮】		【綴】	
新縑疑故○	37-9		柳○亦霏霏	43-2	遊絲○鶯領	14-7
○蕊映華扉	62-4					
○日抱玄鳥	70-5		【絲】		【綸】	
			菱芒乍胃○	1-12	芳卉疑○組	14-5
【紫】			九成變○竹	10-13		
紆餘出○陌	12-3		遊○綴鶯領	14-7	【綺】	
舒雲類○府	29-61		不見靑○騎	34-13	選言非○綃	8-15
○書時不至	29-79				光風送○翼	14-8
詎易○梨津	40-8		【絹】		差池入○幕	38-9
			孝碑黃○語	21-23	未能奏緔○	43-15
【終】					贈○織鴛鴦	49-2
遺恨獨○篇	18-22		【綃】			
治民○未長	21-18		選言非綺○	8-15	【綾】	
悽悽良宴○	33-6		曳○爭掩縠	37-11	含淚翳○紈	65-4
○朝守玉署	43-13					
○奕且留賓	47-2		【經】		【緒】	
			橫○參上序	21-12	芳樽散○寒	25-10
【絃】			○過一柱觀	27-3		
鷗○且輟弄	2-1		○臺總香藥	29-90	【緔】	
危○斷復續	3-5				未能奏○綺	43-15
			【綠】			
【組】			萋萋○草滋	4-4	【緣】	
芳卉疑綸○	14-5		隨蜂遶○蕙	61-1	皆○封著情	46-6
緹○曜林阡	18-8		唯憐○葉香	69-4		
			洞庭春水○	66-1	【緹】	
【結】					○組曜林阡	18-8
○綏去承光	21-16					

【縈】		
樓帳○巖谷	18-7	

【縑】		
新○疑故素	37-9	

【縠】		
曳綃爭掩○	37-11	

【縣】		
分區屏中○	11-2	

【縫】		
大婦○羅裙	5-1	

【縱】		
〔縱橫〕		
○○辭賦多	29-118	
文雅○○飛	45-4	

【總】		
冽洲財賦○	29-19	
經臺○香藥	29-90	

【繁】		
對罍接○柯	20-6	
焰焰對○霜	38-20	

【繆】		
綢○參宴笑	13-9	

【總】		
松風吹○帷	3-4	

【織】		
簾蟲映光○	42-6	
贈綺○鴛鴦	49-2	

【繞】		
○樹噪寒烏	26-8	

垂釵○落鬢	35-5
銜泥○曲房	38-8
菱垄時○釧	69-1

【繡】	
中婦料○文	5-2

【續】	
危絃斷復○	3-5

【纓】	
一聽一沾○	62-4

【纖】	
○羅殊未動	21-29
不辭○手倦	47-7
〔纖纖〕	
秋月始○○	42-1

【纏】	
○舟宴俄頃	17-6

【纜】	
解○覺船浮	24-4
解○辭東越	26-11

【缺】	
輪光○不半	64-1

【罥】	
菱芒乍○絲	1-12

【置】	
○酒陪朝日	45-7

【署】	
終朝守玉○	43-13

【罷】	
優游匡贊○	29-117

○籍睢陽圃	30-15
案牘○囂塵	39-2
南皮弦吹○	47-1
臨粧○鉛黛	65-3
屢將歌○扇	67-3
幽蘭暫○曲	65-3

【羅】	
大婦縫○裙	5-1
○幃自舉	7-5
纖○殊未動	21-29
客子夢○襦	26-4
莫作○敷辭	36-6
〔羅衣〕	
長夜泣○○	2-8
○○拂更香	34-10
○○雙帶長	38-4

【羊】	
玉○東北上	42-7

【美】	
臨泛自多○	22-9
一朝四○廢	29-49
○人要雜佩	34-3
良人惜○珥	37-7

【羞】	
同○不相難	35-7
○比朱櫻熟	40-7
○儷曹人衣	43-6
○令夜向晨	47-8
廻○出曼臉	48-3
常○華燭明	68-4

【羣】	
與子亟離○	29-4
百囀似○吟	44-10

【羨】		
應○魯陽戈		48-8

【義】		
慧○似傳燈		29-100

【羽】		
○觸環堦轉		10-9
析珪承○傳		11-6
○旗映日移		17-3
無因追○翮		29-81
鶡鴻搖○至		43-9

【翅】		
鶉鷗拂○歸		43-10

【翊】		
馮○亂京兆		19-1

【習】		
烹鮮徒可○		21-17
〔習習〕		
○○春吹		7-2

【翔】		
御鶴○伊水		18-1
神濤白鷺○		21-24
饑鶉拂浪○		22-8

【翠】		
銀鉤翡○竿		1-4
○蓋承朝景		18-5
○釵挂已落		34-9
獨明花裏○		67-1

【翡】		
銀鉤○翠竿		1-4

【翳】		
含淚○綾紈		65-4

【翮】		
無因追羽○		29-81
方假排虛○		31-9

【翰】		
空然等彈○		12-15

【翼】		
光風送綺○		14-8
小臣輕蟬○		45-5

【耀】		
月殿○朱幡		68-1

【而】		
下聽長○短		44-7

【耕】		
還○偶漢馮		30-22

【耿】		
〔耿耿〕		
○○流長脈		22-5

【聊】		
蕭條○屬和		29-45
○比化城樂		29-88
〔聊可〕		
浮瓜○○貴		39-5
側光○○書		60-7

【聖】		
○襟惜岐路		16-9
爾勗○鄉風		33-4

【聚】		
漂沙黃沫○		21-33

【聞】		
忽○生離唱		2-7

隔山○戍鼓		24-7
猶○棗下吹		28-3
時○絕復尋		44-8
昔○屢歡昔		44-11
聽○非殊異		44-13
簾動○釧聲		68-2

【聯】		
遊○珠璧暉		43-18

【聲】		
無所喝流○		6-6
嫋嫋秋○		7-1
夜水○帷薄		29-96
日暗人○靜		34-5
遷喬○迥出		44-5
簾動聞釧○		68-2
好聽雅琴○		62-2
積雪更傳○		65-4
夜水○帷箔		68-4
○和善響應		70-3

【職】		
從容少○事		29-55

【聽】		
○我駐浮雲		5-6
下○長而短		44-7
今○忽悲今		44-12
○聞非殊異		44-13
好○雅琴聲		62-2
雅琴不可○		62-3
一○一沾纓		62-4

【背】		
〔背飛〕		
東西相○○		2-4
暫作○○鴻		31-4

【胸】			小○輕蟬翼	45-5	相彼猶○得	43-11
懷情滿○臆	42-12				春宵猶○長	64-1
			【臥】		形立景○附	70-4
【能】			坐○猶懷想	29-108		
誰○爲太師	1-16		○久疑粧脫	35-1	【至】	
舟子詎○航	21-36		高○掩重闈	63-4	紫書時不○	29-79
法善招報○	29-104				鶺鴒搖羽○	43-9
陳乳何○貴	40-1		【臨】			
懷抱不○裁	41-2		○炎出蕙樓	8-3	【臺】	
未○奏緗綺	43-15		伏檻○曲池	9-2	雀○三五日	3-1
誰○對雙燕	64-5		帳殿○春渠	10-4	吾登陽○上	23-1
			○渦起睿作	12-11	出入三休○	27-4
【脈】			鐃吹○風警	17-4	風傳鳳○琯	29-77
歙欈隨水○	1-5		況在登○地	18-9	經○總香藥	29-90
耿耿流長○	22-5		開軒○芰荷	20-4	若厭蘭○右	30-25
			離家復○水	21-37		
【脫】			○泛自多美	22-9	【與】	
臥久疑粧○	35-1		已切○睠情	29-21	相○北山叢	31-10
			池牖復東○	29-34	誰○同衣裳	38-18
【腸】			餘景騖登○	29-97	嘯歌無○晤	60-6
奕奕苦人○	21-40		○邛幸第如	32-16	〔與子〕	
			○粧罷鉛黛	65-3	○○如黃鵠	27-1
【膏】					○○亟離羣	29-4
空使蘭○夜	38-19		【自】			
			湍長○不辭	1-7	【舌】	
【朣】			垂竿○有樂	1-15	爛○不成珍	40-2
○朧入牀簟	42-3		羅幃○擧	7-5		
			○昔承天寵	8-13	【舒】	
【膳】			葵藿空○知	9-10	丰茸花樹○	10-8
引籍陪下○	21-11		隆恩徒○昔	13-6	○雲類紫府	29-61
			滄池誠○廣	15-1		
【臆】			臨泛○多美	22-9	【舞】	
懷情滿胸○	42-12		憂來○難遣	26-5	窈窕○昭君	5-4
			黑貂久○弊	30-19	妙○復紆餘	10-12
【臉】			○我從人爵	32-11	燕姬奏妙○	48-1
廻羞出曼○	48-3		○唾誠礦砆	32-21		
			鏡中私○看	35-2	【舟】	
【臣】			妾心君○解	35-9	釣○畫彩鷁	1-1
伊○獨何取	13-5		玉階空○傷	38-6	纜○宴俄頃	17-6
伊○獨無伎	14-13		復持憂○催	41-10	於此逗孤○	24-10

賴有同○客	25-7		【芒】			【芷】	
扁○去平樂	28-1		菱○乍冒絲	1-12		蘭○覆清渠	32-6
行○雖不見	29-9						
〔舟子〕			【芝】			【芽】	
○○行催棹	6-5		帳餞靈○側	14-2		蘭○隱陳葉	30-7
○○詎能航	21-36						
			【荌】			【苗】	
【舡】			開軒臨○荷	20-4		荻○抽故叢	30-8
日暮且盈○	60-2		圓淵倒荷○	32-7			
征○犯夜湍	69-2					【若】	
			【花】			瑤階變杜○	16-7
【航】			麗景○上鮮	15-3		豈○兼邦牧	19-3
舟子詎能○	21-36		欲寄同○燭	36-9		泝洄○無阻	21-41
			落○浮浦出	37-3		飛棹○驚鳧	26-14
【舳】			秋○當戶開	41-8		未○茲山險	29-65
岸廻知○轉	24-3		旭旦坐○林	44-2		○厭蘭臺右	30-25
			廻○半隱身	47-6		○人惠思我	31-5
【船】			出沒○中見	61-5		孤鳴○無對	44-9
○交橈影合	1-9		獨明○裏翠	67-1		未○華滋樹	49-3
解纜覺○浮	24-4		〔花樹〕				
			丰茸○○舒	10-8		【苦】	
【艎】			影塔圖○○	29-89		奕奕○人腸	21-40
何以儷金○	8-16		風飄○○香	64-4		江流○未安	25-12
						○極降歸樂	46-3
【艮】			【芳】			樂極○還生	46-4
匯澤○孔殷	11-1		○卉疑綸組	14-5			
雜俗○在茲	19-6		風度餘○滿	15-5		【茂】	
虛薄厠才○	21-8		桂挺已含○	16-6		楠櫨○筠篁	21-22
巧拙○爲異	30-23		○樽散緖寒	25-10			
悽悽○宴終	33-6		果得承○信	29-16		【茫】	
○人惜美珥	37-7		欲以代○菅	37-8		蒼○沙嶼蕪	26-10
○知高蓋非	43-20		微○雖不足	40-11			
			別後春更○	49-6		【茱】	
【色】			○華幸勿謝	61-7		金轄○英網	1-3
春○江中滿	12-7		金谷詠○菲	62-2			
林塘多秀○	14-4		〔芳洲〕			【茲】	
景移林改○	20-7		○○亙千里	11-17		鳴○玉樹	7-3
月○度雲來	41-6		後乘歷○○	12-6		於○被人爵	8-14
高堂夢容○	42-10					○堂乃峭嶠	9-1
						雜俗良在○	19-6

未若○山險	29-65		【華】			○花浮浦出	37-3
○地多諧賞	29-110		日○巖上留	12-8		夏葉依窗○	41-7
○林有夜坐	60-5		巖○映采斿	12-10		想君愁日○	48-7
			築室○池上	20-3		別前秋已○	49-5
【茵】			○茵藉初卉	25-9		雜雨疑霰○	62-5
華○藉初卉	25-9		步出金○省	32-1			
			桂○殊皎皎	43-1		【葆】	
【茸】			列位○池側	45-3		江風傳○吹	12-9
丰○花樹舒	10-8		未若○滋樹	49-3			
			芳○幸勿謝	61-7		【葉】	
【草】			素蕊映○扉	62-4		油雲○裏潤	15-4
萋萋綠○滋	4-4		〔華燭〕			喬柯變夏○	18-11
			○○命佳人	47-4		○合影還沈	29-38
【荊】			常差○○明	68-4		蘭芽隱陳	30-7
山帶○門右	29-54					青槐秋○疎	32-10
			【菱】			夏○依窗落	41-7
【荷】			○芒乍冒絲	1-12		裛○彰金兔	60-4
○根時觸餌	1-11		○莖時繞釧	69-1		參差○際飛	61-6
開軒臨茇○	20-4		採○非採荎	60-1		唯憐綠○香	69-4
圓淵倒○芰	32-7					傾○奉離光	63-4
			【菲】				
【荻】			金谷詠芳○	62-2		【著】	
○苗抽故叢	30-8					皆緣封○情	46-6
			【萋】				
【莖】			〔萋萋〕			【葵】	
菱○時繞釧	69-1		○○綠草滋	4-4		○藿空自知	9-10
						露○不待勸	34-7
【莫】			【萌】			園○亦何幸	63-3
出處嗟○同	30-24		竹○始防露	16-5			
○作羅敷辭	36-6					【蒙】	
○言蔕中久	40-9		【萸】			○籠乍一啓	29-69
			金轄茱○網	1-3			
【菅】						【蒼】	
欲以代芳○	37-8		【落】			○茫沙嶼蕪	26-10
			方秋未搖○	8-10			
【菉】			○景煥新光	16-4		【蓋】	
採菱非採○	60-1		川平○日迥	22-1		翠○承朝景	18-5
			○照滿川漲	22-2		時如高○張	21-32
【菌】			翠釵挂已○	34-9		方從冠○衢	26-16
望辰躋○閣	8-4		垂釵繞○鬟	35-5		良知高○非	43-20

【蓬】		
○山一何峻	15-2	
遊子倦飄○	30-1	
〔蓬瀛〕		
及爾宴○○	29-82	
○○不可託	29-83	

【蓮】		
○度江南手	1-13	

【茂】		
盛趙○衰班	37-10	

【蒂】		
莫言○中久	40-9	

【蔚】		
摛藻○雕蟲	31-6	

【蔣】		
玉沼發攢○	16-8	

【蔬】		
朝○一不共	33-7	

【蔽】		
欄高景難○	9-5	

【蕊】		
素○映華扉	62-4	

【蕙】		
臨炎出○樓	8-3	
隨蜂遶綠○	61-1	

【蕩】		
離念空盈○	29-114	
客心空振○	37-13	
〔蕩子〕		
○○殊未歸	2-6	

如何嫁○○	34-11	
○○十年別	38-3	
交枝○○房	49-4	

【蕪】		
蒼茫沙嶼○	26-10	
相看採蘼○	67-4	

【蕭】		
○條聊屬和	29-45	

【薄】		
鴻漸濫微○	8-2	
誰言○遊倦	11-20	
虛○廁才良	21-8	
○暮閣人進	29-15	
虛○無時用	29-29	
夜水聲帷○	29-96	
○黛銷將盡	35-3	

【薇】		
避雀隱青○	61-2	

【薑】		
徒知○桂辛	39-12	

【薦】		
酌醴○焚魚	32-24	
巫山○枕日	36-1	

【薰】		
○祓三陽暮	10-1	

【藉】		
華茵○初卉	25-9	

【藥】		
經臺總香○	29-90	

【藻】		
共摛雲氣○	27-5	
摛○蔚雕蟲	31-6	

【藿】		
葵○空自知	9-10	

【蘭】		
前驅掩○徑	12-5	
曲宴闢○堂	16-10	
詎卽紉新○	25-14	
○芽隱陳葉	30-7	
若厭○臺右	30-25	
○芷覆清渠	32-6	
微步出○房	34-6	
空使○膏夜	38-19	
幽○暫罷曲	65-3	

【蘼】		
相看採○蕪	67-4	

【蘿】		
援○遂上征	29-72	

【虎】		
金○西南昃	42-8	

【處】		
出○嗟莫同	30-24	

【虛】		
方假排○翮	31-9	
蟾兔屢盈○	32-12	
〔虛薄〕		
○○廁才良	21-8	
○○無時用	29-29	

【虹】		
○蜺拖飛閣	32-5	

47

【蛾】			【街】			【被】		
送態表嚬○		48-4	○衢紛漠漠		8-8	於茲○人爵		8-14
						夜○何由同		33-8
【蜂】			【衡】					
隨○逸綠蕙		61-1	○門謝車馬		29-41	【裁】		
			○陽旅鴈歸		66-2	客行○跬步		28-7
【蜺】						懷抱不能○		41-2
虹○拖飛閣		32-5	【衢】					
			街○紛漠漠		8-8	【裏】		
【蝶】			方從冠蓋○		26-16	竹○見攅枝		9-4
因風似○飛		62-6				油雲葉○潤		15-4
			【衣】			當看心○新		40-10
【螢】			○渝京兆眉		1-14	獨明花○翠		67-1
簾○隱光息		42-5	長夜泣羅○		2-8			
			○冠仕洛陽		21-2	【裙】		
【蟠】			賓席簡○簪		29-42	大婦縫羅○		5-1
○木濫吹噓		32-18	羅○拂更香		34-10			
			羅○雙帶長		38-4	【裛】		
【蟬】			誰與同○裳		38-18	○葉彰金兔		60-4
小臣輕○翼		45-5	披○坐惆悵		41-3			
			羞儷曹人○		43-6	【裳】		
【蟲】			偏念客○單		65-2	誰與同衣○		38-18
摘藻蔚雕○		31-6	行○侵曉露		69-1			
簾○映光織		42-6				【裾】		
			【表】			方鏡寫簪○		32-8
【蟾】			送態○嚬蛾		48-4			
○兔屢盈虛		32-12	三光垂○象		70-1	【褰】		
攅柯半玉○		60-3				朱輪○素帷		19-4
			【衰】					
【行】			盛趙蔑○班		37-10	【襟】		
舟子○催棹		6-5				○袖乃披		7-6
朝○命金碧		13-4	【袂】			○喉邇封甸		11-4
客○裁跬步		28-7	誰言留客○		3-7	聖○惜岐路		16-9
○舟雖不見		29-9	掩○眺征雲		17-7			
○程猶可度		29-10				【襦】		
慈山○旅鑣		29-20	【袖】			客子夢羅○		26-4
寧殊遇○雨		48-5	襟○乃披		7-6			
客○三五夜		66-1	唯憐盈○香		49-8	【西】		
○衣侵曉露		69-1	不辭紅○濕		69-3	東○相背飛		2-4
						況復○陵晚		3-3

江漢○南永	17-2		【覺】			【託】		
○沮水潦收	23-7		解纜○船浮	24-4		○乘侶才賢	18-20	
接軸鶩○徂	26-12					蓬瀛不可○	29-83	
金虎○南昃	42-8		【覽】					
〔西園〕			殷勤○妙書	29-17		【訪】		
○○又已闢	13-2		○諷欲諼誚	29-25		見○灞陵東	30-26	
副君○○宴	45-1							
			【觀】			【詎】		
【要】			經過一柱○	27-3		○憶遊輕輦	4-7	
美人○雜佩	34-3		乍○秦帝石	29-73		舟子○能航	21-36	
曾○湛上人	40-6					○卽紉新蘭	25-14	
			【解】			○易紫梨津	40-8	
【覆】			妾心君自○	35-9		○比咸池曲	43-3	
蘭芷○清渠	32-6		〔解纜〕			○減見凌波	48-6	
夜長愁反○	41-1		○○覺船浮	24-4		○匹龍樓下	62-3	
			○○辭東越	26-11		○知書信難	65-6	
【見】								
竹裏○攢枝	9-4		【觸】			【詠】		
龍門不可○	23-9		羽○環堵轉	10-9		無令絕○歌	29-120	
倏○搖心慘	25-5		淹留奉○醳	13-10		金谷○芳菲	62-2	
行舟雖不○	29-9							
方○百憂侵	29-50		【觸】			【詩】		
可思不可○	29-113		荷根時○餌	1-11		賦○追竝作	8-12	
○訪灞陵東	30-26		風音○樹起	41-5		期寄新○返	29-12	
不○青絲騎	34-13							
詎減○凌波	48-6		【言】			【誘】		
出沒花中○	61-5		誰○留客袂	3-7		上客○明璫	34-4	
帷開○釵影	68-1		選○非綺綃	8-15				
○此去珠還	69-4		一○白璧輕	11-11		【誚】		
			誰○薄遊倦	11-20		覽諷欲諼○	29-25	
【規】			○追河曲遊	12-2				
朱躔曳靑○	9-8		餞○班俊造	15-7		【語】		
			○歸遊俠窟	26-15		孝碑黃絹○	21-23	
【視】			欲寄一○別	27-9		寄○龍城下	65-5	
高○獨辭雄	30-12		睠彼忘○客	39-9				
			莫○蕣中久	40-9		【誠】		
【親】			旣○謝端木	43-21		滄池○自廣	15-1	
含咀願相○	40-12					爲懽○已往	29-107	
			【計】			自唾○礧硪	32-21	
			煩君○吏過	29-122				

【誰】			無○德無鄰	39-14	弭節馳陽○	63-1
○謂服事淺	21-13					
○知闇歛眉	36-8		【譆】		【豈】	
○與同衣裳	38-18		○浪雖云善	25-11	○若兼邦牧	19-3
〔誰言〕			方宵盡談○	29-98	○非輪轉愛	46-5
○○留客袂	3-7		談○有名僧	29-99	○不憐飄墜	62-7
○○薄遊倦	11-20					
〔誰能〕			【謝】		【象】	
○○爲太師	1-16		○病反淸漳	21-42	三光垂表○	70-1
○○對雙燕	64-5		寄○浮丘子	25-15		
			衡門○車馬	29-41	【豫】	
【談】			旣言○端木	43-21	○遊高夏諺	10-5
高辯競○端	14-11		芳華幸勿○	61-7	春心已應○	25-1
遊○侍名理	21-9					
〔談諧〕			【謬】		【豺】	
方宵盡○○	29-98		徒然○反隅	15-9	馭黠震○狸	19-8
○○有名僧	29-99		一朝○爲吏	21-15		
			黽勉○相追	45-6	【貂】	
【論】					黑○久自弊	30-19
辯○悅人天	18-14		【謳】			
			傍浦喧棹○	24-8	【財】	
【諧】					冽洲○賦總	29-19
茲地多○賞	29-110		【識】			
			尙○杏閒堂	28-4	【貫】	
【諷】					喬柯○簹上	29-35
覽○欲護誚	29-25		【警】		方才幸同○	29-119
			鐃吹臨風○	17-4		
【諺】					【貰】	
豫遊高夏○	10-5		【變】		無○徒有任	21-3
淸祓追前○	11-14		九成○絲竹	10-13		
			何待齊風○	11-8	【貴】	
【譩】			瑤階○杜若	16-7	浮瓜聊可○	39-5
覽諷欲○誚	29-25		喬柯○夏葉	18-11	陳乳何能○	40-1
			契闊○炎涼	21-14		
【謁】					【資】	
陪○建章宮	30-16		【谷】		不○魯俗移	11-7
陳王○帝歸	45-2		樓帳縈巖○	18-7	淹塵○海滴	18-15
			幽○雖云阻	29-121		
【謂】			赴○響幽深	44-6	【賈】	
誰○服事淺	21-13		金○詠芳菲	62-2	○生傅南國	29-115

○君徭役少	63-1	【赤】		俄瞻鄉○難	25-6
		標霞同○城	29-62	度君○應遠	29-11
【賓】				山橫○似絕	29-67
昔余筮○始	21-1	【赴】			
○席簡衣簪	29-42	夕鳥○前洲	24-6	【踐】	
雲渡洛○笙	29-78	○谷響幽深	44-6	再○神仙側	21-5
終奕且留○	47-2				
		【起】		【跑】	
【賞】		百戲○龍魚	10-14	〔跑躑〕	
茲地多諧○	29-110	臨渦○睿作	12-11	○○未敢進	60-3
		煙霞○將夕	13-12	不○○	67-2
【賢】		微風○扇輪	39-4		
託乘侶才○	18-20	風音觸樹○	41-5	【蹕】	
三入崇○旁	21-6	映日忽爭○	61-3	朱○曳青規	9-8
【賤】		【越】		【躅】	
從今○妾辭	4-8	解纜辭東○	26-11	跑○未敢進	60-3
片善黃金○	11-12			不跑○	67-2
		【趙】			
【賦】		盛○蔑衰班	37-10	【躋】	
濫○雄雌	7-8	燕○多佳麗	38-1	望辰○菌閣	8-4
○詩追竝作	8-12				
冽洲財○總	29-19	【趣】		【躡】	
縱橫辭○多	29-118	及捨○猶幷	46-2	○跨兼流采	11-3
含毫且成○	60-8				
		【足】		【身】	
【質】		微芳雖不○	40-11	妾○似秋扇	4-5
比○非所任	29-28			廻花半隱○	47-6
坐銷風露○	43-17	【距】			
		對閒○金橙	29-76	【車】	
【賴】				衡門謝○馬	29-41
○有同舟客	25-7	【跨】		○騎息逢迎	29-66
		躡○兼流采	11-3	偶懷笨○是	43-19
【贈】					
○綺織鴛鴦	49-2	【跬】		【軒】	
		客行裁○步	28-7	開○臨芰荷	20-4
【贊】					
優游匪○罷	29-117	【路】		【軸】	
		聖襟惜岐○	16-9	接○鶩西徂	26-12
		歸○復當歡	25-2	惜哉無輕○	29-111

【軔】			【轘】			【迎】		
馴馬暫停○		12-12	轘○東北望		17-1	車騎息逢○		29-66
【輕】			【轉】			【近】		
詎憶遊○輦		4-7	羽觴環堵○		10-9	遠○風光扇		11-18
一言白璧○		11-11	岸廻知舳○		24-3			
○寒朝夕殊		26-2	靈烏正○風		31-8	【返】		
惜哉無○軸		29-111	○側定他鄉		38-16	期寄新詩○		29-12
微汗染○紈		35-6	豈非輪○愛		46-5			
○涼生筍席		39-3				【迤】		
小臣○蟬翼		45-5	【轅】			○邐度青樓		12-4
			○轅東北望		17-1			
【輟】						【迥】		
鶗絃且○弄		2-1	【辛】			川平落日○		22-1
			徒知薑桂○		39-12	遷喬聲○出		44-5
【輦】								
詎憶遊輕○		4-7	【辨】			【迷】		
下○朝既盈		14-9	何由○國圍		43-16	積○頓已悟		29-105
【輪】			【辭】			【泚】		
旭日輿○動		12-1	湍長自不○		1-7	晨征凌○水		30-3
朱○襄素帷		19-4	從今賤妾○		4-8			
北上○難進		29-63	摛○雖立命		18-21	【追】		
風○和寶鐸		29-92	解纜○東越		26-11	賦詩○竝作		8-12
更泛○湖上		29-112	縱橫○賦多		29-118	清祓○前諺		11-14
微風起扇○		39-4	高視獨○雄		30-12	言○河曲遊		12-2
豈非○轉愛		46-5	去○追楚穆		30-21	令王愍○送		17-5
○光缺不半		64-1	莫作羅敷○		36-6	夫君○宴喜		20-1
風○和寶鐸		68-2	不○纖手倦		47-7	無因○羽翮		29-81
			不○紅袖濕		69-3	去辭○楚穆		30-21
【輶】						黽勉謬相○		45-6
光私獎○吝		15-8	【辯】					
			高○競談端		14-11	【送】		
【輿】			○論悅人天		18-14	光風○綺翼		14-8
旭日○輪動		12-1				令王愍追○		17-5
			【辰】			○態表嚬蛾		48-4
【轄】			望○躋菌閣		8-4			
金○茱萸網		1-3	餘○屬上巳		11-13	【逅】		
			疑是○陽宿		24-9	邂○逢休幸		9-7
						邂○逢優渥		18-19

【逐】			【遇】			【遠】		
寒烏○查漾		22-7	一○便如此		36-3	○近風光扇		11-18
向浦○歸鴻		30-6	寧殊○行雨		48-5	皇心眷將○		14-1
山影○波流		66-4				暮煙生○渚		24-5
浮光○笑廻		61-4	【遊】			況余屢之○		29-3
			詎憶○輕輦		4-7	度君路應○		29-11
【途】			豫○高夏諺		10-5	○師教逾闡		29-101
前○方未極		29-24	東山富○士		11-9			
瞻○杳未窮		30-2	持此陽瀨○		11-15	【遭】		
尋因○乃異		46-1	誰言薄○倦		11-20	憂來自難○		26-5
			言追河曲○		12-2			
【逗】			○絲綴鷟領		14-7	【遨】		
於此○孤舟		24-10	我后○祇鷟		18-3	○遊佳可望		21-25
			○談侍名理		21-9			
【通】			遨○佳可望		21-25	【遲】		
文昌愧○籍		32-15	言歸俠窟		26-15	浦深魚出○		1-10
			佳人每曉○		27-7	○暮獨傷心		44-14
【造】			○子倦飄蓬		30-1			
餞言班俊○		15-7	○聯珠璧暉		43-18	【遯】		
						隨蜂○綠蕙		61-1
【逢】			【過】					
邂逅○休幸		9-7	十日遞來○		20-2	【遷】		
邂逅○優渥		18-19	經○一柱觀		27-3	○喬聲迥出		44-5
車騎息○迎		29-66	時○馬鳴院		29-85			
			煩君計吏○		29-122	【選】		
【連】						○言非綺綃		8-15
乍出○山合		21-31	【適】					
留○披雅韻		29-18	非徒嗟未○		12-16	【遺】		
持此○枝樹		31-3				北土無○彥		11-10
			【道】			○恨獨終篇		18-22
【進】			生公○復弘		29-102	○簪雕玳瑁		49-1
薄暮闇人○		29-15						
北上輪難○		29-63	【違】			【遽】		
踟躕未敢○		60-3	嗟余獨有○		43-12	悲心未○央		28-10
						○動思歸引		29-22
【逾】			【遙】					
遠師教○闡		29-101	爲照○相思		36-10	【避】		
						○雀隱青薇		61-2
【遂】			【遞】					
援蘿○上征		29-72	十日○來過		20-2			

【邂】		【鄉】		千○懷三益	23-4
〔邂逅〕		眷然思故○	21-38	況復千餘○	28-9
○○逢休幸	9-7	況乃還故○	22-10	飄颻千○飛	43-4
○○逢優渥	18-19	俄瞻○路難	25-6		
		爾勗聖○風	33-4	【重】	
		轉側定他○	38-16	皇心○發志	8-11
【還】				方歡厚德○	11-19
○掩望陵悲	3-8			何以窺○仞	15-10
況乃○故鄉	22-10	【鄭】		園楱卻○嶺	29-93
○顧極川梁	28-2	○女發清歌	48-2	○門寂已暮	39-1
研尋○慨息	29-26			〔重闈〕	
葉合影○沈	29-38	【鄉】		願入九○○	62-8
○耕偶漢馮	30-22	此城○夏穴	21-21	高臥掩○○	63-4
○望承明廬	32-2	無謂德無○	39-14		
飛雉度洲○	37-4				
樂極苦○生	46-4	【鄧】		【野】	
見此去珠○	69-4	吾王奄○畢	11-5	余憨○王德	33-3
【邇】		【酌】		【金】	
襟喉○封甸	11-4	○醴薦焚魚	32-24	○轄茱萸網	1-3
				何以儷○鸂	8-16
【邐】		【酒】		片善黃○賤	11-12
迆○度青樓	12-4	溢○亦成珍	39-6	朝行命○碧	13-4
		置○陪朝日	45-7	來喻勗雕○	29-27
【邑】				對澗距○櫨	29-76
下○非上郡	33-1	【醳】		黃○屢已空	30-20
		淹留奉觴○	13-10	步出○華省	32-1
【邛】				○虎西南昃	42-8
臨○幸第如	32-16	【醴】		裹葉彰○兔	60-4
		酌○薦焚魚	32-24	○谷詠芳菲	62-2
【邦】					
豈若兼○牧	19-3	【采】		【釣】	
		躡跨兼流○	11-3	○舟畫彩鷁	1-1
【郎】		巖華映○斿	12-10		
一命忝為○	21-4			【釧】	
		【釋】		簾動聞○聲	68-2
【郡】		○事上川梁	21-26	菱莖時繞○	69-1
下邑非上○	33-1	時時○簿領	32-19		
				【釵】	
		【里】		翠○挂已落	34-9
【郭】		芳洲亙千○	11-17	垂○繞落鬢	35-5
悵然反城○	29-84				

帷開見○影	68-1	

【鉛】
臨粧罷○黛	65-3	

【鈎】
銀○翡翠竿	1-4	

【銀】
○鉤翡翠竿	1-4	

【銅】
澡此○池	7-4	

【銖】
禁姦摘○兩	19-7	

【銜】
○杯惜餘景	17-8	
○泥繞曲房	38-8	

【銷】
薄黛○將盡	35-3	
坐○風露質	43-17	

【鎭】
慈山行旅○	29-20	

【鏡】
方○寫簪裾	32-8	
○中私自看	35-2	

【鐃】
○吹臨風警	17-4	

【鐸】
風輪和寶○	29-92	
風輪和寶○	68-2	

【鑒】
髣髴○窗簾	42-4	

【鑾】
停○對寶座	18-13	

【鑿】
紛余似○枘	30-17	

【長】
湍○自不辭	1-7	
○夜泣羅衣	2-8	
治民終未○	21-18	
耿耿流○脈	22-5	
回首望○安	23-3	
但願○閒暇	32-23	
夜○眠復坐	36-7	
羅衣雙帶○	38-4	
夜○愁反覆	41-1	
○門隔清夜	42-9	
下聽○而短	44-7	
春宵猶自○	64-1	

【門】
應○寂已閉	4-1	
龍○不可見	23-9	
禁○恆晚開	27-8	
屏居青○外	29-31	
銜○謝車馬	29-41	
山帶荊○右	29-54	
重○寂已暮	39-1	
長○隔清夜	42-9	
欲向龍○飛	66-4	

【閉】
應門寂已○	4-1	

【開】
○軒臨荇荷	20-4	
禁門恆晚○	27-8	
條○風暫入	29-37	
秋花當戶○	41-8	
帷○見釵影	68-1	
離怨動方○	61-2	

【閑】
尙識杏○堂	28-4	
忽憶園○柳	30-9	
但願長○暇	32-23	
○居伊洛濱	39-10	
枝○弄好音	44-4	

【閣】
望辰躋菌○	8-4	
北○時旣啓	13-1	
偶憩鹿園○	29-86	
虹蜺拖飛○	32-5	

【闇】
薄暮○人進	29-15	

【闌】
權女○成粧	22-12	
誰知○歛眉	36-8	
日下房櫳○	47-3	

【闈】
積照朗彤○	43-8	
願入九重○	62-8	
高臥掩重○	63-4	

【闊】
契○變炎涼	21-14	

【關】
寧○先有期	36-4	

〔關關〕
河鳥復○○	37-2	

【闡】		【陪】		徒然謬反〇	15-9
遠師教逾〇	29-101	委坐〇瑤席	13-8	況復阻川〇	26-6
		引籍〇下膳	21-11		
【闢】		〇謁建章宮	30-16	【隆】	
西園又已〇	13-2	置酒〇朝日	45-7	〇恩徒自昔	13-6
曲宴〇蘭堂	16-10				
		【陰】		【階】	
【阜】		日暮愁〇合	26-7	瑤〇變杜若	16-7
淹留宿廬〇	29-58	結宇灞城〇	29-32	〇霤擾昏禽	29-40
廬〇擅高名	29-59	垂條拂戶〇	29-36	〇基仍巨壑	29-94
		水接淺原〇	29-53	玉〇空自傷	38-6
【阡】		光〇已如此	41-9		
緹組曜林〇	18-8			【隔】	
		【陳】		〇山聞戍鼓	24-7
【阮】		蘭芽隱〇葉	30-7	長門〇清夜	42-9
侍從榮前〇	12-13	〇乳何能貴	40-1		
		無爲〇巧機	43-22	【隙】	
【防】		〇王謁帝歸	45-2	電〇時光帳	63-7
竹萌始〇露	16-5				
		【陵】		【際】	
【阻】		況復西〇晚	3-3	猶傷江〇楓	30-10
泝洄若無〇	21-41	還掩望〇悲	3-8	參差葉〇飛	61-6
況復〇川隅	26-6	雖愧陽〇曲	29-43		
幽谷雖云〇	29-121	見訪灞〇東	30-26	【隨】	
				歛橈〇水脈	1-5
【阿】		【陽】		〇蜂逸綠蕙	61-1
平子相東〇	29-116	薰祓三〇暮	10-1	月光〇浪動	66-3
		持此〇瀨遊	11-15		
【附】		凍雨晦初〇	16-2	【險】	
形立景自〇	70-4	衣冠仕洛〇	21-2	未若茲山〇	29-65
		爭塗向洛〇	22-14		
【陌】		吾登〇臺上	23-1	【隱】	
紆餘出紫〇	12-3	疑是辰〇宿	24-9	岫〇雲易垂	9-6
		雖愧〇陵曲	29-43	官寺〇回塘	28-6
【降】		罷籍雎〇圃	30-15	交峯〇玉壘	29-75
〇私等申白	23-6	應羨魯〇戈	48-8	蘭芽〇陳葉	30-7
苦極〇歸樂	46-3	衡〇旅鴈歸	66-2	簾螢〇光息	42-5
				廻花半〇身	47-6
【院】		【隅】		避雀〇青薇	61-2
時過馬鳴〇	29-85	復展城〇宴	11-16	息棹〇中洲	66-2

【雀】			〔雖不〕			雜○疑霰落	62-5
○臺三五日		3-1	行舟○○見		29-9		
避○隱青薇		61-2	微芳○○足		40-11	【雪】	
			〔雖云〕			積○更傳聲	65-4
【雄】			謔浪○○善		25-11		
濫賦○雌		7-8	幽谷○○阻		29-121	【雲】	
高視獨辭○		30-12				聽我駐浮○	5-6
			【雙】			上征切○漢	8-5
【雅】			羅衣○帶長		38-4	岫隱○易垂	9-6
留連披○韻		29-18	誰能對○燕		64-5	油○葉裏潤	15-4
文○縱橫飛		45-4				鮮○積上月	16-1
〔雅琴〕			【雜】			掩袂眺征○	17-7
少知○○曲		62-1	○俗良在茲		19-6	共摘○氣藻	27-5
好聽○○聲		62-2	美人要○佩		34-3	猶且歎風○	29-2
○○不可聽		62-3	○雨疑霰落		62-5	舒○類紫府	29-61
						○渡洛賓笙	29-78
【集】			【雞】			白○夏峯盡	32-9
鳥○新條振		15-6	化○仰季智		21-19	月色度○來	41-6
【雉】			【離】			【電】	
馴○推仲康		21-20	忽聞生○唱		2-7	○隙時光帳	63-7
飛○度洲還		37-4	○家復臨水		21-37		
			與子亟○臺		29-4	【震】	
【雌】			○念空盈蕩		29-114	馭點○豺狸	19-8
濫賦雄○		7-8	○怨動方開		61-2		
			傾葉奉○光		63-4	【霍】	
【雍】						弦望殊揮○	29-8
○容憨昔劉		12-14	【難】				
			欄高景○蔽		9-5	【霏】	
【雕】			俄瞻鄉路○		25-6	淹留望夕○	45-8
嘉樹似○飾		14-6	憂來自○遣		26-5	〔霏霏〕	
來喻勗○金		29-27	北上輪○進		29-63	柳絮亦○○	43-2
摘藻蔚○蟲		31-6	同羞不相○		35-7		
上下傍○梁		38-10	春樓怨○守		38-5	【霜】	
遺簪○玳瑁		49-1	詎知書信○		65-6	昭丘○露積	23-8
						焆焆對繁○	38-20
【雖】			【雨】				
摘辭○竝命		18-21	凍○晦初陽		16-2	【霞】	
洛城○半掩		20-9	秋江凍○絕		21-27	煙○起將夕	13-12
○愧陽陵曲		29-43	寧殊遇行○		48-5	同舉○紋杯	27-6

標○同赤城	29-62		【靜】			【頓】	
			日入江風○	24-1		積迷○已悟	29-105
【雷】			日暗人聲○	34-5			
對○接繁柯	20-6					【領】	
階○擾昏禽	29-40		【非】			遊絲綴鶯○	14-7
交峯隱玉○	29-75		○復後庭時	4-2		時時釋簿○	32-19
			憖○楚侍	7-7			
【霰】			選言○綺縞	8-15		【頰】	
雜雨疑○落	62-5		○徒嗟未遒	12-16		暮宿犯○風	30-4
			○夢高唐客	23-2			
【露】			比質○所任	29-28		【顏】	
竹萌始防○	16-5		小乘○汲引	29-103		競嬌桃李○	37-6
昭丘霜○積	23-8		相望○兩宮	31-2			
帷屏溽早○	29-39		下邑○上郡	33-1		【願】	
仙掌方晞○	31-7		幸○使君問	36-5		但○長閒暇	32-23
○葵不待勸	34-7		○但汗丹脣	40-4		但○崇明德	39-13
坐銷風○質	43-17		良知高蓋○	43-20		含咀○相親	40-12
上宮秋○結	65-1		聽聞○殊異	44-13		○入九重闈	62-8
行衣侵曉○	69-1		豈○輪轉愛	46-5			
			春心○一傷	64-2		【類】	
【霾】			採菱○採菜	60-1		舒雲○紫府	29-61
○瞎駭波瀾	25-4						
			【音】			【顧】	
【靈】			寂寞少知○	29-46		○帷憖入楚	23-5
帳餞○芝側	14-2		風○觸樹起	41-5		還○極川梁	28-2
○烏正轉風	31-8		枝閒弄好○	44-4		徒然○枕席	38-17
明月懷○兔	70-6					○已憖困地	39-11
			【韻】				
【靑】			留連披雅○	29-18		【風】	
朱蹕曳○規	9-8					松○吹總帷	3-4
迤邐度○樓	12-4		【響】			江深○復生	6-2
屏居○門外	29-31		朝猨○薹棟	29-95		何待齊○變	11-8
○槐秋葉疎	32-10		赴谷○幽深	44-6		遠近○光扇	11-18
殺○徒已汗	32-13		朝猿○薹棟	68-3		江○傳葆吹	12-9
不見○絲騎	34-13		聲和善○應	70-3		光○送綺翼	14-8
避雀隱○薇	61-2					○度餘芳滿	15-5
〔靑春〕			【頃】			廻○飄淑氣	16-3
況在○○日	4-3		纜舟宴俄○	17-6		鐃吹臨○警	17-4
是日○○獻	14-3					復及秋○年	18-10
						○去水餘波	20-8

日入江○靜	24-1		參差葉際○	61-6		羅衣拂更○	34-10
如何此日○	25-3		因風似蝶○	62-6		唯憐盈袖○	49-8
猶且歎○雲	29-2		欲向龍門○	66-4		風飄花樹○	64-4
條開○暫入	29-37					唯憐綠葉○	69-4
○傳鳳臺琯	29-77		【飲】				
暮宿犯頹○	30-4		皇心睠樂○	10-3		【馬】	
靈烏正轉○	31-8					駟○暫停軨	12-12
爾朂聖鄉○	33-4		【飾】			策○出王田	18-2
微○起扇輪	39-4		嘉樹似雕○	14-6		衡門謝車○	29-41
○音觸樹起	41-5					東封○易驚	29-64
坐銷○露質	43-17		【餌】			時過○鳴院	29-85
因○乍共歸	61-4		荷根時觸○	1-11			
因○似蝶飛	62-6					【馭】	
○簾乍和扉	63-8		【餘】			○黠震豺狸	19-8
○飄花樹香	64-4		唯○最小婦	5-3			
冬曉○正寒	65-1		妙舞復紆○	10-12		【馮】	
〔風輪〕			○辰屬上巳	11-13		○翊獵京兆	19-1
○○和寶鐸	29-92		紆○出紫陌	12-3		還耕偶漢○	30-22
○○和寶鐸	68-2		○光映泉石	13-14		徒然想二○	33-2
			風度○芳滿	15-5			
【飆】			風去水○波	20-8		【馳】	
飄○千里飛	43-4		況復千○里	28-9		懸帆似○驥	26-13
			望望○塗盡	33-5		弭節○暘谷	63-1
【飄】			〔餘景〕				
廻風○淑氣	16-3		銜杯惜○○	17-8		【馴】	
遊子倦○蓬	30-1		○○鶩登臨	29-97		○雉推仲康	21-20
○飆千里飛	43-4						
豈不憐○墜	62-7		【餞】			【駐】	
風○花樹香	64-4		帳○靈芝側	14-2		聽我○浮雲	5-6
			○言班俊造	15-7			
【飛】						【駕】	
東西相背○	2-4		【饑】			高○何由來	27-10
暫欲假○鸞	25-16		○鵜拂浪翔	22-8		命○獨尋幽	29-57
○棹若驚鳧	26-14					驂○入吾廬	32-20
暫作背○鴻	31-4		【首】				
虹蜺拖○閣	32-5		○燕徒有心	17-9		【駟】	
○雜度洲還	37-4		回○望長安	23-3		○馬暫停軨	12-12
復此歸○燕	38-7						
飄颷千里○	43-4		【香】			【駭】	
文雅縱橫○	45-4		經臺總○藥	29-90		○水忽如湯	21-30

霾曀○波瀾	25-4		○臥掩重闈	63-4		夕○赴前洲	24-6
			差池○復下	66-3		河○復關關	37-2
【騁】			〔高蓋〕			復值懷春○	44-3
局步何由○	17-10		時如○○張	21-32		素日抱玄○	70-5
			良知○○非	43-20			
【騎】						【鳧】	
車○息逢迎	29-66		【髣】			飛棹若驚○	26-14
吾生棄武○	30-11		○髴鑒窗簾	42-4			
不見青絲○	34-13					【鳳】	
			【髦】			風傳○臺琯	29-77
【鶩】			東朝禮○俊	21-7			
接軸○西徂	26-12					【鳴】	
餘景○登臨	29-97		【髴】			○茲玉樹	7-3
			髣○鑒窗簾	42-4		時過馬○院	29-85
【驂】						○琴無暇張	34-8
○駕入吾廬	32-20		【鬟】			搖佩奮○環	37-12
			垂釵繞落○	35-5		孤○若無對	44-9
【驅】						上客夜琴○	65-2
前○掩蘭徑	12-5		【鬱】				
			城寺○參差	8-7		【鴈】	
【驚】						衡陽旅○歸	66-2
飛棹若○鳧	26-14		【魂】				
東封馬易○	29-64		○交忽在御	38-15		【鵠】	
						鵠○搖羽至	43-9
【驃】			【魚】				
懸帆似馳○	26-13		浦深○出遲	1-10		【鴛】	
			百戲起龍○	10-14		贈綺織○鴦	49-2
【驪】			酌醴薦焚○	32-24			
愛客待○歌	20-10					【鴦】	
			【魯】			贈綺織鴛○	49-2
【高】			不資○俗移	11-7			
欄○景難蔽	9-5		應羨○陽戈	48-8		【鴻】	
豫遊○夏諺	10-5					○漸濫微薄	8-2
○辭競談端	14-11		【鮮】			宮屬引○鷖	13-3
非夢○唐客	23-2		麗景花上○	15-3		向浦逐歸○	30-6
○駕何由來	27-10		○雲積上月	16-1		暫作背飛○	31-4
廬阜擅○名	29-59		烹○徒可習	21-17			
○視獨辭雄	30-12					【鵝】	
○堂夢容色	42-10		【鳥】			饑○拂浪翔	22-8
垂影當○樹	60-2		○集新條振	15-6			

60

【鵠】			佳○實皇居	32-4	欲向○○飛	66-4
與子如黃○	27-1		燕趙多佳○	38-1		
【鶉】			【黃】			
○鴟拂翅歸	43-10		片善○金賤	11-12		
			孝碑○絹語	21-23		
【鵾】			漂沙○沫聚	21-33		
○絃且輟弄	2-1		與子如○鵠	27-1		
			〔黃金〕			
【鴟】			片善○○賤	11-12		
鶉○拂翅歸	43-10		○○廈已空	30-20		
【鶯】			【黑】			
遊絲綴○領	14-7		○貂久自弊	30-19		
【鶴】			【黛】			
○操暫停徽	2-2		薄○銷將盡	35-3		
御○翔伊水	18-1		臨粧罷鉛○	65-3		
【鵠】			【點】			
○鴒搖羽至	43-9		馭○震犳狸	19-8		
【鷗】			【黽】			
釣舟畫彩○	1-1		○勉謬相追	45-6		
【鷲】			【鼓】			
我后遊祇○	18-3		隔山聞戍○	24-7		
【鷺】			【齊】			
宮屬引鴻○	13-3		何待○風變	11-8		
神濤白○翔	21-24					
			【齒】			
【鸞】			空持渝皓○	40-3		
暫欲假飛○	25-16					
			【龍】			
【鹿】			百戲起○魚	10-14		
偶憩○園閣	29-86		詎匹○樓下	62-3		
			寄語○城下	65-5		
【麗】			〔龍門〕			
○景花上鮮	15-3		○○不可見	23-9		

61

校勘表

「校勘表」はまず作品番号を記し、その後に句番号・文字の異同を記している。なお句番号の「0」は詩題を示す。

底本…『詩紀』卷九十七
校勘材料…　『祕書』：『劉祕書集』（『漢魏六朝百三家集』所收）
　　　　　　『孝綽』：『劉孝綽集』（『六朝詩集』所收）
　　　　　　『梁詩』：『先秦漢魏晉南北朝詩』梁詩
　　　　　　『藝文』：『藝文類聚』
　　　　　　『初學』：『初學記』
　　　　　　『文苑』：『文苑英華』
　　　　　　　　※『文苑(臺)』：『文苑英華』臺灣華文書局刊本
　　　　　　　　※『文苑(中)』：『文苑英華』中華書局刊本
　　　　　　『文苑辨』：『文苑英華辨證』
　　　　　　　　※『辨(臺)』：『文苑英華辨證』臺灣華文書局刊本
　　　　　　　　※『辨(中)』：『文苑英華辨證』中華書局刊本
　　　　　　『玉臺』：『玉臺新詠』
　　　　　　『樂府』：『樂府詩集』
　　　　　　『錦繡』：『錦繡萬花谷』
　　　　　　『廣弘』：『廣弘明集』
　　　　　　　　※『廣弘(四)』：『廣弘明集』四部叢刊本
　　　　　　　　※『廣弘(大)』：『廣弘明集』大正藏本
　　　　　　『何水部』：『何水部集』（『六朝詩集』所收）
　　　　　　『歲時』：『古今歲時雜詠』
　　　　　　『說文繫傳』：『說文解字繫傳通釋』

1　釣竿篇
　　0『藝文』作「劉孝威釣竿篇」。『樂府』無「篇」字。
　　2「漁」、『藝文』『樂府』作「魚」。
　　4「鉤」、『梁詩』云「詩紀誤作釣」。
　　5「斂橈」、『孝綽』『文苑』作「促棹」。『孝綽』云「一作斂橈」。『文苑』云「一作斂橈」。「脈」、『祕書』作「胍」。
　　6「槳」、『詩紀』作「漿」、拠『梁詩』『藝文』『樂府』改。『孝綽』『文苑』作「艇」、『孝綽』云「一作槳」。「渡江」、『藝文』作「度沙」。『文苑』云「一作急槳渡沙湍」。
　　7「辭」、『文苑(臺)』作「亂」。
　　9「船」、『藝文』作「蓮」。「橈」、『藝文』『樂府』作「棹」。『文苑』云「一作棹」。「影合」、『孝綽』作「合影」。
　　10「遲」、『孝綽』作「池」。
　　13「蓮」、『文苑(臺)』作「連」。「度」、『孝綽』『文苑』『樂府』作「渡」。
　　14「渝」、『孝綽』作「踰」。
　　15「有」、『樂府』作「來」。『文苑(中)』云「一作來」。『文苑(臺)』云「一作未」。

65

2 夜聽妓賦得烏夜啼

　　0『孝綽』『文苑』『樂府』作「烏夜啼」。『藝文』作「賦得烏夜啼」。
　　1「絃」、『玉臺』云「一作雞」。
　　2「徽」、『孝綽』『藝文』『文苑』作「揮」。『文苑(中)』云「一作徽」。『玉臺』云「按一作揮」。
　　4「相背」、『孝綽』『藝文』『文苑』作「各自」。『文苑(中)』云「一作相背」。『玉臺』『樂府』云「一作各自」。
　　6「殊」、『藝文』作「猶」。『梁詩』『玉臺』『樂府』作「遊」。『玉臺』云「一作殊」。『文苑(中)』云「一作遊」。
　　7「忽聞」、『梁詩』『玉臺』作「若逢」。『玉臺』云「一作忽聞」。「唱」、『樂府』『玉臺』作「曲」。『玉臺』云「一作唱」。『文苑』云「一作曲」。
　　8「長」、『孝綽』『藝文』『文苑』作「中」。『文苑』云「一作長」。

3 銅雀妓

　　0『藝文』作「銅爵臺妓」。
　　1「雀」、『藝文』作「爵」。
　　2「弦」、『藝文』『樂府』作「歌」。『詩紀』『文苑』云「一作歌」。
　　3「況復」、『藝文』『樂府』作「定對」。『文苑(臺)』云「一作更對」。『文苑(中)』云「一作定對」。
　　4「吹縰」、『藝文』『樂府』作「飄素」。『文苑』云「一作飄素」。
　　5「復繢」、『藝文』『樂府』作「更接」。『文苑』云「一作更接」。
　　6「妾心傷」、『藝文』『樂府』作「心傷於」。『文苑』云「一作心傷於」。
　　7「誰」、『藝文』『樂府』作「何」。『詩紀』『文苑』云「一作何」。「袂」、『孝綽』作「袟」。
　　8「還」、『祕書』作「遂」。『藝文』『樂府』作「翻」。『詩紀』『祕書』『文苑』云「一作翻」。

4 班婕妤怨

　　0『樂府』無「怨」。
　　7「詎」、『孝綽』『文苑』作「誰」。『文苑』云「一作詎」。
　　8「從今」、『孝綽』『文苑』作「徒令」。『文苑』云「一作從今」。『詩紀』『祕書』云「一作徒令」。『樂府』注云「詩紀卷八七注、一作徒令、是」。

5 三婦豔

　　5「人」、『孝綽』作「夫」。

6 櫂歌行

　　5「棹」、『樂府』作「櫂」。

7 詠風

　　0『孝綽』無「詠」字。『錦繡』作「梁劉孝綽詩」。
　　2「春」、『文苑』作「風」。
　　4「渙」、『藝文』『錦繡』作「煥」。『文苑』云「集作煥」。
　　6「襟袖」、『藝文』『錦繡』作「袖衿」。『文苑』云「集作袖衿」。

66

8　侍宴
　　0 『詩紀』『祕書』云「外編作任昉者非」。
　　2 「漸」、『孝綽』『文苑』作「私」。
　　3 「炎」、『藝文』作「焱」。
　　6 「俛」、『藝文』作「晚」。
　　9 「氣」、『孝綽』『文苑』作「日」。
　　15 「綃」、『孝綽』作「綰」。「綺綃」、『梁詩』云「詩紀作綃綰」。
　　16 「儷」、『藝文』『文苑』作「儼」。「臚」、『梁詩』『藝文』作「臚」。

9　又
　　5 「蔽」、『孝綽』作「敝」。

10　三日侍華光殿曲水宴
　　0 「光」、『文苑』云「作林」。
　　1 「薰」、『初學』作「董」。「祓」、『詩紀』作「祾」。拠『孝綽』『梁詩』『藝文』『初學』『文苑』改。『歲時』作「披」。
　　2 「禊」、『詩紀』作「襖」。拠『梁詩』『藝文』『初學』改。『歲時』作「祓」。『文苑』云「雜詠作伎」。
　　3 「睠」、『藝文』作「睠」。
　　6 「凱」、『歲時』作「豈」。
　　5 「遊」、『文苑』作「游」。
　　7 「焚」、『藝文』作「禁」。
　　8 「丰」、『文苑』作「半」。『歲時』作「手」
　　11 「嘹」、『孝綽』『歲時』作「寥」。『文苑』作「賡」。
　　12 「紆」、『歲時』作「行」。
　　14 「起」、『歲時』作「動」。

11　三日侍安成王曲水宴
　　0 『孝綽』無「三日」。
　　3 「躡跨」、『初學』『歲時』作「跨躡」。
　　4 「襟喉」、『孝綽』作「衿唯」。『藝文』作「矜唯」。『梁詩』云「類聚誤作矜唯」。
　　5 「吾」、『初學』作「五」。「吾王」、『歲時』作「五三」。「鄙」、『孝綽』作「豐」。
　　6 「析」、『藝文』作「折」。「珪」、『孝綽』『藝文』作「圭」。「承」、『歲時』作「成」。
　　8 「待」、『初學』『歲時』作「得」。
　　11 「璧」、『藝文』作「壁」。
　　13 「辰」、『孝綽』作「晨」。「上」、『初學』『歲時』作「元」。『詩紀』『祕書』云「一作元」。
　　14 「祓」、『詩紀』作「祾」。拠『孝綽』『梁詩』『藝文』『初學』改。「清祓」、『初學』『歲時』作「消愁」。
　　15 「持」、『歲時』作「侍」。「陽」、『孝綽』作「湯」。「陽瀬」、『初學』『歲時』作「頻豫」。
　　16 「復」、『初學』『歲時』作「須」。
　　18 「風光」、『初學』『歲時』作「光風」。『梁詩』云「初學記作光風、是」。

12　春日從駕新亭應制
　　1 「輪」、『文苑』作「論」。

3「出」、『文苑』云「一作入」。
8「日」、『文苑』云「一作雪」。
10「華」、『孝綽』『文苑』作「花」。
13「阮」、『文苑』作「院」。
14「慭」、『文苑』作「暫」。「劉」、『文苑』作「留」。
15「彈」、『文苑』云「一作殫」。

13　侍宴集賢堂應令
1「閣」、『孝綽』『藝文』作「閣」。「既」、『藝文』作「見」。『文苑』云「一作見」。
3「宮」、『孝綽』『藝文』『文苑』作「官」。
4「碧」、『文苑』作「壁」。
5「何」、『文苑』作「可」。
6「昔」、『文苑』作「惜」。
9「笑」、『孝綽』作「咲」。

14　侍宴餞庾於陵應詔
2「帳」、『藝文』作「悵」。
5「組」、『文苑』作「縵」。
6「似」、『藝文』作「以」。
8「送」、『孝綽』『文苑』作「翔」。
11「辯」、『祕書』作「辨」、『孝綽』『文苑』作「談」。「談」、『孝綽』『文苑』作「辨」。「端」、『藝文』作「瑞」。『梁詩』云「類聚誤作瑞」。
14「用」、『藝文』作「由」。「吹」、『孝綽』作「嘆」。『文苑』作「歎」。

15　侍宴餞張惠紹應詔
8「私獎」、『孝綽』『文苑』作「寵私」。
10「仞」、『文苑』作「任」。

16　餞張惠紹應令
0『藝文』作「應令詩」。『文苑』作「餞張惠紹應令」。
2「陽」、『孝綽』作「暘」。
3「飄」、『孝綽』『文苑』作「翻」。『文苑』云「類聚作楊、集作飄」。
4「煥」、『藝文』作「換」。
6「挺」、『孝綽』『文苑』作「薑」。『文苑』云「集作挺」。
7「階」、『藝文』作「庭」。

17　侍宴離亭應令
0『藝文』作「侍離宴詩」。
1「輟」、『藝文』作「軒」。
6「纜」、『藝文』作「纜」。『文苑』云「集本類聚並作纜」。「宴」、『藝文』作「餞」。
7「袂」、『文苑』作「袟」。「眺」、『藝文』作「望」。
8「銜」、『文苑』作「啣」。

10「由」、『文苑』作「所」、云「集本類聚並作由」。

18 奉和昭明太子鍾山解講
　0 『藝文』無「奉」。
　2 「策」、『藝文』作「攀」。
　6 「朱」、『廣弘』作「珠」。
　7 「縈」、『廣弘(大)』作「榮」。
　13「座」、『藝文』作「坐」。
　14「悦」、『藝文』作「説」。
　15「滴」、『藝文』作「適」。
　16「然」、『藝文』作「燃」。
　17「朋」、『藝文』作「明」。

19 和湘東王理訟

20 陪徐僕射晚宴
　0 「晚」、『初學』作「勉」。『藝文』作「陪徐僕射晚宴於兒宅」。『文苑』作「同集晉安兒宅」。
　1 「夫」、『藝文』作「天」。『初學』作「大」。
　5 「塘」、『初學』作「堂」。「篠」、『孝綽』『藝文』作「筍」。
　8 「去」、『文苑』作「度」。
　9 「半」、『文苑』云「集作未」。「掩」、『孝綽』作「日」。『藝文』缺。

21 上虞鄉亭觀濤津渚學潘安仁河陽縣詩
　0 『説文繫傳』作「上虞鄉亭觀濤詩」。
　17「烹」、『孝綽』作「享」。「習」、『孝綽』作「惜」、『詩紀』云「一作惜」。
　18「化雞」、『梁詩』云「文苑辨證云、一作化鶉」。
　21「此」、『孝綽』作「北」。
　22「櫨」、『孝綽』作「塵」。
　25「佳」、『文苑』作「住」。
　27「雨」、『説文繫傳』作「甫」。
　28「景」、『説文繫傳』作「影」。「移」、『説文繫傳』作「誃」。
　33「沙」、『孝綽』作「渺」、云「一作沙」。「沫」、『祕書』作「沫」。
　35「榜」、『文苑』作「傍」。『詩紀』云「文苑誤作傍」。
　36「詎」、『祕書』作「豈」。
　41「泝」、『孝綽』作「沂」。

22 太子泝落日望水
　0 『藝文』作「和太子落日望水」。『詩紀』云「類聚脱泝字」。
　1 「迴」、『文苑』作「廻」。『何水部』作「迴」。
　2 「漲」、『孝綽』『文苑』作「洋」。『初學』作「張」。
　3 「此」、『孝綽』『初學』『文苑』作「在」、『詩紀』『祕書』『何水部』云「一作在」。「波地」、『藝文』作「坡池」。

4「派」,『祕書』『孝綽』『藝文』『文苑』作「泒」。「別引」,『藝文』作「引別」。
6「微」,『孝綽』『藝文』『初學』『文苑』作「輕」。
7「烏」,『孝綽』『初學』『文苑』作「鳥」。「查漾」,『孝綽』『文苑』作「槎泛」。『初學』作「槎汎」。
8「饑」,『孝綽』『初學』『文苑』作「驚」。
9「泛」,『孝綽』『初學』『文苑』作「流」。『詩紀』『祕書』『何水部』云「一作流」。
10「乃」,『孝綽』『初學』『文苑』作「此」,『詩紀』『祕書』云「一作此」。「還」,『孝綽』作「邊」。
11「榜」,『文苑』作「傍」。『詩紀』云「文苑誤作傍」。「檝」,『初學』作「楫」。
12「櫂」,『藝文』作「棹」。「粧」,『孝綽』『初學』『文苑』作「裝」。

23 登陽雲樓
1「登」,『藝文』作「土」。『初學』作「在」。『文苑』作「王」、云「一作士」。
2「唐」,『孝綽』作「堂」。『藝文』作「臺」。
5「帷」,『孝綽』『梁詩』『藝文』『初學』『文苑』作「惟」。
6「降」,『孝綽』『初學』『文苑』作「殊」。『文苑』云「一作降」。『詩紀』云「一作殊」。
7「沮」,『初學』作「阻」。
8「昭」,『孝綽』『文苑』作「瑕」、『詩紀』云「一作・」。『祕書』云「一作瑕」。
10「慕」,『文苑』作「暮」。『梁詩』云「文苑誤作暮」。「寒」,『藝文』『初學』作「霜」。

24 夕逗繁昌浦
2「未」,『藝文』作「天」。
3「岸」,『文苑』作「崖」。
4「解纜」,『孝綽』作「纜解」。「渚」,『藝文』作「路」。

25 櫟口守風

26 還渡浙江
0「還」,『文苑』無。『孝綽』作「過」。
4「襦」,『文苑』作「襦」
5「來」,『藝文』『文苑』作「方」。
12「軸」,『孝綽』『藝文』『文苑』作「舳」。

27 江津寄劉之遴
2「復」,『孝綽』『文苑』作「先」。
4「休臺」,『文苑』云「集作靈臺」。
6「紋」,『藝文』『文苑』作「文」。
7「佳」,『孝綽』『藝文』『文苑』作「流」。「遊」,『孝綽』『文苑』作「逝」。『文苑』云「集作遊」。

28 發建興渚示到陸二黃門
0「到」,『孝綽』作「別」。『藝文』『文苑』作「劉」。『詩紀』『祕書』云「外編作昃均詩、題云酬別、非也」。

29　酬陸長史倕

　2「且」、『文苑』云「集作自」。
　7「宛」、『詩紀』『祕書』云「一作悵」。
　13〜14『文苑』云「集作相望接風煙、相思勞歲晚」。
　16「信」、『文苑』云「集作訊」。
　19「財」、『文苑(臺)』云「集作□」。『文苑(中)』云「集作裁」。「總」、『孝綽』作「物」。
　20「行」、『文苑』云「集作非」。
　28「比」、『文苑(臺)』作「此」。『梁詩』云「文苑作此。注云、宋本比」。
　29「無時」、『文苑』云「集作舉無」。
　32「灞」、『孝綽』『梁詩』『文苑』作「霸」。
　34「東」、『文苑』云「集作西」。
　35「柯」、『文苑』作「枝」。
　43「陵」、『詩紀』『祕書』云「一作春」。『文苑(臺)』作「春」。
　45「聊」、『文苑』云「集作寡」。「屬和」、『孝綽』作「永歌」。
　51「曰」、『孝綽』作「日」。
　52「沜」、『文苑(臺)』作「沂」。「久」、『文苑』作「九」。『詩紀』『祕書』云「一作九」。
　53「原」、『文苑』作「源」。
　54「門」、『文苑』云「集作臺」。
　60「岧岧」、『文苑』云「集作迢迢」。
　63「上」、『文苑(臺)』作「山」。
　67「山」、『文苑』作「石」。
　69「乍」、『祕書』作「年」。
　71「廻」、『文苑(中)』云「集作迴」。
　74「憩」、『文苑(中)』云「集作息」。
　75「霤」、『文苑(臺)』作「流」。
　78「渡」、『孝綽』『文苑』作「度」。
　85『文苑』作「日斜歸路遠」。
　86「偶」、『文苑(中)』云「集作過」。「鹿」、『文苑』作「庵」。
　87『文苑』作「雖異商人勞」。
　88「比」、『孝綽』作「此」。『文苑(中)』云「集作同又作因」。
　91「旛」、『文苑』作「幡」。
　93「楥」、『孝綽』『文苑』作「援」。『詩紀』『祕書』云「一作垣」。
　95「猨」、『文苑』作「湲」。『詩紀』『祕書』云「一作湲」。
　100「慧」、『文苑(臺)』作「惠」。
　103〜104『文苑』作「乘非汲引法善忘招報能」。
　109「積」、『文苑』作「親」。『詩紀』『祕書』云「一作親」。
　112「輪」、『文苑』云「集作淪」。『梁詩』云「文苑云、一作淪」。
　118「辭」、『孝綽』作「詞」。
　120「詠」、『孝綽』作「永」。

30　答何記室

　0『孝綽』作「答何記室遜」。

2「未」、『文苑(中)』云「一作無」。
8「苗」、『文苑(中)』云「一作笋」。
9「閒」、『文苑(中)』云「一作中」。
12「辭」、『孝綽』『文苑』作「餘」、『詩紀』『何水部』云「一作餘」。「獨辭」、『祕書』云「一作餘一」。
17「紛余」、『文苑(中)』云「集作紛紛」。『梁詩』云「何水部集作紛紛」。
19「弊」、『文苑(臺)』作「敝」。
22「偶」、『祕書』作「耦」。
25「若」、『詩紀』『何水部』云「一作君」。「右」、『梁詩』云「文苑作右。注云、宋本右」。

31　答張左西
3「枝」、『文苑(中)』云「集作理」。
5「惠思」、『文苑(中)』云「集作思惠」。
9「翮」、『文苑(中)』云「集作翼」。
10「叢」、『藝文』作「藜」。

32　歸沐呈任中丞昉
0『藝文』作「贈任中丞」。
2「還」、『藝文』作「遙」。
13「汙」、『祕書』作「汗」。
16「邛」、『孝綽』作「仰」。
12「兔」、『文苑(臺)』作「媲」。
21「唾」、『孝綽』『文苑』作「嗤」。「礇砆」、『文苑』作「嘯砆」
23「閒」、『梁詩』『藝文』『文苑』作「閑」。「薦焚」、『藝文』作「焚枯」。『梁詩』云「文苑作焚枯」。

33　憶虞弟
0「憶」、『藝文』作「與」。

34　淇上戲蕩子婦
0『孝綽』無「婦」字。『梁詩』作「淇上人戲蕩子婦示行事」。『玉臺』作「淇上戲蕩子婦示行事一首」、云「一有人字、一無示行事」。
3「要」、『孝綽』作「腰」。
4「誘」、『玉臺』云「按一作綉」。
6「出」、『藝文』作「上」。
13「不」、『藝文』作「未」。

35　愛姬贈主人
10「掛玉且」、『藝文』作「桂玉旦」。

36　爲人贈美人
0『孝綽』作「贈美人」。
5「使」、『祕書』作「便」。
8「歛」、『藝文』作「斂」。

72

37 遙見鄰舟主人投一物衆姬爭之有客請余爲詠
　　0 『孝綽』作「見鄰舟人投物衆姬爭之」。『藝文』作「見鄰舟人投一物衆姬爭之」。
　　4 「度洲」、『玉臺』作「渡洲」。『玉臺』穆克宏校云「趙氏復宋本作度州」。『梁詩』云「玉臺作州」。
　　5 「此」、『孝綽』『藝文』作「是」。
　 10 「蔑」、『孝綽』作「滅」。
　 11 「爭」、『玉臺』作「事」。
　 12 「奮」、『玉臺』作「奪」。『詩紀』『祕書』云「一作奪」。
　 14 「喬」、『玉臺』作「高」、云「按一作喬」。

38 古意
　　0 『梁詩』作「古意送沈宏」。
　　1 「趙」、『祕書』作「起」。
　　4 「長」、『孝綽』作「香」。
　　5 「春」、『孝綽』作「青」。
　　6 「空」、『孝綽』『藝文』『文苑』作「悲」。
　　7 「復」、『藝文』作「對」。『詩紀』『祕書』云「一作對」。『文苑』云「一作對此飛歸燕」。
　　8 「繞」、『文苑(臺)』作「遶」。
　 11 「可念」、『孝綽』『藝文』『文苑』作「尙爾」。『梁詩』云「類聚作尙尒。文苑同」。
　 12 「安」、『孝綽』『文苑』作「何」。『文苑』云「一作安」。
　 17 「顧」、『藝文』作「枕」。『文苑』云「一作願」。『梁詩』云「類聚誤作枕」。

39 報王永興觀田
　　6 「溢酒」、『孝綽』作「益絹」。「成」、『孝綽』作「或」。
　　8 「兼」、『孝綽』作「廉」。
　 10 「閒」、『梁詩』『藝文』作「閑」。

40 詠有人乞牛舌乳不付因餉檳榔詩
　　3 「皓」、『藝文』作「浩」。
　　4 「汙」、『祕書』『藝文』作「汗」。
　　5 「實」、『祕書』作「寔」。
　　7 「熟」、『藝文』作「就」。

41 夜不得眠
　　3 「披」、『孝綽』作「柀」。
　　7 「夏」、『孝綽』作「下」。「依」、『祕書』作「衣」。
　　8 「當戶」、『孝綽』作「向座」。

42 望月有所思
　　2 「步」、『孝綽』『文苑』作「出」。
　　3 「朣朧」、『藝文』作「瞳曨」。
　　4 「髣髴」、『孝綽』作「彷彿」。
　 10 「夢」、『藝文』作「蒙」。『梁詩』云「類聚誤作蒙」。

12「滿」、『孝綽』『文苑』作「向」。

43　校書祕書省對雪詠懷
　　0『孝綽』『藝文』『初學』『文苑』作「對雪」。『文苑辨』作「對雪詠懷」。
　　1「華」、『初學』作「葉」。
　　4「飇」、『孝綽』『初學』『辨(中)』作「飄」。「千」、『辨(臺)』作「十」。
　　6「儷」、『藝文』作「灑」。
　　8『文苑』云「以下集有全篇、今並録于此。鶺鴒搖羽至、鴨鷗拂翅歸、相彼猶有得、嗟余獨有遺、終
　　　朝守玉署、方夜勞金扉、未能奏緗帙、何由辨國闈、坐銷風露質、遊聯珠璧暉、偶懷笨車是、良知高
　　　蓋非、寄言謝端本、無爲陳巧機」。
　　12「余」、『文苑辨』作「予」。
　　16「圍」、『文苑辨』作「闈」。
　　21「飢」、『文苑辨』作「寄」。

44　詠百舌
　　0『孝綽』無「詠」字。『文苑』作「劉孝緯詠百舌」。
　　5「迴」、『文苑』作「廻」。
　　7「下」、『文苑』作「乍」。『梁詩』云「文苑作乍。是」。
　　13「聽聞」、『文苑』作「聞聽」。

45　侍宴同劉公幹應令
　　0「同」、『祕書』作「擬」。『詩紀』云「同、疑作擬」。
　　6「黽」、『初學』作「倔」。

46　賦詠百論捨罪福詩
　　6「緣」、『廣弘(大)』作「綠」、注云「宮本作緣」。
　　7～8『廣弘(大)』作「一一知心相、渴染法流清」。注云「三本宮本無一字。渴染、三本作濁樂染」。

47　賦得照棊燭詩刻五分成
　　0『初學』作「賦照棋燭」。『玉臺』作「賦詠得照棋燭刻五分成」。
　　1「吹」、『玉臺』云「一作初」
　　3「闇」、『詩紀』『祕書』云「玉臺作閉」。『玉臺』云「一作閉」。
　　5「局」、『玉臺』云「一作局」。
　　7「不」、『初學』作「莫」。「倦」、『玉臺』作「卷」。

48　同武陵王看妓
　　0『孝綽』『文苑』作「武陵殿下看妓」。『玉臺』作武陵王詩、題「同蕭長史看妓」。『詩紀』云「一作
　　　武陵王同蕭長史看妓」。『錦繡』作「劉孝綽詩」。
　　3「曼」、『孝綽』『初學』『文苑』『玉臺』『錦繡』作「慢」。
　　4「表」、『玉臺』作「入」。「嚬」、『初學』作「頻」。「蛾」、『文苑』作「娥」。『玉臺』云「按、一作娥」。
　　　『錦繡』作「哦」。
　　5「遇」、『初學』作「遏」。『玉臺』作「値」。

7「日落」、『錦繡』作「落日」。『文苑』云「集作落日」。「落」、『玉臺』作「暮」。

49 賦得遺所思
1「玳」、『玉臺』作「瑇」。
3「未」、『玉臺』云「一作木」。
8「唯」、『玉臺』作「惟」。

50 林下映月
0「映月」、『孝綽』『文苑』作「月影」。『文苑』云「集本類聚並作映月」。『初學』作「劉孝綽詩」。
1「月」、『孝綽』『文苑』作「夜」。『文苑』云「集作月」。
3「半」、『文苑』作「伴」。
4「褒」、『孝綽』作「衰」。『初學』作「叢」。「彰」、『孝綽』『初學』『文苑』作「映」。『文苑』云「集本類聚並作彰」。
6「與」、『孝綽』作「語」。

51 詠素蝶

52 於座應令詠梨花
0 『藝文』作「詠梨花應令」。
2「詠」、『藝文』作「訪」。
4「蕊」、『初學』作「葉」。「華」、『藝文』作「朱」。『詩紀』『祕書』云「一作朱」。
5「霰」、『藝文』作「露」。

53 秋雨臥疾
5「寂寂」、『文苑』作「寂寞」。「桑榆」、『藝文』作「榆桑」。『文苑』云「集作榆葉」。
8「和」、『祕書』『孝綽』『梁詩』『藝文』『文苑』作「扣」。『詩紀』云「疑作扣」。『梁詩』云「詩紀誤作和」。「和扉」、『孝綽』云「或作如飛」。『文苑』云「集作如飛」。

54 奉和湘東王應令二首・春宵
0 『藝文』作「春宵」。
3「圓」、『藝文』作「園」。

55 奉和湘東王應令二首・冬曉
0 『藝文』作「冬曉」。

56 月半夜泊鵲尾
0 『孝綽』無「月」。

57 和詠歌人偏得日照詩
0 『錦繡』作「劉孝綽詩」。

58　詠姬人未肯出

59　遙見美人採荷
　　1「繞」、『玉臺』作「遶」。
　　4「唯」、『玉臺』作「惟」。「綠」、『祕書』作「緣」。

60　詠小兒採菱
　　3「踟躕」、『玉臺』作「峙嵎」。

61　詠眼
　　2「方」、『藝文』作「還」。

62　擬古
　　0「擬古」、『祕書』作「擬古聯句」。『何水部』作「擬古三首聯句其三」

63　詠日應令
　　0『孝綽』作「應令詠日」。
　　1「暘」、『藝文』『初學』作「湯」。
　　2「檻」、『藝文』作「曜」。
　　3「亦」、『藝文』『初學』『文苑』作「一」。『梁詩』云「海錄碎事作一」。「何」、『祕書』作「可」。

64　望月

65　秋夜詠琴
　　0『錦繡』作「劉孝綽詩」。

66　賦得始歸鴈
　　0『錦繡』作「劉孝綽詩」。
　　3「差」、『錦繡』作「離」。「差池」、『錦繡』作「離地」。

67　元廣州景仲座見故姬一首
　　0『詩紀』『玉臺』云「一作代人詠見故姬」。『梁詩』無「一首」。
　　2「踟躕」、『梁詩』『玉臺』作「峙嵎」。
　　4「採」、『玉臺』作「采」、云「一作詠」。

68　東林寺詩
　　1「珠」、『梁詩』作「朱」。

69　詩

70　三光篇

中国文学研究叢刊 3　劉孝綽詩索引

2000年7月10日　初版発行

校閲　森野繁夫
編者　佐藤利行
　　　佐伯雅宣

発行者　佐藤康夫
発行所　株式会社 白帝社

〒171-0014 東京都豊島区池袋 2-65-1
　　　　電話 03-3986-3271
　　　　FAX 03-3986-3272（営）
　　　　　　03-3986-8892（編）
http://www.hakuteisha.co.jp/
E-mail:info@hakuteisha.co.jp

ISBN 4-89174-404-9

『梁書』劉孝綽傳

【本文】

劉孝綽字孝綽、彭城人。本名冉。祖勔、宋司空・忠昭公。父繪、齊大司馬霸府從事中郎。
孝綽幼聰敏、七歲能屬文。舅齊中書郎王融、深賞異之、常與同載適親友、號曰神童。融每言曰、「天下文章、若無我當歸阿士。」阿士、孝綽小字也。繪、齊世掌詔誥、孝綽年未志學、繪常使代草之。父黨沈約・任昉・范雲等、聞其名、並命駕先造焉、昉尤相賞好。范雲年長繪十餘歲、其子孝才、與孝綽年並十四五。及雲遇孝綽、便申伯季、乃命孝才拜之。昉報章曰、「彼美洛陽子、投我懷秋作。」詎慰臺嗟人、春耕勵秋穫。」其為名流所重如此。

天監初、起家著作佐郎、為歸沐詩、遷太子舍人、俄以本官兼尚書水部郎、奉啟陳謝。手敕答曰、「美錦未可便製、簿領亦宜稍習。」頃之即真。高祖雅好蟲篆。時因宴幸、命沈約・任昉等、言志賦詩。孝綽亦見引。嘗侍宴、於坐為詩七首。高祖覽其文、篇篇嗟賞。由是朝野改觀焉。

尋有敕知青・北徐・南徐三州事、出為平南安成王記室、隨府之鎮。尋復除祕書丞、出為鎮南安成王諮議、入以事免。公事免。故以孝綽居此職。尋復除祕書丞、遷太子僕、復掌東宮管記。時昭明太子好士愛文、孝綽與陳郡殷芸・吳郡陸倕・琅邪王筠・彭城到洽等、同見賓禮。太子起樂賢堂、乃使畫工先圖孝綽。又敕權知司徒右長史事、遷太府卿、太子僕、復掌東宮管記。高祖謂舍人周捨曰、「第一官、當用第一人。」故以孝綽居此職。遷員外散騎常侍、兼廷尉卿、頃之即真。

初、孝綽與到洽友善、同遊東宮。太子獨使孝綽集而序之。及孝綽為廷尉卿、攜妾入官府、其母猶停私宅。洽尋為御史中丞、遣令史案其事、遂劾奏之云、「攜少妹於華省、棄老母於下宅。」高祖為隱其惡、改「妹」為「妹」、坐免官。孝綽諸弟、時隨藩皆在荆・雍

共洽不平者十事。其辭皆鄙到氏。又寫別本、封呈東宮。昭明太子命焚之、不開視也。

時世祖出爲荊州、至鎭與孝綽書曰、「君屏居多暇、吟詠情性。比復稀數古人、不以時委約、而能不佞癢。且虞卿・史遷、由斯而作。雖無紀行之作、頗有懷舊之篇。差得肆意典墳、想摘屬之興、益當不少。洛地紙貴、京師名動。彼此一時、何其盛也。近在道務閑、微得點翰。想能行之作、頗有懷舊之篇。至此已來、衆諸屑役、小生之誕、恐取辱於盧江、遮道之姦、慮興謀於從事。筆墨之功、曾何暇豫。至於心乎愛矣、未嘗有歇。思樂惠音、清風靡聞。譬夫夢想溫玉、飢渴明珠。雖愧卞・隨、猶爲好事、所製、想能示之。勿等清慮、徒虛其請。無由賞悉、遣此代懷。」孝綽答曰、「伏承自辭皇邑、爰至荊臺、未勞刺舉、且摘高麗。近雖預觀尺錦、而不覩全玉。昔臨淄詞賦、悉與楊脩、當未殫寶笥、顧慚先哲。渚宮舊俗、朝衣多故、李固之薦二賢、徐璆之奏五郡、威懷之道、兼而有之。欲使金石流功、恥用翰墨垂迹。雖乖知二、偶達聖心。爰自退居素里、却掃窮閑、比楊倫之不出、譬張摯之杜門。昔趙卿窮愁、肆言得失。漢臣鬱志、廣敍盛衰。方其一時、擬非其匹。數路計行、遲還芳札。」孝綽免職後、高祖數使僕射徐勉宣旨慰撫之、每朝宴常引與焉。及高祖爲籍田詩、又使勉先示孝綽。時奉詔作者數十人、高祖以孝綽尤工、即日有敕、起爲西中郞湘東王諮議。啓謝曰、「臣不能銜珠避顧、少酬褒誘。又何容易。故韜翰吮墨、多歷寒暑。既闕子幼南山之歌、又微敬通渭水之賦。竊以文豹何幸、以文爲罪。由此而談、且才乖體物、不擬作於玄根、事殊宿諾、寧貽懼於朱亥。顧己反躬、載懷累息。但瞻言漢廣、邈若天涯。區區一心、分宵九逝。殿下降情白屋、存問相尋。食椹懷音、矧伊人矣。」以茲疏倖、與物多忤。兼逢匪怨之友、遂居司隸之官、交構是非、用成萋斐。日月昭回、俯明枉直。獄書每御、輒鑒蔣濟之冤、炙髮見明、非關陳正之辯。遂漏斯密網、免彼嚴棘、得使還同士伍、比屋唐民。生死肉骨、豈伴其施。臣誠無識、孰不戴天。疏遠畝隴、絕望高闕、而降其接引、優以旨喻。於臣微物、足爲榮隕。況剛條落葉、忽沾雲露、周行所實、復齒盛流。但離朽枿糞、徒成延獎、捕影繫風、終無效答。」

又啓謝東宮曰、「臣聞之先聖、以衆惡之、必察焉、衆好之、必察焉。故晏嬰再爲阿宰、而前毀後譽。知好惡之間、必待明鑒。積譽斯信。後譽出於阿意、前毀由於直道、是以一犬所噬、旨酒貿其甘酸、一手所搖、嘉樹變其生死。又鄒陽有言、士無賢愚、入朝見嫉。豈非孤特則積毀所歸、比周則積譽所信。知好惡之間、必待明鑒。故晏嬰再爲阿宰、而前毀後譽。後譽出於阿意、前毀由於直道、是以一犬所噬、旨酒貿其甘酸、一手所搖、嘉樹變其生死。至若臧文

之下展季、靳尚之放靈均、絳侯之陷賈生、平津之陷主父、自茲厥後、其徒實繁。曲筆短辭、不暇殫述、寸管所窺、常由切齒。殿下誨道觀書、俯同好學、前載枉直、備該神覽。飄風貝錦、譬彼讒慝、聖旨殷勤、深以爲歎。臣資愚履直、不能杜漸防微、曾未幾何、逢試罹難。雖吹毛洗垢、在朝而同嗟、而嚴文峻法、肆姦其必奏。不顧賣友、志欲要君、自非上帝運超己之光、昭陵陽之虐、爇馬懸車、息絶朝觀。方願滅影銷聲、遂移林谷、所蒙已厚。裁下免黜之書、仍頒朝會之旨。小人未識通方、降寬和之色、垂布帛之言、形之千載、榮同起家。不以距違見疵、復使引籍雲陛。但未渝丹石、永藏輪軌、相彼工言、構茲媒孼。且欸冬而生、已凋柯葉、空延德澤、無謝陽春。」後爲太子僕、母憂去職。服闋、除安西湘東王諮議參軍、遷祕書監。
爲飾者所訟、左遷信威臨賀王長史。頃之、遷黃門侍郞、尚書吏部郞。坐受人絹一束、爲有司所奏。
孝綽少有盛名、而仗氣負才、多所陵忽。有不合意、極言詆訾。領軍臧盾・太府卿沈僧杲等、竝被時遇。孝綽尤輕之。每於朝集會同處、公卿閒無所與語、反呼騶卒、訪道途閒事、由此多忤於物。
孝綽辭藻、爲後進所宗、世重其文。每作一篇、朝成暮遍、好事者咸諷誦傳寫、流聞絶域。文集數十萬言、行於世。
孝綽兄弟及羣從諸子姪、當時有七十人。竝能屬文、近古未之有也。其三妹適琅邪王叔英・吳郡張嵊・東海徐悱、竝有才學。悱妻文尤淸拔。悱、僕射徐勉子、爲晉安郡、卒。喪還京師、妻爲祭文、辭甚悽愴。勉本欲爲哀文、旣覩此文、於是閣筆。
孝綽子諒、字求信。少好學、有文才。尤博悉晉代故事、時人號曰「皮裏晉書」。歷官著作佐郞、太子舍人、王府主簿、功曹史、宣城王記室參軍。

【訓讀】

劉孝綽　字は孝綽、彭城の人なり。本と名は冉なり。祖は勔、宋の司空・忠昭公なり。父は繪、齊の大司馬の霸府の從事中郞なり。
孝綽、幼くして聰敏、七歲にして能く文を屬る。舅齊の中書郞王融は、深く賞して之を異とし、常に輿に同載して親友に適き、

號して神童と曰ふ。融 毎に言ひて曰く、「天下の文章、若し我無くんば當に阿士に歸すべし」と。阿士とは、孝綽の小字なり。繪、齊の世に當に詔誥を掌る。孝綽 年 未だ志學ならずるも、繪 常に代りて之に草せしむ。父が黨に沈約・任昉・范雲等、昉 尤も相ひ賞好す。范雲 繪と並びに駕を命じて先づ焉に造り、幷びに繪を聞き、年 繪より長ずること十餘歲、其の子 孝才は、孝綽と年並びに十四五。孝綽に遇ふに及び、便ち伯季を申べ、乃ち孝才に命じて之に拜せしむ。

天監の初め、家より著作佐郎に起り、「歸沐の詩」を爲りて、以て任昉に贈る。昉の報章に曰く、「彼の美なる洛陽の子、我に懷秋の作を投ず。詎ぞ臺嗟の人を慰むるのみならん、徒だ老夫の託を深くするのみ。直史 褒貶を兼ね、轄司 專ら惡を疾む。九折に美瘹多し、報には匪ず良藥ならんことを庶ふ。子 其れ鋒穎を崇び、春耕して秋穫に勵めよ」と。其の名流の重んずる所と爲ること此の如し。

太子舍人に遷り、俄かに本官を以て尚書水部郎を兼ね、啟を奉じて陳謝す。手敕し答へて曰く、「美錦 未だ便ち製る可からず、坐に於いて詩七首を賦せしむ。孝綽 其の文を覽て、篇篇嗟賞す。

是れに由りて朝野は觀を改む。

尋いで救有りて靑・北徐・南徐三州の事を知し、出でて平南安成王の記室と爲り、府に隨ひて鎭に之く。尋いで太子洗馬に補せられ、尚書金部郎に遷り、復た太子洗馬と爲り、東宮の管記を掌る。出でて上虞の令と爲り、還りて祕書丞に除せらる。高祖 舍人の周捨に謂ひて曰く、「第一の官には、當に第一の人を用ふべし」と。故に孝綽を以て此の職に居らしむ。公事もて免ぜらる。出でて鎭南安成王の諮議と爲り、安西驃騎の諮議參軍に累遷し、救ありて權に司徒右長史の事を知し、太府卿、太子僕に遷り、復た東宮の管記を掌る。孝綽は陳郡の殷芸・吳郡の陸倕・琅邪の王筠・彭城の到洽等と、同に賓禮せらる。太子 樂賢堂を起こし、乃ち畫工に命じて先づ孝綽を圖かしむ。太子の文章 繁富にして、羣才 咸な撰錄せんと欲するも、太子は獨り孝綽をして集めて之を序せしむ。員外散騎常侍に遷り、廷尉卿を兼ね、之を頃して眞に卽く。孝綽 自ら以へらく、才 洽に優ると。洽 之を銜む。孝綽の廷尉卿と爲るに及び、妾を攜へて官府に入り、其の母 猶ほ私宅に停まる。毎に宴坐に於いて、同に東宮に遊ぶ。洽 尋いで御史中丞と爲り、令史をして其の事を劾ぜしめ、遂に之を劾奏して云ふ、「少妹を華省に攜へ、老母を下宅に棄つ」と。高祖 爲に其の惡を隱さんとし、「妹」を改めて「姝」と爲すも、坐して官を免ぜらる。孝綽の諸弟、時に藩に隨ひて皆な荊・雍に在り。孝綽と平らかならざる者 十事を論ず。其の辭 皆な到氏を鄙しめ、開きて視ざるなり。別本を寫して、封して東宮に呈す。昭明太子 命じて之を焚かしめ、開きて視ざるなり。

時に世祖 出でて荊州と爲り、鎭に至りて孝綽に書を與へて曰く、「君 屏居して暇多く、差や意を典墳に詠するを得たらん。比ろ復た數古人を稀ふに、斯れに由りて作る。洛地 紙 貴く、京師 名動す。彼此 時を一にし、何ぞ其れ盛なるや。近ごろ道に在りて務めは閑なければ、微や翰を點するを得たり。紀行の作無しと雖も、頗か懷舊の篇有り。此に至りて巳に來、衆諸の屑役あり。小生の誹、辱いに盧江に取らんことを恐れ、遮道の姦、謀を從事に休まず、筆墨の功、曾ち何ぞ暇豫あらん。方且に帷を褰げて自ら屬め、痩を求めて休まず。心に愛するに至りては、未だ嘗て歇くす有らず。惠音を思樂するも、清風 聞く靡し。夫の夢に入るも事を以て免ぜらる。起ちて安西の記室と爲り、

溫玉を想ひ、明珠を飢渇するに譬ふ。卜・隨に愧ぢと雖も、猶ほ事を好むを爲す。新たに製する所有らば、能く之を示されんことを想ふ。清慮に等めて、徒らに其の請を虛しくする勿かれ。賞悉するに由無ければ、此を遣りて懷に代へん。路を數へて行を計り、芳札を還されんことを遲たん」と。孝綽答へて曰く、「伏して承るに皇邑を辭して自り、爰に荊臺に至り、未だ刺舉に勞せず、且つ高麗を摘ず。顧みて先哲に慚づ。渚宮の舊俗、朝衣に故多きも、未だ寶筐を彈て玉を觀ず。昔臨淄の詞賦、悉く楊脩に與ふるも、兼ねて迹之れ有り。近ごろ尺錦を觀るに預るがごとく、威懷の道、翰墨を用っくさず、徐璆をして功を奏するに比し、李固の二賢を薦め、張摯の門に退居し、窮閑を却掃せし自り、楊倫の出でざるに比し、肆に得失を言ひ、漢臣は鬱志して、廣せ盛衰を紋ぶ。昔趙卿は窮愁して、偶たま聖心に達す。擬するも其の匹に非ず。竊かに以らく文豹何の幸かある、彼此時を一にすとは。殿下情を白屋に懷らる、剟んや伊を以て罪と爲す。此に由りて談ずるに、又た何ぞ容易ならんや。故に翰を韜めて墨を吮ひ、多く寒暑を歷て、又た敬通渭水の賦微く、以て自ら獻笑に同じくし、少しく閔き、又た褒誘に酬ふる無し。且つ才は體物に乖き、作を玄根に擬せず、事は宿諾に殊なれば、寧ぞ懼を朱亥に始らん。但だ漢廣を瞻言すれば、己を顧み躬を反みて、載ち累息を懷く。區區たる一心、宵と分かつまで九逝す。殿下情を白屋に懷らる、椹を食ひて音を懷る。れ人においてをや」と。

孝綽職を免ぜられし後、高祖數しば僕射の徐勉をして宣旨もて之を慰撫せしめ、朝宴ある每に常に引きて焉に與からしむ。高祖「籍田の詩」を爲るに及び、又た勉をして先づ孝綽に示さしむ。時に詔有りて、起して西中郎湘東王の諮議と爲す。啓

して謝して曰く、「臣珠を衒みて顧を避け、柯を傾けて足を衞る能はず。茲を以て倖を疎んじ、物と忤ふこと多し。兼ねて匿怨の友の、遂に司隸の官に居るに逢ひ、是非を交構して、用て萋斐を成す。日月昭回し、俯して柱直を明かにす。獄書御せらるる每に、輒ち蒋濟の冤を鑒み、髮を炙りて明を見るに、關するに非ざらんかと。遂に斯の密網より漏れ、彼の嚴棘より免れ、還りて骨に肉つくるも、豈に其の施に侔しからんや。死に生かして士伍に同じくし、屋を唐民に比べしむるを得たり。臣誠に識無きも、孰とか天を戴かざらん。畎畝疏遠にして、望を高闕に絕つ。而るに其の接引を降し、優にするに旨喩を以てす。臣のごとき微物に於けるすら、忽ち雲露を霑ひ、榮隙を爲すに足れり。況んや剛條葉を落すも、周行に實く所、復た盛流に齒なるをや。但だ朽に離し糞に枿するも、徒らに延獎を成すのみにして、影を捕へ風に繫ぐがごとく、終に效答無し」と。

又た啓して東宮に謝して曰く、「臣之を先聖に聞く、以らく衆之を惡むも、必ず焉を察し、衆之を好むも、必ず焉を察すと。豈に孤特はは則ち積譽の歸する所、比周は則ち積毀の待たん。好惡の間を知るには、必ず明鑒を待たん。既に子幼南山の歌を非ざらんや。故に晏嬰再び阿宰と爲り、而も前に毀られ後に譽めらる。後譽は意に阿らぬより出で、前毀は直道に由る。是を以て一犬の噬む所、其の甘酸を貿へ、一手の搖らす所、嘉樹其の生死を變ふ。又た鄒陽に言へる有り、士は賢愚と無く、朝に入らば妒まると。平津の主の展季を下し、靳尚の靈均を放ち、絳侯の後、賈生を排し、鄖尚の靈均を放ち、絳侯の後、賈生を排し、寸管の窺ふ所、實に繁し。臧文の展季を下し、靳尚の靈均を放ち、絳侯の後、賈生を排し、寸管の窺ふ所、實に繁し。臧文筆を曲げて辭を短くし、彌述に暇あらざるも、殿下道を誨へ書を觀ふ、俯して學を好むもの展季を下し、茲より厥の後、其の徒實に繁し。臧文筆を曲げて辭を短くし、彌述に暇あらざるも、殿下道を誨へ書を觀ふ、俯して學を好むものの展季を下し、茲より厥の後、其の徒實に繁し。父を陷るるが若く、備に神覽に該ふ。寸管の窺ふ所、常に同じくし、前載の枉直、備に神覽に該ふ。因りて、親しく緒言を承く。飄風貝錦、彼の讒慝に譬ふるも、聖旨は殷勤にして、深く以て歎きと爲す。臣資愚にして譖ふるに、漸を杜ぢ微を防ぐ能はず、曾ち未だ幾何もあらずして、訛

孝綽の兄弟 及び羣従 諸子姪、當時 七十人有り。並びに能く文を屬り、近古 未だ之れ有らざるなり。其の三妹は琅邪の王叔英・呉郡の張嵊・東海の徐悱に適ぎ、並びに才學有り。悱の妻は文尤も清拔なり。悱は、僕射の徐勉の子、晉安郡と爲り、卒す。喪京師に還るに、妻 祭文を爲り、辭 甚だ悽愴なり。勉 本と哀文を爲らんと欲するも、既に此の文を觀、是に於いて筆を閣く。尤も晉代の故事に博悉にして、時人號して「皮裏晉書」と曰ふ。著作佐郎、太子舍人、宣城王の記室參軍を歴官す。孝綽の子 諒、字は求信。少くして學を好み、文才有り。

【通釋】

劉孝綽は字を孝綽といい、彭城の人である。もとは名を冉といった。その祖は劉勔で、宋の司空・忠昭公であった。父は劉繪で、齊の大司馬の霸府の從事中郎であった。

孝綽は幼いころから聰明で、七歳で文を作ることができた。舅である齊の中書郎王融は、深く賞讃し彼を優れているとして、常にともに車に乘って親友のもとに往き、彼を神童と稱していた。融はつねに「天下の文章は、もし私がいなかったら阿士に歸していただろう」と言っていた。阿士とは、孝綽の幼名である。

齊の世に詔誥を司っていた。孝綽は年はまだ志學には達していなかったが、繪は常に彼に代わりに起草させていた。父の仲間であった沈約・任昉・范雲らはその名を聞き、みな車を用意させてまずここにやってきたが、中でも昉はもっとも譽め稱え親しんだ。范雲は繪より十歳あまり年長であったが、その子の孝才は孝綽と同じく十四、五歳であった。雲が孝綽に出逢った時、すなわちその子の孝才に命じて彼を拜するように言った。

天監の初め、初めて官職について著作佐郎となり、昉に言った、「彼の美しき詩を作って任昉に贈った。昉は返事を書いて言った、「彼の美しき詩は、私に懷秋の作を贈ってきた。その詩はどうして年老絶域に流聞す。文集數十萬言、世に行はる。

孝綽の辭藻 後進の宗ぶ所と爲り、世 其の文を重んず。一篇を作る毎に、朝に成れば暮に遍く、事を好む者、咸な諷誦し、傳寫し、

孝綽 少くして盛名有り、而るに氣に仗りて才を負み、陵忽する所多し。意に合はざる有らば、言を極めて詆訾す。領軍の臧盾・太府卿の沈僧杲等、並びに時遇を被るも、孝綽 尤も之を輕んず。每に朝集會同する處に於いて、公卿の閒 輿に語る所無く、反て騶卒を呼びて、道途の閒の事を訪ふ。此に由りて物に忤ふこと多し。

孝綽の辭議參軍に除せられ、母の憂もて職を去る。服闋り、安西湘東王の諮議參軍に除せられ、黃門侍郎、尚書吏部郎に遷る。人の絹一束を受くるに坐し、飾る者の訟する所と爲り、信威臨賀王の長史に左遷せらる。之を頃して、祕書監に遷る。大同五年、官に卒す。時に年五十九。

後、太子の僕と爲り、彼の工言を相、茲の媒議を構へらるればなり。且つ冬を歉ぎて生ずるも、已に柯葉を凋し、空しく德澤を延かるるも、陽春に謝する無し」と。頃して未だ丹石を渝へざるも、永に輪軌を藏せんとするは、古を望みて自ら惟ひ、彌いよ忝多きを覺ゆ。但だ未だ丹石を渝へざるも、永に輪軌を藏せんとするは、古を望みて自ら惟ひ、彌いよ忝多きを覺ゆ。况んや乃ち恩 特召に等しく、榮 起家に同じきをや。距違を以て疵せられず、復た籍を雲陛に引かしめ、蒙る所は已に千載に形はして、寬和の色を降し、布帛の言を垂れむ罔かなるも必ず彰かなるを得む聲を銷し、遂に林谷に移らんことを願ふ。悟らず天聽已を滅し、遂に林谷に移らんことを願ふ。悟らず天聽已未だ通方を識らず、免黜の書 朝會の旨に仍りて鋼ことを幸ふ。免黜の書 朝會の旨に仍りて鋼かなるを得信を宸明に取らず、縲紲に在りて嬰纓し、庸暗に顯明らし、陵陽の虐を顧みず、志 君に要めんと欲し、上帝の超己の光を運友を賣るを顧みず、志 君に要めんと欲し、上帝の超己の光を運らし、陵陽の虐を顧みず、志 君に要めんと欲し、上帝の超己の光を運と雖も、而れども嚴文峻法にして、姦を肆にして其れ必ず奏すに逢ひ難に罹る。毛を吹きて垢を洗ひ、朝に在りて嗟きを同じくす

太府卿、太子僕に遷り、復た東宮の文書記録を司った。時に昭明太子は士を好み文を愛好しており、孝綽は陳郡の殷芸・吳郡の陸倕・琅邪の王筠・彭城の到洽らと、ともに賓客として遇された。太子は樂賢堂を建てて、そこで畫家にまず孝綽を描かせた。多くの才人たちがその文章は（その内容が）きわめて豊かであり、廷尉卿にのみ集めさせてみな選録することを望んだが、太子はただ孝綽にのみ集めさせて序を書かせた。員外散騎常侍に遷り、廷尉卿を兼ね、しばらくしてから正式にその職に就いた。

初め、孝綽は到洽と親しく交わり、ともに東宮のもとに遊んでいた。孝綽は自ら才能は洽に優ると思っていた。（それで）常に宴の座で、その文をあざ笑い卑しんだ。洽はこのことを根に持っていた。孝綽が廷尉卿となると、妾を攜えて役所に入り、その母はなお私宅に停めたままであった。洽はついで御史中丞となり、令史にその事を調べさせ、そのままやってきた。「若く美しい女性を役所に攜え、年老いた母を下宅に棄てている」と。高祖は孝綽のためにその汚點を隠そうとして、「妹」と改めたが、坐して官を免ぜられた。そこで書を與えて洽と時に藩に随って皆な荊州・雍州にあった。その辭は皆な、うまくいっていないこと十事を論じた。

昭明太子は命じてこれを焚かせ、開けて見ることはなかった。世祖（となる湘東王蕭繹）が都から出て荊州刺史となり、鎮に至って孝綽に書を與えて以下のように言った、「あなたは官をやめて家に退居しているため暇が多く、書籍を思うがままに讀んだり、詩を詠じていることでしょう。近ごろ何人かの古人を見ておりましたが、窮することがなかった。また才能を發揮したいと思わなかった者はおりません。また虞卿や司馬遷はこれによって『虞氏春秋』や『史記』を作ったのです。これを想うとあなたも詩文を作りたいという興趣が、ますます深くなることでしょう。（その昔）洛陽において紙の値が高くなったり、

いて憂える人（である私）を慰めるだけであろうか、ただ老夫（私）の期待を深くするばかりである。直史は人を褒めることも貶ることもし、轄司は專ら惡いものを憎むものである。つづら折りの長い坂道（のような人生）には美味ではあるが毒になるものが多い（がそのようなものに惑わされないように）、この詩が單なる返詩ではなく、あなたの鋭い鋒穎をあなたにとっての良藥となるようあなたはどうかその鋭い鋒穎を大切にして（若いうちに精勵し）秋には大きな收穫を得られるよう、春には耕してあなたに惑わされないようにこの詩が單

當時の名流貴族の彼を重んじることはこのようであった。太子舍人に遷り、すぐにもとの官のまま尚書水部郎を兼ねるようになり、啓を奉じて謝意を述べた。天子の直筆の詔があり、「美しい錦は（慣れない人に）すぐに裁たせたりしない、文簿に記録することも〈錦と同じで〉少しずつ慣れてからの方がよい」と言うことであった。しばらくして正式に職に就いた。高祖は本もと詩賦を好んでいた。ある時、遊宴が催された際に、沈約・任昉らに命じて志を述べ詩を賦させた。孝綽もまたその場に招かれた。宴に侍って、その座で七首の詩を作った。高祖はその文を見て、一篇ごとに感嘆し褒め稱えた。これによって朝廷も民間も（孝綽を）見直すようになった。

ついで詔があって青州・北徐・南徐州三州の事を司り、（都から）出て平南將軍安成王の記室となり、王の府に從って鎮に行った。ついで太子洗馬に補せられ、尚書金部郎に遷り、復た太子洗馬となり、東宮の文書記錄を司った。（また都を）出て上虞縣の令となり、また還って祕書丞に除せられた。高祖は舍人の周捨に言った、「第一等の官には第一人者を用いるべきだ」と。そのため孝綽をこの職につけたのである。（しかし）公的な理由のため官職を免ぜられた。まもなく復た祕書丞に除せられ、（また都に）入ったが、再び鎮南將軍安成王の諮議參軍となり、安西驃騎二將軍の諮議參軍に官を進め、詔があって假に司徒の右長史の事を司り、

七頁

京が名聲によって動かされたようなことがありました。昔と今と時を同じくしたかのように、何と盛んなことでありましょう。（私は）近ごろ荊州に行く道中にあって、仕事が閑であったので、少しばかり筆に墨をつけて文章を書くことができました。紀行の作ではありませんが、いささか懷舊の篇はできないでしょう。こ荊州に至ってからは、多くの仕事があり、さらには小人の誇りによって、（屈原のように）帷をかかげて自ら勵み、疲弊した者たちに思いを馳せて休むことはありません。文章を作るようなことは、どうしてそのような余裕がありましょうか。しかし心の中では（詩文を）愛しておりますが、いまだかつて盡くしたことはありません。（あなたからの）便りを樂しみ待ち望んでいますが、清らかな風は聞かれません。（詩文に對する思いは）かの溫潤なる玉を夢に想い、明らかな珠玉を飢渴するようなものです。卞和や隨侯には（彼らのようにすばらしい珠玉を持っていないため）恥ずかしく思いますが、それでもなお、文學を愛好しております。新たに作ったものがあれば、私に示していただきたいと思います。詳しく思いを留めたまま、いたずらに私の願いを聞き流さないで下さい。（この書が屆く）行程を計り數えて、あなたから返事が還されることを待っています」と。孝緽が答えて言うには、「伏して承りますに（殿下は）都を辭してから、荊州の役所に至って、まだ刺舉に苦勞されることもなく、その上美しい文章を書かれております。近ごろわずかばかりの錦の書を觀させていただきましたが、それは（殿下の）全ての玉（作品）を楊脩に與えたわけではありません。臨淄侯曹植は詞賦をことごとくとはなく、優れた先人（揚雄）を顧みては恥じておりました。殿

下のおられる渚宮では古くから、官吏に（やっかいな）事が多いようですが、李固が二賢を薦めたように、また徐璆が五郡を奏したように、殿下は威懷の道を、兼ね備えておられます。金石に功績を刻んで名を殘さんとすることを考えられ、文章を以て後世に傳えることを恥とされるべきです。私は（子貢のように）一を聞いて二を知るということさえもできませんが、たまたま天子の御心に達し（登用され）ておりました。ここ故鄕に退居して、貧しい村里を掃き淸めて以來、自分を楊倫や張摯に譬えて門を閉じて世間に出ることはありませんでした。昔趙卿（虞卿）は困窮し苦しんだために、『虞氏春秋』においてて得失をほしいままに述べ、漢臣（司馬遷）は志が鬱屈したために、『史記』においてて廣く盛衰を紋べることができました。これら昔の文人に今の私が同じであると、（湘東王は）なぞらえられましたが、あやのある豹には何の罪があるのでしょうか。ひそかに考えてみますに、あやのある豹には何の罪があるのでしょうか。これによって談じてみますと、またどうして容易いことであると言えるでしょうか。そのため筆をおさめたり墨をすすったりして（文章を書こうか書くまいか悩み）、日月が過ぎ去っていくばかりで、子幼の「南山の歌」や、敬通の「渭水の賦」（のように政治を風諭したり自身の憤懣を述べること）もなく、人に笑いを獻ずるようなものでもなく、私の才は物の本質を理解できるのならば、どうして朱亥を懼れる必要などありましょうか。自分自身を振り返ってみますと、ため息を重ねるような思いを懷くばかりです。「漢廣」の詩（にある天子の德）を慮ると、それははるか天の涯にまで廣がっておりますが、私のつまらない心は、夜半にいたるまで何度も行き來しております。殿下は（私のような）貧しい家のものにでさえ思いを降され、安否をお尋ねになります。（かのフクロウでさえ）

八頁

147

椹の實を食べると良い音をその主人に送るというのに、ましてや（人である）私においてはなおさら殿下のために盡くしたいと思います」と。

孝綽が職を免ぜられた後、高祖はしばしば僕射の徐勉に宣旨をもって（孝綽を）慰めたわらせた。朝宴があるたびに常に招いて參加させた。高祖が「籍田の詩」をつくると、詔を奉じて詩を作る者は數十人いたず孝綽に示させた。その時、詔を出して、が、高祖は孝綽がもっとも巧みであるとして、即日、詔を出して、西中郞將湘東王の諮議とした。孝綽は啓を作って感謝して言った、「わたくしは珠を銜んで危險を避けることもできず、枝を傾けてその足を守ることもできません。このためへつらう者を疎んじて人に逆らうことが多いのです。重ねて怨みを匿した友が、そのまま司隷の官に居るという事態に逢い、是非を交錯させて、讒言によって陷れられました。日月（のごとき天子）は光をめぐらせ、ことの善惡を明らかにされます。獄書が進められるたびに、すなわち蔣濟の冤罪のことを鑑みられ、髮を炙って明りを見ては、陳正の弁に關わるのではないかと考えられました。遂にこの嚴密な法網より漏れ、かの嚴しい棘の獄より免れ、死者を生かして白骨に肉をつけたといえども、どうしてその恩施に等しいといえるでしょうか。本當に私は何も分かりませんが、誰とともに天を戴きたいと思います。田舍に遠く隔たって、宮門を望むことをあきらめておりましたところ、（天子は）お召しを降され、優しくその旨を諭されました。わたくしのようなつまらないものも、盛衰をなすことはできます。ましてや強い枝（のような優れた人物）が葉を落としたとしても、すぐに雲露にうるおされ、周の朝廷にあるような（すぐれた）者が、再び盛流に連なることができるようであればなおさらです。ただ（私の場合は）朽木に彫刻し糞土を塗るようなもので、せっかくお引き立て下さっても、影

を捕へ風を繋ぐようなもので、まったく（その恩に）お答えすることができません」と。

また啓を作って東宮に感謝して言うには、「私は先聖からこのように聞いております。衆人が惡むものであっても、必ずこれを見極めるし、衆人が好むものであっても、必ずこれを見極めると。どうして孤獨の者に多くのそしりが集まり、徒黨を組む者に多くの譽れがあって信じられる、ということが無いことがありましょうか。人の好惡（が正しいかどうか）を知るには、必ず明察の士をまつものです。このため晏嬰は二度、阿の宰となり、前にはそしられましたが後には譽められました。後の譽れは意におもねることから出て、前のそしりは正道に則ったことによっています。だから一匹の犬がかむと、旨い酒はその甘酸を變えてしまうということがあり、嘉樹はその生死を變えてしまうということがあるのです。また鄒陽に以下の言葉があります、阿の宰となり、下位におらず、朝廷に居らぬ者は主父偃を陷れるようなことを係無く、のそのような輩は本當に多くなっています。筆を曲げて言論を短くし、斬尚が屈原を追放し、絳侯周勃が賈誼を陷れ、平津侯公孫弘が董仲舒を陷れるようなことに至っては、これより後、その誤りと正しいことは、すべて御覽になっております。殿下は昔そばに立ち侍っていたため、常に齒がみするような思いから發しし、道を教えさとす書を示され、學を好む者に同じように書かれる所は、ことごとく述べることはできませんが、前代（かつて）飄風や貝錦のように、親しく御言葉をなって受けておられます。私は昔太子の思し召しはお優しく、そのことを深く歎きとされます。（しかし）わたくしは資質は愚かであって直道を履んでいるためあらかじめわざわいを兆しのうちに防ぐこともできず、まだいつばくもしないうちに、咎めに逢い災難にかかりました。毛を吹いて垢を洗うように小さな咎を探られて、朝廷にあるものはみな嘆きし（佞臣たちは）嚴しい法をもって、奸智をほしい

ままにして必ず（そのような小さな罪を）奏上しております。（彼らは）友人を賣ることなど顧みず、志は勢を恃んで主君に強要しようとし、天帝が超己の光を運らして、卞和の罪を明らかにされるのでなければ、法を濫用して人を誹謗し、正しさを聖明なる君主に取ることなく、（人を）縄につなぎ止めて、暗愚なる者に明らかなることを求めております。（彼らは）罷免の書を裁き下し、（それを）朝會におけるものであるとして示します。小人（である私）はまだ道理に通じておらず、馬をつなぎ車を懸けて、朝廷に出ることをやめ、人を誹謗して影を滅し聲を消して、そのまま林谷に移ることを願っておりました。（しかし）天聽がやむことなく、たちまちのうちに（命令に）（眞實が）必ずあきらかになるとして咎められることもみませんでした。距み違うことを以てのちのちの世までこれを表されとなく、また籍を雲のごときざはしに引かれ、寛和の色を降さもみせられ、布帛のごとき善言を垂れ、まさしく榮えが起家に厚いものです。ましてや恩が特別なるお召しに等しく、また恩はすでに同じようであればなおさらです。昔をむることを自ら考えますに、いよいよ恥ずかしさを覺えます。しかし私はまだ丹石のごとき眞心を變えることはありませんが、とこしえにこの身を藏してしまおうとしたは、彼の巧みなる弁舌の者を見、このような讒言を構えられたためです。そのうえ冬をしのいで生じても、すでに枝葉を落としてしまいますし、空しく恩澤を延かれましても、その陽春に感謝することもできません」と。

後に太子僕となり、母親の喪のために職を去った。喪が明けて、安西將軍湘東王の諮議參軍となり、黄門侍郎、尚書吏部郎に遷った。一束の絹を受けた罪に坐して、その絹を贈った者に訴えられ、信威將軍臨賀王の長史に左遷された。しばらくして、祕書監に遷った。大同五年、官についたまま亡くなった。時に五十九歳であった。

孝綽は若いうちから盛んな名聲があったが、血氣にはやり才能を恃み、人を侮ることが多かった。自分の意に合わない者には、

言葉を盡くしてそしった。領軍の臧盾・太府卿の沈僧昊等は、皆その時に恩遇を受けていたが、孝綽は彼らを輕んじていた。つねに朝廷の會同する所では、公卿の間でともに語る者は無く、反對に隷僕を呼んで、道の途中の事を尋ねていた。このため人に逆らうことが多った。

孝綽の詩文は後進の者に尊ばれ、世間はその文を重んじていた。一篇を作るたびに、朝に出來上がれば暮にはあまねく廣がっており、詩文を好む者はみな暗誦して書き寫し、遠く隔たった地にまで聞こえていた。文集は數十萬言あり、世の中に廣まった。孝綽の兄弟及び親族は、當時、七十人ほどあり、みなよく文をつづることができ、今も昔もこのようなことはなかった。彼の三人の妹は琅邪の王叔英・吳郡の張嵊・東海の徐悱にみな射徐勉の子であり、俳の妻は大變清らかで秀でていた。俳は、僕才學があった。晉安郡の太守となって、亡くなった。喪が都に還ると、妻は祭文を作ったが、その辭はたいへん悽愴であった。勉は元々哀文を作ろうと思っていたが、この文を見て、筆を置いてしまった。

孝綽の子である諒は、字を求信といった。若くして學問を好み、文才があった。晉代の故事に大變詳しく、時の人は「皮裏晉書」と號していた。著作佐郎、太子舍人、王府の主簿、功曹史、宣城王記室參軍を歴任した。

【語釋】

一　彭城―地名。今の江蘇省徐州市。『晉書』地理志下・徐州郡と爲し、後漢改めて彭城國と爲す」とある。

二　祖勖、宋司空・忠昭公―劉勖（四一八～四七四）、字は伯猷。『宋書』卷八六、『南史』卷三九に傳がある。「司空」は官名。周代には六卿の一つ、大司空をいい、水土の事を司る。後、司馬、司徒と共に三公に列せられる。劉勖は死後、司空を贈られ、

三　父繪、齊大司馬霸府從事中郎─劉繪（四五八〜五〇二）、字は士章。『南齊書』卷四八、『南史』卷三九に傳がある。「大司馬」は官名。三公の一つ。ここでは後の梁の武帝蕭衍をいう。「霸府」は正式に皇帝の位に登らないで國政を執るところ。「從事中郎」は官名。諸公府に置かれる。劉繪がこの官に就いたことについては『南齊書』本傳に「東昏殞、城内遣繪及國子博士范雲等送首詣梁王於石頭、轉大司馬從事中郎」（東昏殞るるや、城内は繪及び國子博士范雲等をして首を送りて梁王に石頭に詣らしめ、大司馬從事中郎に轉ず）とある。

忠昭公と諡される。『宋書』本傳に「可贈散騎常侍、司空。諡曰忠昭公」（散騎常侍、司空を贈る可し。諡して忠昭公と曰ふ）とある。

二　侯は故の如し。諡して忠昭公と曰ふ。本官、侯は故如故。

四　舅齊中書郎王融─「中書郎」は官名。中書侍郎をいう。「王融」（四六八〜四九四）、字は元長。『南齊書』卷四七、『南史』卷二一に傳がある。諸公府『南齊書』本傳に「融爲中丞、簪裾輻湊。預其議者、殷芸・到漑・劉苞・劉孺・劉顯・劉孝綽及俇而已、號曰龍門之游。貴公子孫不得預也」（昉の中丞と爲るに及び、簪裾輻湊す。其の議に預かる者、殷芸・到漑・劉苞・劉孺・劉顯・劉孝綽及び俇のみ、號して龍門の游と曰ふ。貴公の子孫と雖も預かるを得ざるなり）とある。

五　詔誥─文體の名。皇帝や皇后が發布する命令。『文心雕龍』詔策篇に「故兩漢詔誥、職在尚書」（故に兩漢の詔誥、職は尚書に在り）とある。

六　年未志學─『論語』爲政篇に「子曰、吾十有五而志于學」（子曰く、吾十有五にして學に志す）とある。「志學」は十五歳をいう。

七　休文・任昉・范雲等─「沈約」（四四一〜五一三）、字は休文。『宋書』卷一〇〇、『梁書』卷一三、『南史』卷五七に傳がある。彼らは『梁書』武帝紀上に「竟陵王子良開西邸、招文學。高祖與沈約、謝朓、王融、蕭琛、范雲、任昉、陸倕等並遊焉、號曰八友」（竟陵王子良　西邸を開き、文學を招く。高祖は沈約、謝朓、王融、蕭琛、范雲、任昉、陸倕等と並びに遊び、號して八友と曰ふ）とあるように、いわゆる「竟陵の八友」であり、劉繪もまた竟陵王のもとに集まる一人であった。『南齊書』劉繪傳に「永明末、京邑人士盛爲文章談議、皆湊竟陵王西邸。繪爲後進領袖、機悟多能」（永明の末、京邑の人士盛んに文章談議を爲し、皆な竟陵王の西邸に湊まる。繪　後進の領袖と爲り、機悟多能なり）とある。

八　昉尤相賞好─任昉が劉孝綽と親しく交わっていたことについては、『南史』陸倕傳に「及昉爲中丞、簪裾輻湊。預其謙者、殷芸・到漑・劉苞・劉孺・劉顯・劉孝綽及俇雖貴公子孫不得預也」（昉の中丞と爲るに及び、簪裾輻湊す。其の謙に預かる者、殷芸・到漑・劉苞・劉孺・劉顯・劉孝綽及び俇、貴公の子孫と雖も預かるを得ざるのみ、號して龍門の游と曰ふ）とある。

九　范雲年長繪十餘歳─『南齊書』劉繪傳及び『梁書』范雲傳によると、范雲は劉繪より七歳年長であった。

一〇　其子孝才─范孝才。『梁書』范雲傳に「子孝才嗣。官至太子中舍人」（子の孝才嗣ぐ。官は太子中舍人に至る）とある。

一一　便申伯季、乃命孝才拜之─「伯季」は、兄弟を言う。「申」は、戒める。言いつける。ここは兄弟の契りを結ばせることをいうか。『南史』にはこの文の後に「乃變爲別體」（兼ねて草隷を善くし、自ら書は父に似たるを以て、乃ち變じて別體を爲す）とある。

一二　天監─梁の年號。五〇二〜五一九。

一三　起家著作佐郎─「起家」は著作郎の屬官。「著作佐郎」は著作郎の屬官。「起家」は初めて官職に就くこと。「著作佐郎」は各種文書の草案起草をつかさどる。『宋書』百官志下に「惠帝復置著作郎一人、……晉制、著作郎一人、佐郎八人、掌國史。周世左史記事、右史記言、即其任也。……著作佐郎始到職、必撰名臣傳一人」（惠帝　復た著作郎一人、左郎八人を置き、國史を掌らしむ。周の世に左史　事を記し、右史　言を記すは、

一一頁

即ち其の任なり。……晋制、著作左郎 始めて職に到れば、必ず名臣傳一人を撰す」とある。

一四 爲歸沐詩—「歸沐」は家に歸って髮を洗うこと。『毛詩』小雅・采綠に「予髮曲局、薄言歸沐」（言を盡すも報章に非ず、聊か用て懷ふ所を布かん）とある。後に官吏が休暇を得て家に歸ることをいう。『文苑英華』巻二四七、『古詩紀』巻八七には、「歸沐呈任中丞昉詩」と題する、次のような詩が見える。

步出金華省　　步き出づ金華省
遙望承明廬　　遙かに望む承明廬
壯哉宛洛地　　壯んなる哉宛洛の地
佳麗實皇居　　佳麗 皇居に實つ
白雲夏峯盡　　白雲 夏峯 盡き
青槐秋葉疏　　青槐 秋葉 疏らなり
自我從人爵　　我の人爵に從ひし自り
蟾兔屢盈虛　　蟾兔 屢しば盈虛す
蟠木濫吹噓　　蟠木 濫りに吹噓せらる
時時釋簿領　　時時 簿領を釋き
殺靑徒已汗　　殺靑 徒らに已に汗し
司擧未云書　　司擧 未だ云に書さず
文昌愧通籍　　文昌に籍を通ずるを愧ぢ
臨邛幸第如　　臨邛に第らく如かんことを幸ふ
夫君多敬愛　　夫君 敬愛多く
驂駕入吾廬　　驂駕 吾が廬に入れられよ
自唾誠繡砆　　自ら唾す 誠に繡砆にして
無以儷璠璵　　以て璠璵に儷く無しと
但願長閑暇　　但だ願ふ 長き閑暇に

一五 酌醴薦焚魚　酌醴して焚魚を薦めんことを防報—返答の書簡。返事。顏延之「和謝靈運詩」（『文選』巻二六）に「盡言非報章、聊用布所懷」（言を盡すも報章に非ず、聊か用て懷ふ所を布かん）とある。

一六 彼美洛陽子、投義懷秋作—『文選』巻一〇に「終童山東之英妙、賈生洛陽之才子」（終童は山東の英妙なり、賈生は洛陽の才子なり）とある。潘岳「西征賦」（『文選』巻一〇）に「懷秋成章、含笑奏理」（秋を懷ひて章を成し、笑を含みて理を奏す）とある。「懷秋」は過ぎ去った時を思う。謝靈運「山居賦」本傳（『宋書』）はここでは劉孝綽を賈誼に比している。次のこの二句は劉孝綽が「歸沐詩」を贈ってきたことを言う。

一七 詎慰蠢嗟人、徒深老夫託—「蠢嗟」は年老いて憂える。『周易』離卦・九三に「日昃之離、不鼓缶而歌、則大蠢之嗟、凶なり」とある。「蠢」は年老いた人、八十歲の稱。『說文解字』老部に「年八十曰蠢」（年八十を蠢と曰ふ）とある。「老夫」（日昃するの離、缶を鼓して歌はざれば、則ち大蠢の嗟あり、凶なり）とある。「蠢」は年老いた人、八十歲の稱。杜預「春秋左氏傳序」（『文選』巻四五）に「春秋雖以一字爲襃貶、然皆須數句以成言」（春秋は一字を以て襃貶を爲すと雖も、然れども皆な數句を須ちて以て言を成す）とある。「疾惡」は惡をにくむ。孔融「薦禰衡表」（『文選』巻三七）に「忠果正直、志懷霜雪、見善若驚、疾惡若讎」（忠果正直にして、志霜雪を懷く、善を見ること驚くが若く、惡を疾むこと讎の若し）とある。「直史」や「轄司」によって劉孝綽が咎められるのではないかということを述べる。

一八 直史兼襃貶、轄司專疾惡—「直史」は直筆する史官。『宋書』王曇首傳に「陛下雖欲私臣、當如直史何」（陛下は私臣を欲すと雖も、當に直史を如何すべき）とある。「轄司」は法を取り締まる官か。

一九 九折多美疢、匪報庶良藥—「九折」はつづら折り。曲がりの

多い坂道。「美疢」は美味ではあるが毒になるもの。「疢」は「疹」に同じ。『春秋』襄公二十三年の左氏傳に「臧孫曰、季孫之愛我、疾疢也。孟孫之惡我、藥石也。美疢不如惡石。夫石猶生我。疢之美、其毒滋多。孟孫死、吾亡無日矣」(臧孫曰く、「季孫の我を愛するや、疾疢なり。孟孫の我を惡むや、藥石なり。美疢、惡石に如かず。疢滋ます多し。孟孫死すれば、吾亡ぶに日無し」)とあり、「左氏會箋」に「疾疢何以云美。蓋美嗜爲疾痛、有益其身也」(疾疢何を以てか美と云ふ。蓋し美嗜美色の人を病む爲すなり。季孫の我を病むこと、辟へば美酒美色の苦痛にして、其の身を益する有るに如かざるなり)とある。夫の石は猶ほ我を生かせり。疢の美なる、其の毒滋ます多し」と)とあり、この詩が劉孝綽にとっての藥石となることを願ういヽ才の譬え。潘岳「爲賈謐作贈陸機」(『文選』卷二四)に「崇子鋒穎、不穎不崩」(子が鋒穎を崇び、頹れず崩れざれ)とあり、李善注に「贄伯陵答司馬遷、有能者、見鋒穎之秋毫」(贄伯陵の司馬遷に答ふに、「能有る者は、鋒穎の秋毫を見す」と)とある。「春耕」は春の耕作。「秋穫」は秋の收穫。晁錯「論貴粟疏」(『漢書』食貨志上)に「春耕夏耘、秋穫冬藏」(春に耕し夏に耘り、秋に穫り冬に藏す)とある。「劉孝綽に今の若いときに精勵することを勸めている。なおこの詩について、『南史』は「作・託・惡・藥」四韻と題する次の詩がある。

『古詩紀』卷八八には「答劉孝綽」と題する次の詩がある。

閴水既成瀾　閴水既に瀾と成り
藏舟遂移壑　藏舟遂に壑に移る
彼美洛陽子　彼の美なる洛陽の子
投我懷秋作　我に懷秋の作を投ず
久敬類誠言　久敬は誠言に類し

また『梁書』謝舉傳には「託」一韻を引き「祕書監任昉出爲新安郡、別舉詩云、詎念蓋嗟人、方深蓋夫託。其屬意如此」(祕書監任昉出でて新安郡と爲り、舉に別るる詩に云ふ、「詎ぞ蓋嗟の人を念はん、方に別夫の託を深くす」と。其の意を屬すること此の如し)とある。

太子舍人――太子の近侍。秦代に置かれ、梁代には文記を司った。『通典』職官「東宮官・太子庶子」比郎中、選良家子孫。……宋有四人、齊有一人、秦官也。漢因之。梁有十六人、掌文記。陳因梁制」(舍人は、秦官なり。漢之に因る。宋に四人有り、齊に一人有り、梁に十六人有り、文記を掌る。陳、梁の制に因る)とある。「尚書水部郎」は尚書郎の一つで、俄以本官兼尚書水部郎――「尚書水部郎有水事を司る。魏に始まる。『晉書』職官志に「至魏、尚書郎有殿中・吏部・儀曹・三公・倉部・民曹・比部・二千石・中兵・外兵・度支・庫部・農部・水部・定課。凡二十三郎」(魏に至り、尚書郎に殿中・吏部・儀曹・三公・倉部・民曹・比部・二千石・中兵・外兵・度支・庫部・農部・水部・考功・定課有り。凡そ二十三郎」)とある。

二三　奉啓陳謝―「啓」は上奏文の一種。『文心雕龍』奏啓篇に「啓者、開也。高宗云、啓乃心、沃朕心。取其義也。……自晉來盛啓、用兼表奏。陳政言事、既奏之異條、讓爵謝恩、亦表之別幹」と。其の義なり。高宗云ふ、乃ち心を啓き、朕が心に沃げ（啓とは、開なり。……晉より來り盛んに啓し、用は表奏を兼ぬ。政を陳べ事を言ふは、既に奏の異條なり、爵を讓り恩を謝するは、亦た表の別幹なり）とある。

二四　手敕―天子直筆の詔をいう。

二五　美錦未可便製、簿領亦宜稍習―「美錦」は美しい錦。「製」は裁つ。『春秋』襄公三十一年の左氏傳に「子有美錦、不使人學製焉。大官大邑、身之所庇也。而使學者製焉。其爲美錦、不亦多乎」（子に美錦有らば、人をして製つを學ばしめざらん。大官大邑は、身の庇はるる所なり。而るに學ぶ者をして製たしめんとす。其の美錦爲ること亦た多からずや」とある。「簿領」は文簿に記錄すること。劉楨「雜詩」（『文選』卷二九）に「沈迷簿領書、回回自昏亂」（簿領の書に沈迷し、回回として自ら昏亂す）とあり、李善注に「簿領謂文簿而記錄之」（簿領は文簿にて之を記錄するを謂ふ）という。

二六　卽眞―職務を一時代行した後、正式にその職につくこと。『三國志』蜀書・楊洪傳に「（諸葛）亮於是表洪領蜀郡太守、衆事皆辨。遂使卽眞」（亮是に於いて洪を表して蜀郡太守を領せしむれば、衆事皆な辨なり。遂に眞に卽かしむ）とある。

二七　高祖雅好蟲篆―「高祖」は梁の武帝蕭衍（四六九〜五四九。在位五〇二〜五四九。『蟲篆』は詩賦をいう。彫蟲篆刻に同じ。『揚子法言』吾子に「或問、吾子少而好賦。曰、然。童子彫蟲篆刻。俄而曰、壯夫不爲也」（或るひと問ふ、吾子少くして賦を好むか」と。曰く、「然り。童子の彫蟲篆刻なり」と。俄かにして曰く、「壯夫は爲さざるなり」と）とある。

二八　宴幸―は天子の遊宴をいう。

二九　知青・北徐・南徐三州事―「知」は司る。梁代における「青州」

三〇　は江蘇省連雲港市一帶、「北徐州」は安徽省蚌埠市一帶、「南徐州」は江蘇省鎭江市一帶を指す。

出爲平南安成王記室―「平南」は將軍號。四平將軍（平東、平南、平西、平北）の一つ。武帝の異母弟。「安成王」は蕭秀（四七五〜五一八）、字は彥達。武帝の異母弟。『梁書』卷二二、『南史』卷五二に傳がある。「記室」は公府、王國、または州郡の下で書記を司る官職。『晉書』職官志に「州置刺史、別駕、治中從事、諸曹從事等員、……又有主簿、門亭長、錄事、記室書左、諸曹從事等」（州に刺史、別駕、治中從事、諸曹從事等の員）、……又た主簿、門亭長、錄事、記室書左、諸曹從事等有り」とある。劉孝綽が安成王の記室となったのは安成王が平南將軍であった天監六年（五〇七）、二十七歲の頃。また安成王と劉孝綽の關係については、『南史』安成康王秀傳に「佐史夏侯亶等、表立墓碑誌、詔許焉。當世高才遊門者、東海王僧孺、吳郡陸倕、彭城劉孝綽、河東裴子野、各製其文、欲擇用之。而咸稱實錄、遂四碑並建。佐史夏侯亶等、墓碑誌を立てんことを表し、詔ありて許さる。當世の高才の門に遊ぶ者、東海の王僧孺、吳郡の陸倕、彭城の劉孝綽、河東の裴子野、各の其の文を製し、擇びて之を用ひんと欲す。而るに咸な實錄と稱し、遂に四碑並びに建つ）とあり、『藝文類聚』卷四七には劉孝綽の「司空安西康王碑銘」が收められている。

三一　尋補太子洗馬―「太子洗馬」は、太子の近侍。『晉書』職官志に「洗馬八人、職如謁者祕書。掌圖籍、釋奠講經、則掌其事、出則直者前驅、導威儀」（洗馬八人、職は謁者祕書の如し。圖籍を掌り、釋奠經を講ずるは、則ち其の事を掌る。出づれば則ち直者前驅し、威儀を導く）とある。「管記」は文書記錄をいう。

三二　出爲上虞令、還祕書丞―「上虞」は、縣名。揚州會稽郡に屬

す。「祕書丞」は、文書圖籍を司る官。『宋書』百官志下に「魏武帝爲魏王、置祕書令、祕書丞。……掌藝文圖籍。周官外史掌四方之志、三皇五帝之書、即其任也」（魏の武帝 魏王と爲り、祕書令、祕書丞を置く。……藝文圖籍を掌る。周官の外史 四方の志、三皇五帝の書を掌るは、即ち其の任なり」とある。

三三 舍人周捨―「舍人」は近侍の官。ここでは中書通事舍人をいう。『周捨』（五六九～五二四）は、字は昇逸。齊の中書通事郎周顒の子。『梁書』卷二五、『南史』卷三四に傳があり、『梁書』本傳に「入爲中書通事舍人、累遷太子洗馬、散騎常侍、中書侍郎、鴻臚卿」（入りて中書通事舍人と爲り、太子洗馬、散騎常侍、中書侍郎、鴻臚卿に累遷す）とある。

三四 第一官當用第一人―「第一官」は第一等の官。「第一人」は最も優れている人。

三五 公事免―公的な理由から官を免ぜられる。『三國志』吳書・士爕傳に「爕少游學京師、事潁川劉子奇、治左氏春秋、察孝廉、補尚書郎、公事免官」（爕 少くして京師に游學し、潁川の劉子奇に事ふ。左氏春秋を治め、孝廉に察せられ、尚書郎に補せらるも、公事もて官を免ぜらる）と見える。

三六 出爲鎭南安成王諮議―「鎭南」は將軍號。しかし安成王が鎭南將軍となった記述は見られない。王鳴盛『十七史商榷』卷六十三・安成王秀書衞不同には「梁書孝綽傳言、爲平西安成王記室、鎭南安成王諮議。攷秀傳但有平西無鎭南之目、此必有誤（梁書孝綽傳に言ふ、「平西安成王の記室、鎭南安成王の諮議」と。秀の傳を攷するに但だ平西有りて鎭南の目無し、此れ必ず誤有らん）とある。また詹鴻「劉孝綽年譜」（『六朝作家年譜輯要』下冊）に「檢『梁書・武帝紀中』及『梁書・安成王秀傳』、安成王蕭秀六年爲平南將軍、七年卽遷安西將軍、疑『安成王』當作『建安王』。案『梁書・武帝紀中』載、九年六月癸酉、「以中撫將軍、領護軍建安王偉爲鎭南將軍、江州刺史。」という。

三七 累遷安西驃騎諮議參軍―「累遷」は、しきりに高官に移っていく。「安西驃騎諮議參軍」は、安西・驃騎二將軍府の諮議參軍を指すか。當時の安西將軍は安成王蕭秀であり、驃騎將軍は臨川王蕭宏である。

三八 權知司徒右長史事、遷大府卿、太子僕―「權」は假に。一時的に。「知」は司る。「司徒右長史」は司徒の屬官。『晉書』職官志に「司徒加置左右長史各一人。秩千石なり」とある。「大府卿」は、國庫財物を司る。『通典』職官・大府卿に「至梁、天監七年、置太府卿。位視宗正。掌金帛府帑及關津市肆。陳因之」（梁に至り、天監七年、太府卿を置く。位は宗正に視ふ。金帛府帑及び關津市肆を掌る。陳之に因る）とある。「太子僕」は、太子の近侍。『晉書』職官志に「（太子）僕、主車馬親族を主り、職は太僕、宗正」（僕、車馬親族を主り、職は太僕、宗正の如し）とある。

三九 昭明太子好士愛文―「昭明太子」は、蕭統（五〇一～五三一）、字は德施。高祖蕭衍の長子。『梁書』卷八、『南史』卷五三に傳がある。太子が文學を愛好していた樣子については、『梁書』本傳に「引納才學之士、賞愛無倦。恆自討論篇籍、或與學士商權古今、閒則繼以文章著述、率以爲常。于時東宮有書幾三萬卷、名才並集、文學之盛、晉・宋以來未之有也」（引きて才學の士を納れ、賞愛して倦む無し。恆に自ら篇籍を討論し、或いは學士と古今を商權し、閒に則ち繼ぐに文章著述を以てし、率ね

以て常と為す。時に于いて東宮に書幾三萬卷有り、名才並び に集ひ、文學の盛んなること、晉・宋以來 未だこれ有らざるな り）とある。

㊵ 孝綽與陳郡殷芸・吳郡陸倕・琅邪王筠・彭城到洽等、同見賓禮―『梁書』卷四一、『南史』卷六〇に傳がある。殷芸（四七一～五二九）は、字は灌蔬。『梁書』卷四一、『南史』卷六〇に傳がある。陸倕（四七〇～五二六）は、字は佐公。『梁書』卷二七、『南史』卷四八に傳がある。王筠（四八一～五四九）は、字は元禮。『梁書』卷三三、『南史』卷二二に傳がある。到洽（四七七～五二七）は、字は茂㳂。『梁書』卷二七、『南史』卷二五に傳がある。「賓禮」は賓客として遇すること。これらの人々と昭明太子の關係については『梁書』王筠傳に「昭明太子愛文學士、常與筠及劉孝綽・陸倕・到洽・殷芸等遊宴玄圃。太子獨執筠袖、撫孝綽肩而言曰、所謂左把浮丘袖、右拍洪崖肩。其見重如此」（昭明太子 文學の士を愛し、常に筠及び劉孝綽・陸倕・到洽・殷芸等と玄圃に遊宴す。太子獨だ筠の袖を執り、孝綽の肩を撫して言ひて曰く、「所謂 左に浮丘の袖を把り、右に洪崖の肩を拍つなり」と。其の重んぜらるること此の如し）とある。

㊶ 太子文章繁富―「繁富」は、その内容が豐かであること。『詩品』上品・謝靈運に「內無乏思、外無遺物、其繁富たるや宜なる哉」（內に乏思無く、外に遺物無し。其の繁富たるや宜なる哉）とある。

㊷ 太子獨使孝綽集而序之―『四部叢刊』所收『梁昭明太子文集』には劉孝綽の序が附されており、その中に「粵我大梁二十一載、盛德備乎東朝」（粵に我が大梁二十一載、盛德 東朝に備はる）とあり、これをこの序が書かれた時と考えると、昭明太子の集が編纂されたのは五二二年頃と推測される。

㊸ 遷員外散騎常侍、兼廷尉卿―「員外散騎常侍」は、近侍の官。『晉書』職官志に「散騎、騎從乘輿車後、中常侍、得禁中。散騎、又置中常侍。乘輿に從う。員外散騎常侍、魏末置、無員」（散騎常侍は、本と秦官なり。……員外散騎常侍は、本と秦官なり。散騎、騎從乘輿車後、中常侍、得禁中。……員外散騎常侍、魏末置、無員、

秦 散騎を置き、又た中常侍を置く。散騎は、騎して乘輿車後に從ひ、中常侍は、禁中を得たり。……員外散騎常侍は、魏末に員外散騎常侍に置かれ、員無し）とある。「廷尉卿」は廷尉に同じ。『晉書』職官志に「廷尉、主刑法獄訟。屬官有正、監、評」とあり、『隋書』百官志に「天監七年、以太常卿、加置宗正卿。……以衞尉為衞尉卿、廷尉為廷尉卿、加置衞尉卿として、廷尉を廷尉卿と為し、宗正卿を以て太常卿と為し、加へて宗正卿を置く」とある。

㊹ 孝綽與到洽友善―「友善」は友として親しい。『南史』には此の文が無く、以下の記述がある。「孝綽與洽兄弟狎。洽少孤、宅近僧寺。孝綽往溉許、適見黃臥具、孝綽謂僧物色也、撫手笑。溉知其旨、奮拳擊之、傷口而去。」（孝綽 溉兄弟と甚だ狎る。溉 少くして孤にして、宅 僧寺に近し。孝綽 溉の許に往き、適たま黃臥具を見、孝綽 僧の物色なりと謂ひ、手を撫ちて笑ふ。溉 其の旨を知り、拳を奮ひて之を擊ち、口を傷つけて去る。）この到溉は到洽の兄にあたる。

㊺ 嗤鄙其文。洽銜之―「嗤鄙」は、あざ笑い卑しむ。「銜之」は、このことを根に持つ。『南史』の同じ箇所について、明・李清の『南北史合注』卷三八には「遺事曰、到彥之初擔糞自給。一日間孝綽、吾欲買東鄰地蓋宅、而其主難之若何。綽曰、但多畚糞其傍以苦之。洽怒甚。遂因事以劾綽」（遺事に曰く、到彥之 初め糞を擔ひて自給す。一日 孝綽に問ふ、「吾 東鄰に地を買ひて宅を蓋てんと欲す、而るに其の主 之を難しとするは若何」と。綽曰く、「但だ多く糞を其の傍に畚ひて以て之を苦しむのみ」と。洽 怒ること甚し。遂に事に因りて以て綽を劾す）とある。到彥之は到洽の曾祖父にあたる。

㊻ 洽尋為御史中丞、遺令史案其事、遂劾奏之―「御史中丞」は官名。不法を糾彈する。『通典』職官・御史中丞に「梁國初建、又置御史大夫、天監元年、復曰中丞。中丞一人、掌督司百僚皇太

四七　子。其任在宮門行馬内、違法者、皆糾彈之」（梁國初めて建つるや、又た御史大夫を置き、天監元年、復た中丞と曰ふ。中丞は一人、百僚皇太子を督司するを掌る。其の任 宮門行馬の内に在り、法に違ふ者、皆な之を糾彈す）とある。「令史」は尚書省の屬官。『宋書』百官志上に「漢制、公卿御史中丞以下、遇尚書令、僕、郎。……郎以下則有都令史、令史、書令史、書吏幹有り）とある。「案事」は事件を調べる。「劾奏」は官吏の罪を天子に奏上する。

四八　攜少妹於華省、棄老母於下宅。」高祖爲隱其惡、改「妹」爲「妹」――この文は原文では「妹」と「妹」が入れ替わっているが、中華書局本校勘記に、「按、孝綽攜妾入官府、到洽劾奏之辭、當爲攜少妹。高祖爲隱其惡、亦當是改妹爲妹。昔人謂此妹妹二字互倒」（按ずるに、孝綽 妾を攜へ官府に入れば、到洽の劾奏の辭は、當に是れ少妹を攜ふと爲すべし。高祖 爲に其の惡を隱さんとすれば、亦た當に少妹を攜ふと爲すべし。昔人 此の妹妹二字を謂ひて互倒す）とあり、今はこれに從って改めた。「妹」は美しい女性。「華省」は役所。潘岳「秋興賦」（『文選』卷一三）に「宵耿介而不寐兮、獨展轉於華省」（宵 耿介として寐られず、獨り華省に展轉す）とある。

孝綽諸弟、時隨藩皆在荊・雍――「孝綽諸弟」については、第二弟の孝能（『南史』は「孝熊」に作る）は早世しているが、第三弟は劉潛（字は孝儀）、第五弟は孝勝、第六弟は孝威、第七弟は孝先といい、皆『梁書』卷四一、『南史』卷三九に傳がある。荊州（湖北省沙市市一帶）と雍州（湖北省襄樊市を「荊・雍」は、晋安王蕭綱に從っていた劉孝儀と劉孝威である。この頃荊州や雍州にいたのは晋安王蕭綱に從って一帶）を指す。『梁書』簡文帝紀に「（普通）四年、徒爲使持節、都督雍・梁・南北秦四州・郢州之竟陵・司州之隨郡諸軍事、平西將軍、寧蠻校尉、雍州刺史。五年、進號安北將軍。七年、權進都督荊・益・南梁三州諸軍事」（四年、徒りて使持節、都督雍・梁・南北秦四州・郢州之竟陵・司州之隨

四九　節、都督雍・梁・南北秦四州・郢州之竟陵・司州之隨郡諸軍事、平西將軍、寧蠻校尉、雍州刺史と爲る。五年、號を安北將軍に進めらる。七年、權に都督荊・益・南梁三州諸軍事に進めらる」とある。また『梁書』劉潛傳には「晉安王綱出でて襄陽に鎭し、引きて安北功曹史」（晉安王綱 出でて襄陽に鎭し、引きて安北功曹史と爲す）とあり、『梁書』劉孝威傳には「初爲安北晉安王法曹、轉主簿」（初めて安北晉安王の法曹と爲り、主簿に轉ず）とある。

與書論共洽不平者十事。この時のことについて、『南史』は「與」を「共」に同じ。「鄙」はいやしむ。其辭皆鄙到氏――「尋遷御史中丞、號爲勁直。孝綽託與諸弟書、實欲聞之湘東王」（尋いで御史中丞、首彈之。孝綽託與諸弟書、實欲聞之湘東王」（尋いで御史中丞に遷り、號して勁直と爲す。少くして劉孝綽と善きも、車を下りて便ち書を湘東王に聞せんと欲す。孝綽 諸弟に與ふる書に託し、實に之を到洽を湘東王に聞せんと欲す。孝綽 諸弟に與ふる書に託し、實に之を彈す）とある。また、孝綽が弟に與えた書簡については、劉孝標の作として『文選』（卷五五）の李善注に劉孝標「廣絕交論」（『文選』）が引かれているが、胡克家はこれを劉孝綽の誤りであると指摘している。『文選校異』卷一〇に「案、標當作綽、各本皆誤。本傳云、孝綽諸弟時隨藩皆在荊雍、乃與書論共洽不平者十事、其辭皆鄙到氏云云。此所引卽其一事也。孝綽、彭城人なり。故に下に稱孝標云云。本傳に云ふ、孝綽の諸弟時に藩に隨ひて皆な荊雍に在り、乃ち書を與へて洽と共に不平なる所十事を論ず、其の辭皆な到氏を鄙しむと云云。此に引く所は卽ち其の一事なり。孝綽は、彭城の人なり。故に下に孝標を稱して平原劉峻、不知妄改、絕無可通。今特訂正」（案ずるに、標は當に綽に作るべし、各本皆な誤れり。本傳に云ふ、孝綽の諸弟時に藩に隨ひて皆な荊雍に在り、乃ち書を與へて洽と共に不平なる所十事を論ず、其の辭皆な到氏を鄙しむと云云。此に引く所は卽ち其の一事なり。孝綽は、彭城の人なり。故に下に孝標を稱して平原の劉峻と爲すは、妄改を知らざる者 妄りに改め、絕えて通ず可く無し。今特に訂正す）とある。そこに引く「與諸弟書」の内容は以下の通りである。今特に訂正す）とある。「任既假以吹噓、各登清貫」の「任既亡未幾、子姪漂流溝渠。洽等視之、攸然不相存贍」（任既に假いに以て吹噓し、各おの清貫に登る。任 云に亡くなり

五〇 世祖出爲荊州——「世祖」は梁の元帝蕭繹(五〇八～五五四)、字は世誠。高祖の第七子。この時は湘東王であった。『梁書』元帝紀に「普通七年、出爲使持節、都督荊湘郢益寧南梁六州諸軍事、西中郎將、荊州刺史(普通七年、出でて使持節、都督荊湘郢益寧南梁六州諸軍事、西中郎將、荊州刺史と爲る)とあり、蕭繹が荊州刺史となったのは普通七年(五二六)、劉孝綽四十六歳の時である。

五一 君屛居多暇——『屛居』は田舍に引きこむこと。『漢書』竇嬰傳に「四年、立栗太子、以嬰爲傅。七年、栗太子廢、諸竇賓客辯士說、莫能爭弗能得、嬰病。謝病。屛居藍田南山下數月、諸賓客辯士說、莫能來」(四年、栗太子を立て、嬰を以て傅と爲す。七年、栗太子廢さる。諸竇賓客辯士說くも、能く來らしむる莫し。嬰病を以て傅を謝す。藍田南山の下に屛居すること數月、諸もろの賓客辯士說くも、能く來らしむる莫し)とあり、顏師古注に「屛、隱也」(屛は、隱なり)とある。この頃劉孝綽が官を免ぜられて家の中に閉じこもっていたことをいう。

五二 差得肆意典墳、吟詠情性——「肆意」は思うままにする。「典墳」は三墳五典の書。轉じて古書をいう。陸機「文賦」(『文選』卷一七)に「佇中區以玄覽、頤情志於典墳」(中區に佇ちて以て玄覽し、情志を典墳に頤ふ)とあり、李善注に「左氏傳に楚子曰く、左史倚相能く三墳五典を讀む」とある。「吟詠情性」は詩を詠ずること。『毛詩』大序に「國史明乎得失之迹、傷人倫之廢、哀刑政之苛、吟詠情性、以風其上」(國史は得失の迹を明かにし、人倫の廢を傷み、刑政の苛を哀しみ、情性を吟詠して、以て其の上を風す)とあり、孔穎達疏に「動聲曰吟、長言曰詠。作詩必歌、故言吟詠情性也」(動聲を吟と曰ひ、長言を詠と曰ふ。詩を作れば必ず歌ふ、故に情性を吟詠すと言ふなり)とある。

五三 比復稀數古人——「數古人」は多くの古人をいう。

五四 不以委約、而能不伎癢——「委約」は、窮することをいう。「伎癢」は、技量ある者が他人のする技を見てはがゆく思うこと。また自分の才能を發揮したいと思うこと。『顏氏家訓』書證篇に「應劭風俗通云、太史公記、高漸離變名易姓、爲人庸保。匿作於宋子、久之作苦、聞其家堂上有客擊筑、伎癢不能無出言。案、伎癢者、懷其伎而腹癢也。是以潘岳射雉賦亦云、徒心煩而伎癢」(應劭『風俗通』に云ふ、『太史公記』に、「高漸離名を變へ姓を易へ、人の庸保と爲る。匿れて宋子に作し、之の久しくして作苦す。其の家の堂上に客の筑を擊つ有るを聞く、伎癢して言を出だすこと無き能はず」と。案ずるに、伎癢とは、其の伎を懷ひて腹癢するなり。是を以て潘岳「射雉の賦」にも亦た云ふ、「徒に心煩ひて伎癢す」と)とある。今の胡刻本『文選』卷九に收める潘岳「射雉賦」は「技懷」に作り、徐爰注に「有伎藝欲逞曰技懷也」(伎藝有りて逞(ほしいまま)にせんと欲するを技懷と曰ふなり)とある。

五五 虞卿・史遷、由斯而作——「虞卿」は戰國の人。遊說の士で『虞氏春秋』を著す。「史遷」は司馬遷をいう。『史記』虞卿列傳に「虞卿者、欲遂其志之思也。昔西伯拘羑里、演周易、孔子厄陳蔡、作春秋、屈原放逐、著離騷、左丘失明、厥有國語、孫子臏腳、而論兵法、不韋遷蜀、世傳呂覽、韓非囚秦、說難・孤憤。詩三百篇、大抵賢聖發憤之所爲作也。此人皆意有所鬱結、不得通其道也。故述往事、思來者」(夫れ詩書隱約なる者、其の志の思を遂げんと欲すればなり。昔西伯は羑里に拘はれて、『周易』を演し、孔子は陳蔡に戹しみて、『春秋』を作り、屈原は放逐せられて、『離騷』を著し、左丘は明を失ひて、厥れ『國語』有り、孫子は脚を臏られて、『兵

法」を論じ、不韋は蜀に遷され、世に『呂覽』を傳へ、韓非は秦に囚はれ、「說難」・「孤憤」あり。詩三百篇は、大抵賢聖發憤の爲の作なり。此の人皆な意に鬱結する所有りて、其の道を通ずるを得ざるなり。故に往事を述べて、來者を思ふ）とある。

五六　想搞屬之興、益當不少―「搞屬」は詩文を作ること。『晉書』文苑列傳に「季雅搞屬適邁、夙備成德。稱爲泉岱之珍、固其然矣」（季雅は搞屬適邁にして、夙に成德を備ふ。稱して泉岱の珍と爲すは、固に其れ然り）とある。劉孝綽が官を免ぜられて鬱屈した狀況にあることから、多くの著作がなされるのではないかと思うことをいう。

五七　洛地紙貴、京師名動―「洛地紙貴」は、西晉・左思の故事「洛陽の紙價を貴む」に據る。文章が廣く世閒に傳わることをいう。『晉書』（文苑）左思傳に「於是豪貴之家、競相傳寫、洛陽爲之紙貴」（是に於いて豪貴の家、競ひて相ひ傳寫し、洛陽之が爲に紙貴し）とある。「京師名動」は、その名聲が廣がることをいう。『宋書』謝靈運傳に「每有一詩至都邑、貴賤莫不競寫、宿昔之閒、士庶皆徧」（一詩の都邑に至る有る每に、貴賤競ひて寫さざる莫く、宿昔の閒、士庶皆な徧し。遠近欽慕、名動京師」（遠近欽慕して、名は京師を動かす）とある。

五八　彼此一時、何其盛也―左思や謝靈運の文章が盛んであるということ。

五九　在道務閑、微得點翰―「在道」は道中にあること。都から荊州に向かう道中でのことをいう。「務閑」は仕事が忙しくないこと。『晉書』夏侯湛傳に「出爲野王令、以卹隱爲急、而綬於公調」（出でて野王の令と爲り、卹隱を以て急と爲し、而して公調に綬なり。政淸務閑、優游湛多暇、乃作昆弟誥」（政淸く務閑かに、優游して暇多く、乃ち昆弟誥を作る）とある。「點翰」は筆に墨を付けること。詩文を書くことを言う。江淹「雜體詩・謝法曹贈別」（『文選』卷三一）に「點翰詠新賞、開袠瑩所疑」（翰を點して

六〇　新賞を詠じ、袠を開きて疑ふ所を瑩く）とある。「紀行之作」は旅に關する記錄。「懷舊之篇」は昔をしのぶ作。『隋書』經籍志二・史・雜傳部に「懷舊志九卷。梁元帝撰」とあり、『藝文類聚』卷三四には梁元帝「懷舊志序」が殘されている。

六一　至此已來、衆諸屑役―「至此」は荊州に來たことをいう。「衆諸」は多くの。「屑役」は雜役、仕事をいう。

六二　小生之誚、恐取辱於廬江―「小生」は新學後進の者。『漢書』張禹傳に「新學小生、亂道誤人、宜無信用、以經術斷之」（新學の小生は、道を亂し人を誤れば、宜しく信用する無く、經術を以て之を斷つべし）とある。「廬江」は地名。宋玉「招魂」（『楚辭』卷九）に「路貫廬江兮左長薄、倚沼畦瀛兮遙望博」（路廬江を貫きて長薄を左にし、倚沼畦瀛遙望は博し）とあり、「貫出也。廬江、長薄、地名也。言屈原行先出廬江、過歷長薄」（貫は出なり。廬江、長薄は、地名なり。屈原行きて先づ廬江より出で、過ぎて長薄を歷るを言ふ）とある。ここでは自分を屈原に譬え、屈原のように小人の誚によって辱められることを恐れることをいうか。

六三　遮道之姦、慮興謀於從事―「路貫廬江」は謀をたてる。「遮道」は道をさえぎる。「從事」は官名。刺史の左官。この句については『漢書』朱博傳に「博本武吏、不更文法。及爲刺史行部、吏民數百人、遮道自言、官寺盡滿。從事白請且留此縣錄見諸自言者、事畢乃發、欲以觀試博」（博は本と武吏にして、文法を更ず。刺史と爲り部に行くに及びて、吏民數百人、道を遮りて自ら言ひ、官寺盡く滿つ。從事白して且らく此の縣に留まりて諸もろの自ら言ふ者を錄見し、事畢りて乃ち發せんことを請ひ、以て博を觀試せんと欲す）とあり、これを踏まえて自分が任地とする荊州にも道を遮る者たちがいて、從事にそれを試されるのではないかと心配することをいう。

六四　褰帷自屬、求瘼不休―「褰帷」は車の帳をかかげること。『後

六五 『漢書』賈琮傳に「時黃巾新破、兵凶之後、郡縣重斂、因緣生姦。詔書沙汰刺史二千石、更選淸能吏。乃以琮爲冀州刺史。舊典、傳車驂駕、垂赤帷裳、迎於州界。及琮之部、升車言曰、刺史當遠視廣聽、糾察美惡。何有反垂帷裳以自掩塞乎。乃命御者褰之（時に黃巾新たに破れ、兵凶の後、郡縣重斂し、因緣ありて姦を生ず。詔書して刺史二千石を沙汰し、更に淸能の吏を選び、乃ち琮を以て冀州刺史と爲す。舊典に、傳車驂駕は、赤帷裳を垂れ、州界に迎ふと。琮の部に之くに及び、車に升りて言ひて曰く、刺史は當に遠く視廣く聽きて、美惡を糾察すべし。何ぞ反って帷裳を垂れ以て自ら掩塞する有らんやと。乃ち御者に命じて之を褰げしむ）」とあり、これを踏まえて刺史としての職務に勵むことをいう。「求瘼」は疲弊した者に思いを馳せること。沈約「齊故安陸昭王碑文」（『文選』卷五九）に「爰自近侍、式贊權衡。而皇情眷眷、慮深求瘼」とあり、李善注に「毛詩曰、皇矣上帝、臨下有赫。鑒觀四方、求民之瘼」（毛詩に曰く、「皇なるかな上帝、下に臨みて赫たる有り。四方を鑒觀し、民の瘼を求む」という）とある。

六六 筆墨之功、曾何暇豫―「筆墨」は文章を指す。『論衡』超奇篇に「觀谷永之陳說、唐林之宜言、劉向之切議、以知爲本。筆墨之文、將而送之。豈徒雕文飾辭、爲華葉之言哉。精誠由中、故其文語、感動人深」（谷永の陳說、唐林の宜言、劉向の切議を觀るに、知を以て本と爲す。筆墨の文は、將けて之を送る。豈に徒だ雕文飾辭、華葉の言のみならんや。精誠中由りす、故に其の文語、人を感動せしむること深し）とある。「暇豫」はひま、楽しみ。仕事が忙しいため詩文を作る暇がないことをいう。

六七 思樂惠音、淸風靡聞―「惠音」は音信、たよりをいう。陸機「贈馮文羆」（『文選』卷二四）に「夫子茂遠猷、欵誠寄惠音」（夫子遠猷を茂んにして、欵誠もて惠音を寄せん）とあり、李周翰注に「言夫子有美遠之德、欵誠之志、寄惠我音信也」（言ふこゝろは夫子に美遠の德、欵誠の志有り、我に音信を寄惠するなり）とある。「思樂」は思い樂しむ。『毛詩』魯頌・泮水に「思樂泮水、薄采其芹」（思樂し、薄か其の芹を采る）とある。「思樂」は、ここでは劉孝綽のたよりをいう。「淸風」は、

六八 譬夫夢想溫玉、飢渴明珠、秦風・小戎に「言念君子、溫其如玉。在其板屋、亂我心曲」（言君子を念ふ、溫なること其れ玉の如し。其の板屋に在り、我が心曲を亂す）とある。「明珠」は明らかな珠玉。曹植「與楊德祖書」（『文選』卷四二）に「當此之時、人人自謂握靈蛇之珠、家家自謂抱荊山之玉」（此の時に當たり、人人自ら靈蛇の珠を握ると謂ひ、家家自ら荊山の玉を抱くと謂ふなり）とあるように、これらは優れた詩文、またその文才に譬えられる。雖愧卞隨、猶爲好事―「卞」は卞和氏之璧」の故事が見える。「隨」は隨侯。『韓非子』和氏篇に「和氏之璧、得之者富、失之者貧」（淮南子』覽冥訓に「和氏之璧、隨侯の珠、和氏の璧の如く、之を得たる者は富み、之を失ふ者は

六九 至於心平愛矣、遐不謂矣。中心藏之、何日忘之」（心に愛す、遐か謂はざらんや。中心之を藏す、何れの日か之を忘れん）と桑に「心平愛矣、遐不謂矣」は、『毛詩』小雅・隰くいうことをいう。

七〇 貧し）とあり、高誘注に「隨侯、漢東之國、姫姓諸侯也。隨侯見大蛇傷斷、以藥傅之。後蛇于江中、銜大珠以報之。因曰隨侯之珠。蓋明月珠也」（隨侯は、漢東の國、姫姓の諸侯なり。隨侯大蛇の傷斷せらるるを見、藥を以て之に傅す。後蛇江中に于いて、大珠を銜み以て之に報ず。因りて隨侯の珠と曰ふ。蓋し明月の珠なり）とある。「卞和」「隨侯」は共にすばらしい珠玉を得た人であり、彼らに比較して自分にはそのような珠玉（詩文）が得られないことをいう。

七〇 勿等清慮、徒虛其請──「等」はとどめる。「清慮」は思い、考え。陸機「弔魏武帝文」（『文選』卷六〇）に「紆廣念於履組、塵清慮於餘香」（廣念を履組に紆ひ、清慮を餘香に塵す）とある。「等清慮」は不明。「虛其請」は願いを聞き流すこと。『春秋』成公十六年の左氏傳に「子叔嬰齊奉君命無私、謀國家不貳、圖其身不忘其君。若虛其請、是棄善人也。子其圖之」（子叔嬰齊君命を奉じて私無く、國家を謀りて貳あらず、其の身を圖りて其の君を忘れず。若し其の請を虛しくせば、是れ善人を棄つるなり。子其れ之を圖れ）とある。

七一 無由賞悉、遣此代懷──「賞悉」は、思いを盡くすことか。「遣此代懷」は、この書をもって思いを傳えること。

七二 數路計行、遲還芳札──「數路計行」は、行程を計り數えること。「遲」は、待つ。

七三 伏承自辭皇邑、爰至荊臺──「伏承」は伏して承る。「皇邑」はみやこ。曹植「贈白馬王彪」（『文選』卷二四）に「清晨發皇邑、日夕過首陽」（清晨に皇邑を發し、日夕に首陽を過ぐ）とある。「荊臺」は荊州の役所。湘東王が都から出て荊州刺史になったことをいう。

七四 未勞刺舉、且擿高麗──「刺舉」は視察してその善惡を擧げること。『史記』田叔列傳に「天下郡太守、多爲姦利、三河尤甚。臣請先刺舉三河」（天下の郡太守、多く姦利を爲し、三河尤も甚し。臣先づ三河を刺舉せんことを請ふ）とある。「高麗」

は、甚だ美しいこと。文章の美をいう。『宋書』謝惠連傳に「又爲雪賦、亦以高麗見奇、文章並傳於世」（又た雪の賦を爲り、亦た高麗を以て奇とせられ、文章並びに世に傳はる）とある。

七五 近雖預觀尺錦、而不觀全玉──「尺錦」は書簡をいう。吳邁遠「長相思」（『藝文類聚』卷四二）に「煩君尺錦書、寸心從此彈」（君を煩はす 尺錦の書、寸心此より彈きん）とある。「全玉」は完全なる玉。

七六 昔臨淄詞賦、悉與楊脩、未彈寶笥、顧慚先哲──「臨淄」は臨淄侯曹植を指す。「楊脩」は字は徳祖。後漢の人。曹植と親しく交わり、しばしば書を交わしていた。「寶笥」は曹植の優れた文才に喩える。「先哲」は優れた先人。潘岳「西征賦」（『文選』卷一〇）に「豈時王之無僻、賴先哲以長懋」（豈に時王の僻なる無からんや、先哲に賴りて以て長く懋んなり）とある。この一文は曹植の「與楊德祖書」（『文選』卷四二）に基づいている。そこには「今往僕少小所著辭賦一通相與。夫街談巷說、必有可采、擊轅之歌、有應風雅、匹夫之思、未易輕棄也。辭賦小道、固未足以揄揚大義、彰示來世也。昔揚子雲、先朝執戟之臣耳、猶稱壯夫不爲也。吾雖薄德、位爲藩侯。猶庶幾戮力上國、流惠下民、建永世之業、留金石之功、豈徒以翰墨爲勳績、辭賦爲君子哉」（今往僕が少小より著す所の詞賦一通、相ひ與ふ。夫れ街談巷說も、必ず採るべき有り、擊轅の歌も、風雅に應ずる有り、匹夫の思も、未だ輕んじ棄て易からざるなり。辭賦は小道にして、固より未だ以て大義を揄揚し來世を彰示するに足らざるなり。昔揚子雲は、先朝の執戟の臣のみなるも、猶ほ稱すらく 壯夫は爲さざるなりと。吾德薄しと雖も、位は藩侯爲り。猶ほ庶幾はくは力を上國に勠せ、惠を下民に流し、永世の業を建て、金石の功を留めんことを勤せ、豈に徒に翰墨を以て勳績と爲し、辭賦を君子と爲さんや）とある。

七七 渚宮舊俗、朝衣多故──「渚宮」は楚の宮殿の名。『春秋』文公十年の左氏傳に「沿漢泝江、將入郢。王在渚宮、下見之」（漢

に沿ひて江を泝り、將に鄀に入らんとす。王渚宮に在り、孔疏に「渚宮當鄀都之南、故王在渚宮、下見之也」（渚宮は鄀都の南に當り、故に王渚宮に在りて、下に之を見るなり）とある。ここでは湘東王が居る宮をいう。「舊俗」は古いならわし。「朝衣」は朝廷に出るときの服。ここでは官吏をいうか。「多故」は事が多い。多難。鍾會「檄蜀文」（『文選』卷四四）に「方國家多故、未遑脩九伐之征也」（國家の故多きに方り、未だ九伐の征を脩むるに遑あらざるなり）とある。

[六] 李固之薦二賢—この句については、中華書局本『梁書』校勘記に「賢、各本譌邦。據册府元龜一九二改正。

賢下有小注云、楊厚、賀純也。李固爲荊州、聞厚、純等賢、薦於天子、有詔徵用」（賢、各本「邦」に譌る。册府元龜一九二に據りて改正す。「賢」、各本「邦」に譌る。册府元龜一九二に據りて改正す。按ずるに、册府元龜の二賢の下に小注有りて云ふ、「楊厚、賀純なり。李固 荊州と爲り、厚・純の病を以て免歸するを聞き、天子に薦め、詔有りて徵用せらる」と）とある。「後漢書」卷六三に傳がある。そこに將作大匠となった時の上疏文をのせて「臣前在荊州、聞南侍中、竝皆年少、無一宿儒大人可顧問者、誠可歎息。宜徵還厚等、以副羣望」（臣 前に荊州に在りしとき、厚・純等の病を以て免歸するを聞き、誠に以て恨然として、時の爲に之を惜む。一日朝會に、諸もろの宿儒の大人の顧問すべき者無く、誠に皆な歎息す可し。宜しく厚等を徵して厚等を還らしめ、以て羣望に副ふべし」）とある。

[七] 徐璆之奏五郡—この句については、中華書局本『梁書』校勘記に「璆、各本譌珍。五郡、各本譌七邑。今、據册府元龜注有臧汚者案罪」（璆、各本「珍」に譌る。「五郡」、各本「七邑」に譌る。今、册府元龜注に云ふ、徐璆 荊州と爲り、奏五郡守の臧汚有る者を奏して罪を案ぜしむ」）とある。

[八] 威懷之道、兼而有之—「威懷」は武力をもって脅し、懷は恩德をもってなつけること。潘岳「關中詩」（『文選』卷二〇）に「岳牧慮殊、威懷理二」（岳牧慮殊なり、威懷理二なり）とある。『春秋』文公七年の左氏傳に「日衞不睦、故取其地、今已睦矣、可以歸之。叛而不討、何以示威。服而不柔、何以示懷。非威非懷、何以示德。無德何以主盟。子爲正卿、以主諸侯、而不務德、將若之何」（日に衞睦じからず、故に其の地を取る、今已に睦じ、以て之を歸すべし。叛して討たずんば、何を以て威を示さん。服して柔んぜずんば、何を以て懷を示さん。威に非ず懷に非ずんば、何を以て德を示さん。德無くんば何を以て盟を主らん。子 正卿と爲り、以て諸侯を主るに、而るに德に務めずんば、將た之を若何せん）とある。

八一　當欲使金石流功、恥用翰墨垂迹――「金石」は銘文などを彫刻する金材や石材をいう。「流功」は功績を傳えること。「翰墨」は筆と墨、轉じて文章をいう。曹植「與楊德祖書」（『文選』卷四二）に「吾雖薄德、位爲藩侯、猶庶幾勤力上國、流惠下民、建永世之業、流金石之功。豈徒以翰墨爲勳績、以辭賦爲君子哉」とあり、李善注に「吳越春秋、樂師謂越王曰、君王德薄しと雖も、位藩侯爲り、猶ほ庶幾はくは力を上國に勤せ、惠を下民に流し、永世の業を建て、金石の功を留めんことを。豈に徒だ翰墨を以て勳績と爲し、辭賦を以て君子と爲さんや」とあり、（吳越春秋に、樂師越王に謂ひて曰く、君王の德は金石に刻む可し」と）とある。また『三國志』魏書・陳思王植傳の裴松之注にもこの書を引き、そこでは「流金石之功」に作る。沈約「上錢隨喜光宅寺啓」（『藝文類聚』卷七七）に「開塔白水、樹刹粉楡、可以傳美垂迹、迄今不朽」（塔を白水に開き、刹を粉楡に樹て、以て美を傳へて跡を垂れ、今に迄るも朽ちざる可し）とある。

八二　雖乖知二、偶達聖心――「知二」は次の『論語』を踏まえている。『論語』公冶長篇に「子謂子貢曰、女與回也孰愈。對曰、賜也何敢望回。回也聞一以知十。賜也聞一以知二。子曰、弗如也。吾與女弗如也」（子 子貢に謂ひて曰く、「女と回と孰れか愈れる。對へて曰く、「賜や何ぞ敢て回を望まん。回や一を聞きて以て十を知る。賜や一を聞きて以て二を知るのみ」。子曰く、「如かざるなり。吾と女と如かざるなり」と）とある。「聖心」は聖賢の心。天子の御心。謝瞻「九日從宋公戲馬臺集送孔令詩」（『文選』卷二〇）に「聖心眷嘉節、揚鑾戾行宮」（聖心 嘉節を眷み、鑾を揚げて行宮に戾る）とあり、謝靈運「九日從宋公戲馬臺集送孔令詩」（『文選』卷二〇）に「良辰感聖心、雲旗興暮節」（良辰 聖心を感ぜしめ、雲旗 暮節に興る）とある。「素里」は故鄕。ふるさと。謝莊「宋孝武宣貴妃誄」（『文選』卷五七）に「毓德素里、栖景宸軒」（德を素里に毓ひ、景を宸軒に栖ましむ）とある。「卻掃」は掃除する。轉じて客を退けはらい、世間と交渉を斷つこと。江淹「恨賦」（『文選』卷一六）に「閉關卻掃、塞門不仕」（關を閉ぢて卻掃し、門を塞ぎて仕へず）、王粲「寡婦賦」（『藝文類聚』卷三四）に「闔門兮卻掃、幽處兮高堂」（門を闔ぢて卻掃し、高堂に幽處す」）とあり、『莊子』列禦寇に「夫處窮閻陋巷、困窘織屨、槁項黃馘なる者は、商の短なる所なり」（夫れ窮閻陋巷に處り、困窘織屨、槁項黃馘者、商之所短也」）とある。「閻」は「間」に同じ。『說文解字』門部に「窮閻、閻也」とある。「窮門」は貧しい村里。

八三　愛自退居素里、卻掃窮閻――「素里」は故鄕。「窮閻」は貧しい村里。後漢書・楊倫之不出、譬張摯之杜門――『後漢書』（儒林）楊倫傳に「倫前後三徵、遂遁不行、卒於家」（倫前後三たび徵さるるも、皆な直諫を以て合はず。既に歸り、門を閉ぢて講授し、自ら人事を絕つ。公車もて復た徵さるるも、遂遁して行かず、家に卒す）とある。「張摯」は漢の人。『史記』張釋之傳附子摯傳に「其子曰張摯、字長公、官至大夫、免。以不能取容當世、故終身不仕」（其の子は張摯、字は長公と曰ふ。官は大夫に至るも、免ぜらる。當世に取容せられる能はざるを以ての、故に終身仕へず」）とあり、索隱に「謂性公直不能曲屈見容於當世、故至免官不仕也」（謂ふこころは性公直にして曲屈して當世に容らるる能はず、故に免官仕へざるなり」）とある。

八四　比楊倫之不出、譬張摯之杜門――『後漢書』（儒林）楊倫傳に「倫前後三徵、遂遁不行、卒於家」（倫前後三たび徵さるるも、皆な直諫を以て合はず。既に歸り、門を閉ぢて講授し、自ら人事を絕つ。公車もて復た徵さるるも、遂遁して行かず、家に卒す）とある。「張摯」は漢の人。『史記』張釋之傳附子摯傳に「其子曰張摯、字長公、官至大夫、免。以不能取容當世、故終身不仕」とあり、索隱に「謂性公直不能曲屈見容於當世、故至免官不仕也」とある。

八五　趙卿窮愁、肆言得失――「趙卿」は虞卿を指す。『史記』虞卿列傳に「虞卿者、游說之士也。躡蹻擔簦、說趙孝成王。一見、賜黃金百鎰、白璧一雙。再見、爲趙上卿、故號爲虞卿」（虞卿は、游說の士なり。蹻を躡み簦を擔ひ、趙の孝成王に說く。一見し、黃金百鎰、白璧一雙を賜はり、再見して、趙の上卿と爲る。故に號して虞卿と爲す」）とある。「窮愁」は困窮して苦しむ。『史記』平原君虞卿列傳贊に「然虞卿非窮愁、亦不能著書以自見於

一三三頁

後世云」(然れども 虞卿 窮愁するに非ずんば、亦た書を著して以て自ら後世に見すこと能はざらんとしか云ふ」(得失)は得ることと失ふこと。『毛詩』大序に「國史は得失の迹を明らかにし、人倫の廢を傷み、刑政の苛を哀しむ」とある

八六 漢臣鬱志、廣紋盛衰──「漢臣」は司馬遷を指す。「鬱志」は志を鬱屈させること。「盛衰」は盛んなことと衰えること。『史記』太史公自序に「罔羅天下放失舊聞、王迹所興、原始察終、見盛觀衰、論考之行事、略推三代、錄秦漢、上記軒轅、下至于茲、著十二本紀、既科條之矣」(天下の放失せし舊聞を罔羅し、王迹の興る所、始を原ね終を察し、盛を見、衰を觀、之を行事に論考し、略ぼ三代を推し、秦漢を錄し、上は軒轅を記し、下は茲に至り、十二本紀を著して、既に之を科條す)とある。

八七 彼此一時──世祖の書に「彼此一時、何其盛也」とあるのを受けている。

八八 文豹何幸、以文爲罪──この句はあるいは次の『莊子』山木に「夫豐狐文豹、棲於山林、伏於巖穴、靜也。夜行晝居、戒也。雖飢渴隱約、猶旦胥疏於江湖之上而求食焉、定也。然且不免於罔羅機辟之患。是何罪之有哉。其皮爲之災也」(夫れ豐狐文豹、山林に棲み、巖穴に伏すは、靜なり。夜行き晝居るは、戒なり。飢渴隱約すと雖も、猶ほ旦に江湖の上に胥疏して食を求むは、定なり。然れども且つ罔羅機辟の患を免れず。是れ何の罪か之れ有らんや。其の皮之が爲に災あるなり)とある。

八九 由此而談、又何容易──東方朔の「非有先生論」(『文選』卷五一)に「談何容易。夫談者有悖於目而佛於耳、謬於心而毀於身者。非有明王聖主、孰能聽之矣」(談何ぞ容易ならん。夫れ談は目に悖り耳に佛り、心に謬ひて身に毀なる者なり。非有明王聖主ならば、孰ぞ能く之を聽かんや)とあり、李善注に「言談說の道、何ぞ容易にして輕易ならんや」という。こころは談說の道、何ぞ容易にして輕易ならんや、という。

九〇『蔡中郎文集』多歷寒暑──「韜翰」は筆をおさめる。蔡邕「篆勢」に「般倕揖讓而辭巧、籀誦拱手而韜翰」(言談說の道、何ぞ容易にして輕易ならんや)という。『詩品』上品・陳思王植に「嗟乎、陳思之於文章也、譬人倫之有周孔、鱗羽之有龍鳳、音樂之有琴笙、女工之有黼黻。俾爾懷鉛吮墨者、抱篇章而景慕、映餘暉以自燭」(嗟乎、陳思の文章に於けるや、人倫の周孔有り、鱗羽の龍鳳有り、音樂の琴笙有り、女工の黼黻有るに譬ふ。爾ら鉛を懷きて墨を吮る者をして、篇章を抱きて景慕せしめ、餘暉に映じて以て自ら燭らさしむ)とある。ここでは「韜翰吮墨」で文章を書こうか書くまいか迷う樣子をいう。「歷寒暑」は時を經ることをいう。

九一 既關子幼南山之歌──「南山之歌」は楊惲「報孫會宗書」(『文選』卷六六に傳がある。楊惲の字、子幼)は漢の人、楊惲「報孫會宗書」(『文選』卷四一)に「其詩曰、田彼南山、蕪穢不治。種一頃豆、落而爲萁」(其の詩に曰く、「彼の南山に田するも、蕪穢にして治まらず。一頃の豆を種うるも、落ちて其と爲る」)とあり、李善注に「張晏漢書注曰、山高在陽、言豆者、貞直之物、蕪穢不治、言朝廷荒亂也。己見放棄、以喻百官也。一頃百畝、以喻百官也。其曲而不直、言朝臣皆諂諛也。蕪穢不治、言於王朝而遇民亂也」(張晏漢書注に曰く、種一頃豆、落而爲萁、蕪穢不治とは、山高くして陽に在るは、人君の象なり。蕪穢にして治まらずとは、朝廷の荒亂なり。一頃百畝、以て百官に喻ふるなり。豆と言ふは、貞直の物なるに、零落して野に在り、朝臣の皆な諂諛せらるを言ふなり。其は曲にして直ならず、朝臣の皆な諂諛するを言ふなり。蕪穢にして治まらずと

臣瓚案ずるに、彼の南山に田するも、蕪穢にして治まらず

は、王朝に於いて民亂に遇ふを言ふなり。一頃の豆を種うるも、落ちて其と爲るとは、忠を盡し節を效すと雖も、徒に勞して獲る無きなり〉とある。この「報孫會宗書」は楊惲が爵位を失って家に歸っていたたとき、友人の孫會宗から屆いた書に對して自らの憤懣を述べたものである。また『漢書』楊惲傳によると「會有日食變、驕馬猥佐、成上書告惲、驕奢不悔過、日食之咎、此人所致。章下廷尉案驗、得所予會宗書、宣帝見而惡之。廷尉當惲大逆無道、要斬す」（會たま日食の變有り、驕馬猥佐 成上書して惲を告し、驕奢にして過を悔いず、日食の咎、此の人の致す所なりと。廷尉に章下して案驗せしめ、會宗に予ふる所の書を得、宣帝見て之を惡む。廷尉惲を大逆無道に當たらしめ、要斬す〉とあり、この書によって災いを受けている。

九二　又微敬通渭水之賦——「敬通」は後漢の人、馮衍の字。『後漢書』卷二八に傳がある。「渭水之賦」は「顯志賦」を指すか。この賦は馮衍が志を得ぬまま退いて家にあった時の作で、『後漢書』本傳に收められており、「陟九嵕而臨巇辥兮、聽涇渭之波聲」（九嵕を陟りて巇辥に臨み、涇渭の波聲を聽く）とあることから、渭水の付近で作られたことが窺える。その内容は「行勁直以離尤兮、羌前人之所有。内自省而不慙兮、恋吾生之愁勤。聊發憤而揚情兮、將以蕩夫憂心」（行は勁直にして以て尤に離かり、羌前人の有る所なり。内に自ら省みて慙ぢず、吾が生の愁勤なるを悲しむ。聊か憤を發して情を揚げ、將に以て夫の憂心を蕩さんとす〉とあるように、自らの正しさとそれが容れられない嘆きを詠じている。そして『後漢書』馮衍傳に「顯宗即位、又多短衍以文過其實、遂廢於家」〈顯宗即位するや、又た多く衍を短るに文の其の實に過ぎたるを以てし、遂に家を廢す〉とあり、彼もまた「文」によって災いを受けている。

九三　無以自同獻笑、少酬褎誘——「獻笑」は人に笑いを獻ずる。『莊子』大宗師に「不識今之言者、其覺者乎、其夢者乎、造適不及笑、獻笑不及排、安排而去化、乃入於寥天一」〈識らず今の言ふ者、其れ覺めたる者なるか、其れ夢みる者なるか、造適は笑ふに及ばず、獻笑は排するに及ばず、排に安んじて去り化して、乃ち寥たる天の一なるに入る〉とある。「褎誘」は褒め稱え誘うこと。魏武帝「讓九錫表」（『藝文類聚』卷五三）に「不悟陛下復詔褎誘、喩以伊周、未見哀許」〈悟らず陛下 復た詔して褎誘し、喩ふるに伊周を以てし、未だ哀許せられざるを〉とある。

九四　才乖體物、不擬作於玄根——「體物」は、また賦のこと。『禮記』中庸に「鬼神之爲德、其盛矣乎。視之而弗見、聽之而弗聞。體物而不可遺」〈鬼神の德爲る、其れ盛んなるかな。之を視るも見えず、之を聽くも聞へず。物に體して遺す可からず〉とあり、鄭玄注に「體猶生也。可猶所也。言萬物無不以鬼神之氣生也」〈體は猶ほ生のごときなり。可は猶ほ所のごときなり。言ふこころは萬物鬼神の氣を以て生ぜざる無きなり〉という。「體物」ということは、物の本質を理解する気をもって綺靡たり、賦體物而瀏亮」（詩は情に緣りて綺靡たり、賦は物を體して瀏亮たり）とあり、李善注に「詩以言志、故曰緣情。賦以陳事、故曰體物」〈詩は以て志を言ふ、故に緣情と曰ふ。賦は以て事を陳ぶ、故に體物と曰ふ〉という。「玄根」は道の本をいう。盧諶「贈劉琨」（『文選』卷二五）に「死生既齊、榮辱奚別」〈死生既に齊しく、榮辱奚ぞ別たん。其の玄根玄圖に處れば、廓焉靡結〉（死して結に齊しく、榮辱奚別〉、張衡玄圖に曰く、「廣雅に曰く、玄者、無形之類、自然之根、作於太始、莫與爲先」〈廣雅に曰く、玄は、無形の類、自然の根にして、太始に作り、與に先を爲す莫し〉とい、張衡玄圖に曰く、「玄は、道なり」と。李善注に「玄根は道の本をいう。ここでは上記の「體物」という語と、下句の對になる語が「朱亥」という固有名詞であることから、後漢・劉騊駼の「玄根賦」を

指すかと思われる。しかしこの賦は逸しており、『文選』李善注および『太平御覧』、『北堂書鈔』などに一部が残っているのみである。

九五　事殊宿諾、寧貽懼於朱亥―「宿諾」は一旦請け合ったことを躊躇してすぐに実行しないこと。『論語』顔淵篇に「子曰、片言可以折獄者、其由也與。子路無宿諾」とあり、何晏集解に「宿猶豫也。恐臨時多故、故不豫諾」（宿は猶ほ豫のごときなり。時に臨みて故多きを恐る、故に諾を豫（ゆるがせ）にせず）とある。「朱亥」は戰國・魏の人。『史記』魏公子列傳に「侯生謂公子曰、臣所過屠者朱亥、此子賢者、世莫能知、故隱屠間耳。公子往數請之、朱亥故不復謝、公子怪之。……於是公子請朱亥。朱亥笑曰、臣酒市井鼓刀屠者、而公子親數存之、所以不報謝者、以爲小禮無所用。今公子有急、此乃臣效命之秋也」（侯生 公子に謂ひて曰く、「臣の過る所の屠者朱亥は、此の子賢者なるも、世 能く知る莫く、故に屠間に隱るるなり」と。公子 往きて數しば之を請ふも、朱亥 故に復た謝せず、公子 之を怪しむ。……是に於いて 公子 朱亥に請ふ。朱亥笑ひて曰く、「臣 酒ち市井の刀を鼓する屠者なり、而るに公子 親ら數しば之を存す、報謝せざる所以は、以ふる所無しと爲せばなり。今 公子 急有り、此れ乃ち臣が效命の秋なり」と）とある。

九六　顧己反躬、載懷累息―「顧己反躬」は、自分自身を振り返ってみる。任昉「為范尚書讓吏部封侯第一表」（『文選』卷三八）に「顧己反躬、何以臻此」（己を顧み躬を反るに、何を以て此に臻らん）とある。「累息」はため息を重ねる。劉向「九歎・離世」（『楚辭』卷一六）に「立江界而長吟兮、愁哀哀而累息」（江界に立ちて長吟す、愁哀哀として累息す）とあり、「言己還入大江之界、遠望長吟、心中悲歎而太息、哀不遇也」（言ふこころは、己 還りて大江の界に入り、遠望して長吟す、心中

九七　但瞻言漢廣、邈若天涯―「瞻言」は、遠くまで慮ること。『毛詩』大雅・桑柔に「維此聖人、瞻言百里」（維れ此の聖人、百里を瞻言す）とあり、毛傳に「瞻言百里、遠慮」（百里を瞻言すとは、遠く慮るなり）とある。「漢廣」は『毛詩』周南・漢廣の篇名。『漢廣』の序に「漢廣、德廣所及也。文王之道被于南國、美化行乎江漢之域。無思犯禮、求而不可得也」（漢廣は、德の廣さ及ぶ所なり。文王の道 南國に被り、美化 江漢の域に行はる。禮を犯さんと思ふ無く、求むるも得べからざるなり）とある。「天涯」は天のはて。「古詩十九首・其一」（『文選』卷二九）に「行行重行行、與君生別離。相去萬餘里、各在天一涯」（行き行きて重ねて行き行く、君と生きながら別離す。相ひ去ること萬餘里、各おの天の一涯に在り）とある。

九八　區區一心、分宵九逝―「區區一心」は、つまらない心。謙遜していう。「古詩十九首・其一七」（『文選』卷二九）に「一心抱區區、懼君不識察」（一心に區區を抱くも、君の識察せざらんことを懼る）とあり、李陵「答蘇武書」（『文選』卷四一）に「昔范蠡不殉會稽之恥、曹沫不死三敗之辱、卒復勾踐之讎、報魯國之羞。區區之心、切慕此耳」（昔 范蠡 會稽の恥に殉ぜず、曹沫 三敗の辱に死せず、卒に勾踐の讎を復し、魯國の羞に報ふ。區區の心、切に此を慕ふのみ。）とある。「分宵」は夜半。劉孝儀「為江僕射禮薦士表」（『藝文類聚』卷五三）に「當晨思治、分宵夢相」（晨に當りて治を思ひ、宵を分かつまで相を夢む）とある。「九逝」は何度も思いを馳せること。屈原「九章・抽思」（『楚辭』卷四）に「惟郢路之遼遠兮、魂一夕而九逝」（郢路の遼遠なるを惟ひ、魂 一夕にして九逝す）とある。

九九　殿下降情白屋、存問相尋―「白屋」は貧しい人の住む所。『漢書』蕭望之傳に「今士見者皆先露索挾持。恐非周公相成王躬吐握之禮、致白屋之意」（今の士の見ゆる者 皆な先づ露索挾持せらる。恐らくは周公の成王に相たりて吐握

悲歎して太息し、遇はざるを哀しむなり）とある。

二六頁

禮を躬らし、白屋の意を致すに非ざらんことを恐る）とあり、顔師古注に「白屋、謂白蓋之屋以茅覆之、賤人所居、白蓋の屋、茅を以て之を覆ふを謂ふ、賤人の居る所なり）とある。「存問」は安否を問う。慰問する。

一〇〇 食椹懐音、刋伊人矣——『三國志』魏書・（方技）管輅傳に「夫飛鴞、天下賤鳥、及其在林食椹、則懷我好音、況輅心非草木、敢不盡忠」（夫れ飛鴞は、天下の賤鳥なるも、其の林に在りて椹を食ふに及べば、則ち我に好音を懷く。況んや輅が心は草木に非ず、敢て忠を盡さざらんや）とある。『毛詩』魯頌・泮水に「翩彼飛鴞、集于泮林。食我桑黮、懷我好音」（翩たる彼の飛鴞、泮林に集まる。我が桑黮を食ひ、我に好音を懷く）とあり、鄭箋に「懷歸也。言鴞恆惡鳴、今來止於泮水之木上、食其桑黮、爲此之故、改其鳴、歸就我以善音。喩人感於恩則化也」（懷は歸なり。言ふこころは鴞は恆に惡鳴するも、今來りて泮水の木上に止まり、其の桑黮を食へば、爲此の故に、故に其の鳴を改め、我に歸就するに善音を以て此が爲の故に、故に其の鳴を改め、我に歸就するに善音を以てす。人の恩に感ずれば則ち化するに喩ふるなり）とある。

一〇一 高祖數使僕射徐勉宣旨慰撫之——「僕射」は官名。尚書僕射。『徐勉』（四六六～五三五）は、字は脩仁。『梁書』卷二五、『南史』卷五〇に傳がある。「宣旨」は天子の命令。みことのり。『漢書』匡衡傳に「上輒以詔書慰撫」（上輒ち詔書を以て慰撫す）とある。

一〇二 每朝宴常引與爲——『南史』の同じ箇所について、明・李清『南北史合注』卷三八には「孝綽閉門不出、爲詩十字、以題其門曰、閉門罷慶弔、高臥謝公卿。妹令嫺續之曰、落花掃更合、叢蘭摘復生」（孝綽 門を閉ざして出でず、詩十字を爲り、以て其の門に題して曰く、「門を閉ぢて慶弔を罷め、高臥して公卿に謝す」と。妹令嫺 之に續けて曰く、「落花 掃くも更に合し、叢蘭 摘むも復た生ず」と）とあるのを引く。

一〇三 高祖爲籍田詩——「籍田」は、天子が農事を勵まし、上帝先農を祭るために自ら田を踏み耕す儀式。『毛詩』小雅・載芟序に「載芟、春籍田而祈社稷也」（載芟は、春に籍田して社稷に祈るなり）とある。『詩紀』卷七八に簡文帝蕭綱の「和藉田詩」が殘されている。『梁書』卷七五に梁武帝蕭衍の「藉田詩」、『詩紀』卷七八に簡文帝蕭綱の「和藉田詩」が殘されている。

一〇四 西中郎湘東王諮議——「西中郎」は西中郎將。『梁書』元帝紀に「普通七年、出爲使持節、都督荊湘郢益寧南梁六州諸軍事、西中郎將、荊州刺史。大同元年、進號安西將軍」（普通七年、出でて使持節、都督荊湘郢益寧南梁六州諸軍事、西中郎將、荊州刺史と爲る。大同元年、號を進めて安西將軍と爲す）とあり、「諮議」は注三七を參照。

一〇五 衞珠避顚、傾柯衞足——「衞珠」は珠を衞る。「避顚」は危險を避けることをいう。『淮南子』を參照。恩に報ずることに危言危行する能はざるを言ふ）とある。鮑牽 亂に居りて危行言孫する能はざるを言ふ）とある。鮑牽 亂に居りて莊子之知不如葵、葵猶能衞其足」（仲尼曰く、「鮑莊子の知 葵に如かず、葵は猶ほ能く其の足を衞る」と）とあり、杜預注に「葵傾葉向日、以蔽其根。言鮑牽居亂不能危行言孫、葵 葉を傾けて日に向ひ、以て其の根を蔽ふ。

一〇六 以茲疏倖、輿物多忤——「疏」は疎んじる。「倖」はへつらう。「疏倖」でへつらう者を疎んずることとか。「輿物多忤」は物事に多く逆らうこと。陶淵明「輿子儼等疏」（『陶淵明集』卷七）に「性剛才拙、與物多忤、自量爲己、必貽俗患」（性剛にして才拙く、物と忤ふこと多し、自ら量りて己の爲にし、必ず俗患を貽さん）とある。

一〇七 兼逢匿怨之友——「匿怨」は怨みをかくす。『論語』公冶長篇に「匿怨而友其人、左丘明恥之、丘亦恥之」（怨みを匿して其の人に友たるは、左丘明 之を恥ぢ、丘も亦た之を恥づ）とあり、孔安國注に「心内相怨、而外詐親」（心内に

相ひ怨むも、外は親を詐る）という。「司隷」は官名。犯罪を取り締まり、捕らえた者を勞役させることを司る。ここは劉孝綽を彈劾した到洽のことをいう。

〇八 交構是非、用成菶斐―「交構」は交える。「菶斐」は文飾粉飾して言うことにあやのあるさま。他人の小過を集めて大罪のように相交わってあやのあるさま。他人の小過を集めて大罪のように巷伯に「萋兮斐兮、成是貝錦。彼譖人者、亦已大甚（萋たり斐たり、是の貝錦を成す。彼の人を譖する者、亦已に大いに甚し）」とある。

〇九 日月昭回、俯明枉直―「昭回」は光がめぐること。『毛詩』大雅・雲漢に「倬彼雲漢、昭回于天（倬たる彼の雲漢、昭、天を回る）」とあり、毛傳に「回轉也」（回は轉なり）という。「枉直」は曲と直。間違っていることと正しいこと。『論語』爲政篇に「哀公問曰、何爲則民服。孔子對曰、舉直錯諸枉、則民服。舉枉錯諸直、則民不服」（哀公問ひて曰く、何をか爲さば則ち民服さん。孔子對へて曰く、直を舉げて諸を枉に錯かば、則ち民服さず）とある。

一〇 獄書每御、輒鑒蔣濟之冤―「獄書」は決獄の書。「蔣濟」は字は子通。三國・魏の人。「冤」は無實の罪。冤罪。『三國志』魏書・蔣濟傳に「大軍南征還、以温恢爲揚州刺史、濟爲別駕。令曰、季子爲臣、吳宜有君。今君還州、吾無憂矣。民有誣告濟爲謀叛主率者。太祖聞之、指前令與左將軍于禁・沛相封仁等曰、蔣濟寧有此事。有此事、吾爲不知人也。此必愚民樂亂、妄引之耳。促理出之」（大軍南征より還り、温恢を以て揚州刺史と爲し、濟を別駕と爲す。令に曰く、「季子を臣と爲せば、吳宜しく君有るべし」と。今君州に還れば、吾憂無し」と。民に濟を誣告し謀叛の主率者と爲す有り。太祖之を聞き、前令を指し左將軍于禁・沛相封仁等に曰く、「蔣濟寧ぞ此の事有らん。此の事有らば、吾人を知らざると爲るなり。此れ必ず愚民亂を樂しみ、妄りに之を引くのみ」と。理を促して之を出す）とある。

一一 炙髮見明、非關陳正之辯―「陳正」は字は叔方、後漢の人。この句は『謝承後漢書』に基づく。『北堂書鈔』卷五五に引く『謝承後漢書』に「魯國陳正字叔方、爲太官令、時黃門郎宿有隙。因進御食、以髮穿貫炙。光武見髮、敕斬正。正巳陛見曰、臣有當死罪三。黑山出炭増治吐炎、燋膚爛肉而髮不銷、臣罪一也。拔出佩刀、砥礪五石、斵肥截骨不能斷髮、臣罪二也。時以黃門一人、臣罪三也。詔敕收黃門」（魯國の陳正字は叔方、太官令と爲る。時に黃門郎宿に與に隙有り。因りて御食を進むるに、髮を以て炙を穿貫す。光武髮を見て、敕して正を斬らんとす。正、巳に陛見して曰く、「臣死に當る罪三あり。黑山より炭を出し、増治炎を吐き、膚を燋がし肉を爛るも髮銷えず、臣の罪一なり。佩刀を拔出し、五石に砥礪し、肥を斵き骨を截つも髮を斷つこと能はず、臣の罪二なり。臣と丞及び庖人と六目もて齊觀するも、黃門一人に如かず、臣の罪三なり」と。詔救して黃門を收む）とある。

一二 漏斯密網、免彼嚴棘―「密網」は目の細かい網。嚴しい法に喻える。「嚴棘」は獄をいう。寇榮「上書陳情」（『後漢書』卷十六本傳）に「不復質確其過、寘其嚴棘之下」（復た其の過を質確せず、嚴棘の下に寘く）とあり、李賢注に「嚴棘謂獄也」（嚴棘は獄を謂ふなり）という。

一三 還同士伍、比屋唐民―「士伍」は兵士の伍。轉じて官位を持たないものをいう。「比屋」は軒を並べる。「唐民」は堯の民を指す。『論衡』率性に「傳曰、堯舜之民、可比屋而封」（傳に曰く、堯舜の民、比屋して封ずべし）とある。

一四 生死肉骨、豈俟其施―「生死肉骨」は死者を生かし白骨に肉をつける。恩施の深いことをいう。『春秋』昭公二十五年の左氏傳に「平子曰、苟使意如得改事君、所謂生死而肉骨也」（平子曰く、苟くも意如をして改めて君に事へしむれば、所謂死子曰く、苟くも意如をして改めて君に事へしむれば、所謂死を生して骨に肉つくるなり）とある。「俟」はひとしい。

一五 孰不戴天―「不戴天なり」は天を戴かない。ともにこの世にはい樂しみと、妄りに之を引くのみ」と。理を促して之を出す）とある。

られない。怨みの深いこと、特に父母の讐をいう。『禮記』曲禮上に「父之讎、弗與共戴天」(父の讎、與に共に天を戴かず)とある。ここでは「孰不」という反語を組み合わせることによって、恩に報いる氣持ちの深いことをいう。

二六 疏遠畎隴、絕望高闕――「畎隴」は田舎の門。馮衍「顯志賦」(『後漢書』卷二八下・本傳)に「疏遠畎之臣、無望高闕之下」(畎畝の臣に疏遠にして、高闕の下を望む無し)とある。「高闕」は宮殿の高門。

二七 降其接引、優以旨喻――「接引」は引見する。「旨喩」は本意を教え諭す。

二八 於臣微物、足為榮隕――「微物」は自分自身をいう。顏延之「應詔讌曲水作詩」(『文選』卷二〇)に「仰閱豐施、降惟微物」(仰ぎては豐施を閱し、降りては微物を惟ふ)とあり、李善注に「微物、自謂也」(微物は、自ら謂ふなり)とある。「榮隕」は榮えることと衰えること。

二九 周行所賓、復齒盛流――「周行」は朝廷をいう。『毛詩』周南・卷耳に「采采卷耳、不盈頃筐。嗟我懷人、寘彼周行」(卷耳を采り采る、頃筐に盈たず。嗟我人を懷ひ、彼の周行に寘く)とあり、毛傳に「思君子官賢人、置周之列位」(君子の賢人を官たりて、周の列位に置かれんことを思ふ)とあり、鄭箋に「周之列位謂朝廷臣也」(周の列位は朝廷の臣を謂ふなり)という。「齒」はつらなる。陸機「謝平原內史表」(『文選』卷三七)に「服冕乘軒、仰齒貴游」(冕を服し軒に乘り、仰ぎて貴游に齒なる)とある。「盛流」は名流。

三〇 但雕朽糞、徒成延奬――「雕朽糞」は朽ちた木に彫刻し腐った土で壁を塗る。物事の用をなさない喩え。『論語』公冶長篇に「宰予晝寢。子曰、朽木不可雕也、糞土之牆不可圬也。於予與何誅」(宰予晝に寢ぬ。子曰く、朽木は雕る可からざるなり、糞土の牆は圬す可からざるなり。予に於けるや何ぞ誅さん)とある。「延奬」は招いて褒め稱える。

…… 捕影繫風、終無效答――「捕影繫風」は、影を捕らえ風を繫ぐ。捕らえどころの無い喩え。『漢書』郊祀志下に「聽其言、洋洋滿耳、若將可遇。求之、盪盪如係風捕景、終不可得」(其の言を聽かば、洋洋として耳に滿ち、將に遇ふべけんとするが若し。之を求むれば、盪盪として風を係ぎ景を捕ふるが如く、終に得べからず)とある。

三三 先聖以衆惡之、必察焉、衆好之、必察焉――この句については『梁書』校勘記に「二語見於論語、兩察字各本皆作監。此姚思廉避家諱改。今改回」(二語 論語に見ゆ、兩察字各本皆監に作る。此れ姚思廉家諱を避けたり。今改め回す)とある。「先聖」は古の聖人。ここでは孔子をさす。『論語』公冶長篇に「子曰、衆惡之、必察焉、衆好之、必察焉」(子曰く、衆之を惡むも、必ず焉を察し、衆之を好むも、必ず焉を察す)とあり、王肅注に「或衆阿黨比周、或其人特立不羣。故好惡不可不察也」(或いは衆阿黨比周し、或いは其の人特立して羣れず。故に好惡は察せざるべからざるなり)とある。

三三 豈非孤特則積毀所歸、比周則積譽斯信――「孤特」は孤獨に同じ。鄒陽「獄中上書自明」(『文選』卷三九)に「衆口鑠金、積毀銷骨」(衆口 金を鑠かし、積毀 骨を銷す)とある。「比周」は徒黨を組むこと。『韓非子』孤憤に「朋黨比周以弊主、言曲以便私者、必信於重人矣」(朋黨比周して以て主を弊ひ、言曲を言ひて以て私に便する者は、必ず重人に信ぜらる)とある。「積譽」は多くのほまれ。『淮南子』繆稱篇に「三代之善、千歲之積譽也。桀紂之惡、千載之積毀也」(三代の善は、千歲の積譽なり。桀紂の惡は、千載の積毀なり)とある。

三四 知好惡之間、必待明鑒――「明鑒」は明らかな鏡。識見の高い人をいう。

三五 晏嬰再爲阿宰、而前毀後譽――「晏嬰」は、字は平仲。春秋・齊の大夫。『晏子春秋』を著す。この句は以下の『晏子春秋』內篇雜

上に「景公使晏子爲東阿宰。三年、毀聞于國。景公不說、召而免之。晏子謝曰、嬰知嬰之過矣。請復治阿。景公不忍、復使治阿。三年而譽聞于國。景公說、召而賞之。景公問其故、對曰、昔者嬰之治阿也、築蹊徑、急門閭之政。景公惡之。舉儉力孝弟、罰偸窳。而淫民惡之。舉儉力孝弟、不罰偸窳。而貴強惡之。事貴人體過禮、而左右惡之。法則予、非法則否、而左右說。事貴人體過禮、而貴人說。決獄阿貴彊。而貴彊說。是以三邪譽乎外、二讒譽乎内、三年而譽聞于君也。今臣謹更之、不築蹊徑、而緩門閭之政。而淫民惡之。不舉儉力孝弟、不罰偸窳。而惰民惡之。事貴人體過禮、決獄不避、貴強惡之。是以三邪毀乎外、二讒毀于内、三年而毀聞乎君也。今所以當賞者宜誅、所以當誅者宜賞、是故不敢受。景公說ばず。復た阿を治めんことを請ふ。晏子謝して曰く、「嬰必ず國に聞へん」と。復た阿を治む。三年にして譽、國に聞ゆ。景公說び、召して之を賞す。景公其の故を問ふに、對へて曰く、「昔者嬰の阿を治むるや、蹊徑を築き、門閭の政を急にす。而して淫民之を惡む。儉力孝弟を舉げ、偸窳を罰す。而して貴人之を惡む。左右求むる所、法なれば則ち予、非法なれば則ち否。而して左右之を惡む。貴人に事へて體禮に過ぎず。而して貴人之を惡む。貴強に阿ねず、決獄貴強に阿ねず。而して左右說ぶ。貴人に事へて體禮に過ぐ。而して貴人說ぶ。決獄淫民を罰す。而して淫民說ぶ。是を以て三邪外に譽れ、二讒内に譽れ、三年にして譽君に聞ゆるなり。今臣謹みて之を更め、蹊徑を築かずして、門閭の政を緩やかにす。而して淫民之を惡む。儉力を孝弟に擧げず、偸窳を罰せず。而して惰民說ぶ。貴人に事へて體禮に過ぎ、決獄貴強に阿ねる。而して貴強說ぶ。左右求むる所諾を言ふ。而して左右說ぶ。是を以て三邪外に譽れ、二讒内に譽れ、三年にして譽君に聞ゆるなり。昔者嬰の當に誅すべき所以の者宜しく賞

すべく、今當に賞すべき所以の者宜しく誅すべし。是の故に敢て受けず」と。景公晏子の賢なるを知り、酒ち任ずるに國政を以てし、三年にして齊大いに興る」とある。「阿意」は意におもねる。媚びる。「直道」はまっすぐな道。『論語』衞靈公篇に「斯民也、三代之所以直道而行也」（斯の民や、三代の直道にして行ふ所以なり）とある。

一二六 一犬所噬、旨酒貿其甘酸——この句は次の『韓非子』外儲說右上に「宋人有酤酒者。升概甚平、遇客甚謹、爲酒甚美、縣幟甚高著。然不售、酒酸。怪其故、問其所知長者楊倩、倩曰、汝狗猛耶。曰、狗猛則酒何故而不售。曰、人畏焉。或令孺子懷錢挈壺甕而往酤、而狗迓而齕之、此酒所以酸而不售也。夫國亦有狗、有道之士懷其術而欲以明萬乗之主、大臣爲猛狗迎而齕之、此人主之所以蔽脅、而有道之士所以不用也、（宋人に酒を酤る者有り。升概甚だ平かに、客を遇すること甚だ謹み、酒を爲ること甚だ美に、幟を縣くること甚だ高く著く。然れども售れず、酒酸す。其の故を怪しみ、其の知る所の長者楊倩に問ふに、倩曰く、「汝が狗は猛きか」と。曰く、「狗猛ければ則ち酒何の故にか售れざる」と。曰く、「人焉を畏るればなり。或いは孺子をして錢を懷にし壺甕を挈げて往きて酤はしむるに、狗迓へて之を齕む、此れ酒の酸して售れざる所以なり」と。夫れ國も亦た狗有り、有道の士其の術を懷にして以て萬乗の主に明らかにせんと欲するに、大臣猛狗と爲りて迎へて之を齕む、此れ人主の蔽脅せらるゝ所以にして、有道の士の用ひられざる所以なり）とある。

一二七 嘉樹變其生死——何か基づくところがあると思われるが未見。

一二八 鄒陽有言、士無賢愚、入朝見嫉、嘉樹變其生死——何か基づくところがあると思われるが未見。

一二八 鄒陽有言、士無賢愚、入朝見嫉——この句は鄒陽「獄中上書自明」（『文選』卷三九）に「故女無美惡、入宮見妬、士無賢不肖、入朝見嫉」（故より女に美惡無く、宮に入れば妬まれ、士に賢不肖無く、朝に入れば嫉まる）とあるのに據る。

三〇頁

一二九　臧文之下展季──「臧文」は臧文仲、「展季」は柳下惠をいう。『春秋』文公二年の左氏傳に「仲尼曰、臧文仲其不仁者三、不知者三。下展禽、廢六關、妾織蒲、三不仁也。作虛器、縱逆祀、祀爰居、三不知也」（仲尼曰く、「臧文仲其れ不仁なる者三、不知なる者三あり。展禽を下にし、六關を廢し、妾蒲を織る、三の不仁なり。虛器を作り、逆祀を縱にし、爰居を祀る、三の不知なり」と）とあり、杜預注に「展禽、柳下惠也。文仲知柳下惠之賢而使在下位、己欲立而立人」（展禽は、柳下惠なり。文仲柳下惠の賢を知りて下位に在らしむ。己立たんと欲して人を立つ）とある。

一三〇　靳尚之放靈均──『史記』屈原列傳に「屈平屬草稾未定。上官大夫見而欲奪之、屈平不與、因讒之曰、王使屈平爲令、衆莫不知、每一令出、平伐其功、以爲非我莫能爲也。王怒而疏屈平」（上官大夫之を見て奪はんと欲するも、屈平與へず。因りて之を讒して曰く、王 屈平をして令を爲らしむる每に、衆 知らざる莫し、以爲らく我に非ずんば能く爲る無きなりと。王 其の功を伐り、正義に云ふ、上官は靳尚なりと）とあり、『史記』屈原列傳に「上官大夫與之同列、爭寵而心害其能。懷王使屈原造爲憲令。屈平屬草稾、草稾を屬して憲令を造爲せしむ。上官大夫見て之を奪はんと欲するも、王 屈平をして令を爲らしむる每に、平 其の能を害む。懷王 屈原をして憲令を造爲せしむ。屈平 草稾を屬って未だ定まらず。上官大夫 之を見て其の能を害むを欲し、因りて讒せり」と）といい、『史記』屈原列傳に「靳尚」は楚の上官大夫、「靈均」は屈原をいう。

一三一　絳侯之排賈生──『史記』賈生列傳に「絳」は漢の絳侯周勃、「賈生」は賈誼を説皆自賈生發之。於是天子議以爲賈生任公卿之位。絳・灌・東陽侯・馮敬之屬盡害之、乃短賈生曰、雒陽之人、年少初學、專欲擅權、紛亂諸事。於是天子後亦疏之、不用其議、乃以賈生爲長沙王太傅」（諸もろの律令の更定する所、及び列侯をして悉く國に就かしむ、其の說皆な賈生の害み、乃ち賈生を短りて曰く、「雒陽の人、馮敬の屬して以爲らく賈生は公卿の位に任ふと。絳・灌・東陽侯・馮敬の屬盡く之を害み、乃ち賈生を短りて曰く、「雒陽の人、年少くして初學なるも、專ら權を擅にし、諸事を紛亂せんと欲す。是に於いて天子 後に亦た之を疏んじ、其の議を用ひず、乃ち賈生を以て長沙王の太傅と爲す」とあり、正義に「絳・灌、周勃・灌嬰也。東陽侯、張相如、馮敬、時爲御史大夫也」（絳・灌は、周勃・灌嬰なり。東陽侯は、張相如、馮敬は、時に御史大夫爲り）とある。

一三二　平津之陷主父──「平津」は「主父偃」をいう。『史記』平津侯主父列傳に「平津侯公孫弘、主父始爲布衣時、嘗游燕・趙、及其貴、發燕事。趙王恐其國患、欲上書言其陰事、爲偃居中、不敢發。及爲齊相、出關、即使人上書、告言主父偃受諸侯金、以故諸侯子弟多以得封者。及齊王自殺、上聞大怒、以爲主父劫其王令自殺、乃徵下吏治。主父服受諸侯金、實不劫王令齊王自殺、主父偃受諸侯之金實不劫王令齊王自殺、無以謝天下。乃遂族主父偃」（主父 始め布衣爲りし時、嘗て燕・趙に游び、其の貴なるに及び、燕事を發す。趙王 其の國患を爲すを恐れ、上書して其の陰事を言はんと欲すも、偃 中に居るが爲に敢て發せず。齊相と爲り、關より出づるに及び、即ち人をして上書せしめ、諸侯の子弟 以て封を得たる者多しと。齊王自殺するに及び、上聞きて大いに怒り、以爲らく主父 其の王を劫して自殺せしめずと。乃ち徵して吏治に下す。主父偃 諸侯の金を受くるに服するも、實に王を劫して齊王を自殺せしめず、陛下 主父偃を誅せずんば、以て天下に謝する無しと。乃ち遂に主父偃を族す」）とある。事實を覆い隱すこと。臧洪「答陳琳書」（『後漢書』本傳）に「昔晏嬰不降志於白刃、南史不曲筆以求存、故身傳圖象、名垂後世」（昔

一三四 寸管所窺、常由切齒——「寸管」は筆をいう。江淹「蕭驃騎讓太尉增封表」（『江文通集』巻六）に「臣局志久戰れ、淺概已に領す。具煩寸管、備黷尺史」（臣 局志に黷す）とある。「切齒」は齒が具に寸管を煩はし、備に尺史に黷すなり、乃ち今 齒相磨切也」（切齒は、齒相ひ磨切するなり）という。

一三五 殿下誨道觀書、俯同好學——「前載」は、前の記錄。劉琨「勸進表」みする。悔しく思う。『史記』（刺客）荊軻傳に「樊於期偏祖搤捥而進曰、此臣之日夜切齒腐心也」、乃今得聞教（樊於期偏祖搤捥して進みて曰く、「此れ臣の日夜 切齒腐心するところなり、乃ち今 教を聞くを得たり」）とあり、索隱に「切齒、

一三六 前載柾直、備該神覽——「前載」は、前の記錄。劉琨「勸進表」（『文選』巻三七）に「臣每覽史籍、觀之前載、厄運之極、古今未有」（臣 史籍を覽、之を前載に觀る每に、厄運の極、古今未だ有らざるなり）とある。「該」はそなえる。

一三七 臣昔因立侍、親承緒言——「立侍」は立ちはべること。「緒言」はことば。任昉「到大司馬記室牋」（『文選』巻四〇）に「昔承嘉宴、屬有緒言」（昔 嘉宴を承け、屬に緒言有り）とある。

一三八 飄風貝錦、譬彼讒慝——「昔嘉宴を承け、屬に緒言有り」とある。『毛詩』小雅・何人斯に「彼何人斯、其爲飄風、胡不自北、胡不自南、胡逝我梁、祇攪我心」（彼は何人ぞ、其れ飄風爲り、胡ぞ北自りせざる、胡ぞ南自りせざる、胡ぞ我が梁に逝く、祇に我が心を攪す）とあり、毛傳に「飄風、暴起之風」（飄風は、暴起の風なり）とあり、鄭箋に「何近之我梁、適亂我之心、使我疑女」（何ぞ我が梁に近づきて我が心に之きて、適に我の心を亂し、我をして女を疑はしむ）とある。「貝錦」は注（八『毛詩』を參照。「讒慝」はよこしま。邪惡。

一三九 聖旨殷勤、深以爲歎——「聖旨」は聖人の思し召し。ここでは太子をいう。「殷勤」はねんごろ。手厚く親切なこと。

一二〇 臣資愚履直、不能杜漸防微——「杜漸防微」は芽生えや兆しを防ぐこと。丁鴻「日食上封事」（『後漢書』巻三七・本傳）に「若勅政責躬、杜漸防萌、則凶妖銷滅、害除福湊矣」（若し政に勅し躬を責め、漸を杜ぢ萌を防がば、則ち凶妖銷滅し、害除かれ福湊まる）とある。

一四一 雖吹毛洗垢、在朝而同噆——「吹毛」は隱れた小さな罪を探し求めること。「洗垢」は隱していることを暴くこと。『韓非子』大體に「不吹毛而求小疵、不洗垢而察難知」（毛を吹きて小疵を求めず、垢を洗ひて知り難きを察せず）とある。

一四二 而嚴文峻法、肆姦其必奏——「嚴文峻法」は嚴しい法をいう。寇榮「上書陳情」（『後漢書』本傳）に「遂馳使郵驛、布告遠近、嚴文剋剝、痛於霜雪」（遂に使を郵驛に馳せ、遠近に布告し、嚴文剋剝にして、霜雪よりも痛なり）とある。また王褒「四子講德論」（『文選』巻五一）に「宰相刻峭、大理峻法」（宰相は刻峭にして、大理は法を峻にす）とある。「肆姦」は姦智をほしいままにすることか。

一四三 不顧賣友、志欲要君——「賣友」は、友を賣る。自己の利益のために友を害すること。『漢書』樊酈滕灌傳贊に「當孝文時、天下以酈寄爲賣友。夫賣友者、謂見利而忘義也」（孝文の時に當り、天下 酈寄を以て賣友と爲す。夫れ友を賣るとは、利を見て義を忘るるを謂ふなり）とある。「要君」は勢を恃んで君に犯しを求めること。『論語』憲問篇に「子曰、臧武仲以防求爲後於魯、雖曰不要君、吾不信也」（子曰く、「臧武仲 防を以て後を魯に爲さんことを求む、君に要せずと曰ふと雖も、吾 信ぜざるなり」）とあり、『孝經』五刑章に「子曰、五刑之屬三千、而罪莫大於不孝。要君者無上、非聖人者無法、非孝者無親、此大亂之道也」（子曰く、「五刑の屬三千あり、而して罪 不孝よりも大なるは莫し。君に要する者は上を無くし、聖人を非る者は法

四四　自非上帝運超己之光、昭陵陽之虐——「上帝」は天帝。「超己之光」は不明。「陵陽之虐」は卞和を指すか。『琴操』に引く『陵陽之歌』に「於是和隨使獻王。王使剖之、中果有玉、乃封和爲陵陽侯、卞和辭不就而去。作退怨之歌曰……於何獻之楚先王、遇王闇昧信讒言、斷截兩足離余身、俛仰嗟歎心摧傷、紫之亂朱粉墨同、空山歔欷涕龍鍾、天鑒孔明竟以彰、沂水滂沛流于汶」（是に於いて和使に隨ひて王に獻ず。王之を剖かしむれば、中に果して玉有り、乃ち和を封じて陵陽侯と爲すも、和辭して就かずして去る。退怨の歌を作りて曰く……於何ぞ之を楚の先王に獻ずるに、王の闇昧なるに遇ひ讒言を信じて、兩足を斷截し余が身より離し、俛仰嗟歎し心摧傷す。紫の朱を亂すがごとく粉墨同じく、空山に歔欷し涕龍鍾たり。天鑒孔明にして竟に以て彰かに、沂水滂沛として汶に流る）とある。

四五　舞文虛謗、不取信於宸明——「舞文」は、法律を勝手に濫用する之誅者、沒於賂遺也」（吏士文を舞して法を弄し、章を刻して書を偽るも、刀鋸の誅を避けざるは、賂遺に沒すればなり）とある。『後漢書』（儒林）孔僖傳に「臣之愚意、以爲凡言誹謗者、謂實無此事而虛加誣之也」（臣の愚意に、以らく凡そ誹謗と言ふは、實に此の事無くして虛加して之を誣るを謂ふなり）とある。「宸明」は聖明、天子をいう。

四六　在縲嬰纆、幸得鐲於庸暗——「在縲」は、縄に繋がれること。『論語』公冶長篇に「子謂公冶長可妻也。雖在縲絏之中、非其罪也。以其子妻之」（子謂らく公冶長は妻はすべきなり。縲絏の中に在りと雖も、孔注に「縲黑索、絏攣也。所以拘罪人」（縲は黑索、絏は攣なり。罪人を拘ふる所以なり）とある。「嬰纆」は『宋書』武帝紀に妻はす」とあり、其の子の罪に非ざるなりと。其の子をもつて之に妻はす」とあり、孔注に「縲黑索、絏攣也。所以拘罪人」（縲は黑索、絏は攣なり。罪人を拘ふる所以なり）とある。「嬰纆」はおろか。暗愚。『宋書』武帝紀はまつわりめぐる。

中に「朕雖庸闇、昧於大道、永鑒廢興、爲日已久」（朕庸闇にして、大道に昧しと雖も、永く廢興を鑒み、日を爲すこと已に久し）とある。

四七　裁下免黜之書、仍頒朝會之旨——「免黜」は、罷免し退ける。「朝會」は、諸侯・臣下が朝廷に參集すること。

四八　小人未識通方、縶馬懸車、息絶朝觀——「通方」は道に通じる。皇甫謐「三都賦序」（『文選』卷四五）に「家自以爲我土樂、人自以爲我民良、皆非通方之論也」（家自ら以て我が土を樂しみと爲し、人自ら以て我が民を良しと爲す、皆な通方の論に非ざるなり」。潘勗「册魏公九錫文」（『文選』卷三五）に「束馬懸車、一征而滅、此又君之功也」（馬を束ねて車を懸け、一征して滅するは、此れ又た君の功なり）とある。「縶馬懸車」は馬を繫ぎ車を懸ける。遠くに行くことをいう。李善注に「管子曰、桓公征孤竹之君、懸車束馬、踰太行至卑耳之山」（管子に曰く、桓公孤竹の君を征するに、車を懸けて馬を束ね、太行を踰へて卑耳の山に至る）とある。また休むことをいうか。繆襲「挽歌詩」（『文選』卷二八）に「白日入虞淵、懸車息駟馬」（白日虞淵に入り、車を懸けて駟馬を息はす）とある。「朝觀」は諸侯が天子に謁見することをいう。『周禮』春官・大宗伯に「春見日朝、夏見日宗、秋見日觀、冬見日遇」（春見を朝といひ、夏見を宗といひ、秋見を觀といひ、冬見を遇と曰ふ）とあり、また王襃「與周弘讓書」（『藝文類聚』卷三〇）に「鏟跡幽蹊、銷聲穹谷」とあり、「滅影銷聲」は姿を隱すこと。隱遁をいう。謝靈運「山居賦」（『宋書』本傳）に「廣滅景於崆峒、許遁音於箕山。愚假駒以表谷、滑隱巖以奪芳」（廣は景を崆峒に滅し、許は音を箕山に遁る。愚は駒を假りて以て谷を表し、滑は巖に隱れて以て芳を奪る）とあり、また王襃「與周弘讓書」（『藝文類聚』卷三〇）に「鏟跡幽蹊、銷聲穹谷。何其愉樂、幸甚幸甚」（跡を幽蹊に鏟り、聲を穹谷に銷す。何ぞ其れ愉樂あらん、幸ひ甚し幸ひ甚し）とある。

三三頁

一五〇 不悟天聽罔已、造次必彰――「天聽」は天が聽くこと。轉じて天子の考え、判斷などをいう。『商書』泰誓中に「天視自我民視、天聽自我民聽」（天の視るは我が民の視るに自り、天の聽くは我が民の聽くに自る）とあり、孔安國傳に「言天因民以視聽、民所惡者天誅之」（言ふこころは天、民に因りて以て視聽し、民の惡む所の者、天、之を誅す）とある。

一五一 不以距違見疵、復使引籍雲陛――「距違」は拒み違う。「造次」は、わずかの間。『春秋』昭公元年の左氏傳に「小國失恃而懲諸侯、使莫不憾者、距違君命而有所壅塞不行是懼」（小國 恃を失ひて諸侯を懲らさば、憾まざる者莫からしめ、君命を距違して壅塞して行はれざる所有るを是れ懼る）とある。「引籍」は籍を引くこと。『史記』卷四九・外戚世家に「行詔門著引籍、通到謁太后」（行ゆく門に詔して引籍を著け、通じ到りて太后に謁す）とあり、正義に「武帝 道上に詔して名狀を藏せざるを得んや」とある。

一五二 降寬和之色、垂布帛之言――「寬和之色」は和らいだ樣子。東方朔「非有先生論」（『文選』卷五一）に「寬和之色、發憤畢誠、圖畫安危、揆度得失、上以賜淸讌之閑、下以便萬民、則五帝三王之道可幾而見也」（明王聖主、賜清讌の閑、寬和の色を賜ひ、憤を發して誠を畢し、安危を揆度し、得失を摠度し、上は以て主の體を安んじ、下は以て萬民に便なるを得しめば、則ち五帝三王の道幾ひて見るべきなり）とある。「布帛之言」は人を暖める善言をいう。『荀子』榮辱に「憍泄者、人之殃也。恭儉者、偋五兵也。故與人善言、煖於布帛、傷人之言、深於矛戟」（憍泄は、人の殃なり。恭儉は、五兵をも偋くるなり。故に人に善言を與ふれば、布帛よりも煖く、人を傷つくるの言は、矛戟よりも深し）とある。

一五三 況乃恩等特召、榮同起家――「特召」は特別なるお召し。「起家」は初めて官職につくこと。

一五四 但未渝丹石、永藏輪軌――「渝」は、かえる。「丹石」は、丹石の心、まごころをいう。『呂氏春秋』季冬紀・誠廉に「石可破也、而不可奪堅。丹可磨也、而不可奪赤。堅與赤、性之有也」（石破る可きなり、而も堅を奪ふ可からず。丹磨く可きなり、而も赤を奪ふ可からず。堅と赤とは、性の有なればなり）とあり、また謝朓「始出尚書省」（『文選』卷三〇）に「既秉丹石心、寧流素絲涕」（既に丹石の心を秉り、寧ぞ素絲の涕を流さん）とある。「輪軌」は、車輪の跡。「藏軌」は、身を隱すこと。『抱朴子』內篇・明本に「彼有道者、安得不超然振翅平風雲之表、而翻爾藏軌於玄漠之際乎」（彼の道有る者は、安んぞ超然として翅を風雲の表に振ひ、而して翻爾として軌を玄漠の際に藏せざるを得んや）とある。

一五五 相彼工言、構茲媒譖――「工言」は巧みな弁舌。『宋書』王僧達傳に「爲君計、莫若承義師之檄、移告傍郡、使工言之士、明示禍福」（君が爲に計るに、義師の檄を承け、傍郡に移し告げ、工言の士をして、禍福を明示せしむるに若くは莫し）とある。「媒譖」は人を讒言して陷れる。

一五六 且欵冬而生、已凋柯葉――「欵冬」は冬をしのぐ。王襃「九懷・株昭」（『楚辭』卷一五）に「欵冬而生兮、彫彼葉柯」（冬を欵ぎて生ずるも、彼の葉柯を彫す）とある。

一五七 空延德澤、無謝陽春――「德澤」はめぐみ。「陽春」は春の日差し。ここでは太子に喩える。

一五八 後爲太子僕――『梁書』校勘記に「後、冊府元龜九三二作復。按、上文有遷太府卿、太子僕、疑作復是」（「後」、冊府元龜九三二「復」に作る。按ずるに、上文に太府卿、太子僕に遷ると有り、疑ふらくは復に作るは是なり有り。注八を參照。「太子僕」は官名。注八を參照。

一五九　除安西湘東王諮議參軍──「安西」は將軍號。『梁書』元帝紀に「大同元年、進號安西將軍」（大同元年、號を安西將軍に進めらる）とある。「諮議參軍」は注三七を參照。

一六〇　遷黃門侍郎、尚書吏部郎──「黃門侍郎」は官名。宮中の衆事を司る官。『宋書』百官志下に「給事黃門侍郎、四人、與侍中俱掌門下衆事。……董巴漢書曰、禁門曰黃門、故號曰黃門令。然則黃門郎給事黃闥之內、故曰黃門郎」（給事黃門侍郎、四人。侍中と倶に門下の衆事を掌る。孝綽曰く、黃門を黃闥と曰ふ、中人之を主る、故に號して黃門郎と曰ふ。……然らば則ち黃門郎は黃闥の內に給事す、故に黃門郎と曰ふ）とある。劉孝綽と黃門侍郎の官が關わる話として以下のようなものがある。『采菽堂古詩選』卷二七の劉孝綽の條に「孝綽常爲詩曰、塞外羣鳥返、雲中侶雁歸。高祖見大怒、卽奪侍郎。又爲詩二首、其一曰、鳴驥夾轂響、飛蓋倚林廬。其二曰、城闕山林遠、一去不相聞。高祖嗟賞、復侍郎。沈約曰、卿以詩失黃門、復以詩得黃門。孝綽曰、此卽爲風所開、復爲風所落也」（孝綽常に詩を爲りて曰く、塞外に羣鳥返り、雲中に侶雁歸す、と。高祖見て大いに怒り、卽ち侍郎を奪ふ。又た詩二首を爲り、其の一に曰く、「鳴驥　夾轂に響き、飛蓋　林廬に倚る」と。其の二に曰く、「城闕　山林に遠し、一たび去りて相ひ聞へず」と。高祖嗟賞し、侍郎に復す。沈約曰く、「卿は詩を以て黃門を失ひ、復た詩を以て黃門を得たり」と。孝綽曰く、「此れ卽ち風の開く所と爲り、復た風の落す所と爲るなり」と）とある。これは沈約在世中の話であり、時代的には合わないがこれれの他に劉孝綽が黃門侍郎となったことに關する記述が見られないためここに擧げておく。「尚書吏部郎」は官名。官吏の人事を司る。

一六一　坐受人絹一束、爲飾者所訟──この時のことであるかどうかは不明だが、以下のような話がある。『梁書』劉覽傳に「當官清正、無所私。姉夫御史中丞褚湮、從兄吏部郎孝綽、在職頗通賕貨。覽劾奏、竝免官。孝綽怨之、嘗謂人曰、犬噬行路、覽噬家人」（官に當りて清正、私する所無し。姉夫の御史中丞褚湮、從兄の吏部郎孝綽、職に在りて頗る賕貨に通ず。覽劾奏し、竝びに官を免ぜらる。孝綽之を怨み、嘗て人に謂ひて曰く、「犬は行路に噬み、覽は家人を噬む」と）とある。免官と左遷という違いがあるが、同じ吏部郎の時の話であるためここに舉げておく。

一六二　左遷信威臨賀王長史──「信威」は將軍號。「臨賀王」は蕭正德、字は公和。臨川靖惠王の第三子。

一六三　頃之、遷祕書監──『南史』には「晚年忽忽不得志、後爲祕書監」（晚年　忽忽として志を得ず、後に祕書監と爲る）とある。

一六四　大同五年、卒官。時年五十九──「大同」は梁の年號。五三五～五四六。『南史』はこの前に「初、孝綽居母憂、冬月飲冷水、因得冷癖」（初め、孝綽母の憂に居り、冬月に冷水を飲み、因りて冷癖を得）とある。

一六五　伏氣負才、多所陵忽──「伏氣」は血氣にはやる。『宋書』卷八四・孔覬傳に「爲人使酒仗氣、每醉輒彌日不醒、尤不能曲意權幸、莫不畏而疾之」（人と爲り酒をしひ氣を任せ、醉ふ每に輒ち彌日醒めず、尤も意を權幸に曲ぐる能はず、畏れざる莫し）とある所多し、尤も意を權幸に曲ぐる能はず、畏れざる莫し）とある。梁元帝蕭繹の「追思張纘詩序」（『梁書』張纘傳）に「簡憲之爲人也、不事王侯、負才任氣、見余則申旦達夕、不能已已。懷夫人之德、何日忘之」（簡憲の人と爲りや、王侯を事とせず、才を負み氣を任はし、余に見えて則ち旦に申べ夕に達し、已已たる能はず。夫の人の德を懷ひ、何れの日か之を忘れん）とある。「負才」は自己の才能を恃む。「陵忽」は

一六六　有不合意、極言詆訾──「極言」は、言葉を盡くして言う。『漢書』元帝紀に「媮合苟從、未肯極言、朕甚閔焉」（媮合して苟に從ひ、未だ肯て言を極めず、朕甚だ焉を閔ふ）とある。「詆訾」は『漢書』揚雄傳下に「諸子各以其知舛馳、大氐詆訾

聖人」）（諸子各おの其の知を以て舜馳し、大氐聖人を訛訾す）とあり、顏師古注に「訛訾、毀也」（訛訾は、毀なり）とある。

(67) 領軍臧盾・太府卿沈僧昊等──「領軍」「太府卿」は官名。領軍將軍また中領軍。『宋書』百官志下に「領軍將軍、主五校、中壘、武衞三營（領軍將軍、五校、中壘・武衞の三營を主らしむ）とある。「臧盾」は字は宣卿、東莞・莒の人。『梁書』卷四二・『南史』卷一八に傳がある。『梁書』本傳に「俄有詔、加散騎常侍、未拜。又詔曰、總一六軍、非才勿授。御史中丞・新除散騎常侍盾は、志懷忠密、識用詳愼、官に當りて平允、務に處りて勤恪、必能緝斯戎政。可兼領軍、常侍如故」（俄かに詔有り、散騎常侍を加へられ、未だ拜せずして、又た詔ありて曰く、一六軍を總ぶるは、才あるに非ずんば授くる勿し。御史中丞・新除散騎常侍盾は、志懷忠密にして、識用詳愼、官に當りて平允、務に處りて勤恪、必能く斯の戎政を緝む。領軍を兼ぬべし、常侍は故の如しと）とある。「太府卿」は官名。『陳書』沈君理傳に「沈君理、字仲倫、吳興人也。祖僧昊、梁左民尚書」（沈君理、字は仲倫、吳興の人なり。祖は僧昊、梁の左民尚書なり）とある。

(68) 反呼驥卒訪道途開事──「驥卒」は『南齊書』王融傳に「車前無八驥卒、何得稱爲丈夫」（車前に八驥卒無くんば、何ぞ稱して丈夫と爲すを得んや）とある。「驥卒」は身分の低い隷僕。

(69) 由此多忤於物──「多忤於物」は物に逆らうことが多い。注 (36) 參照。『南史』にはこの後に「前後五免」（前後に五たび免ぜらる）とある。

(70) 孝綽辭藻、爲後進所宗、世重其文──「辭藻」は詩文の華やかな文彩。『顏氏家訓』文章篇に「君輩辭藻、譬若榮華」（君輩の辭藻、譬へば榮華の若し）とある。「世重其文」は『南史』は「時重其文」に作る。

(71) 好事者咸諷誦傳寫、流聞絕域──「諷誦」は詩文などを暗誦する。「傳寫」は傳え寫す。書き寫す。「流聞」は遠く離れた地にまで聞こえること『南史』は「流聞河朔」に作り、以下に「文集數十萬言、行於世」──劉孝綽の文集を「亭苑柱壁莫不題之」（亭苑柱壁 之を題せざる莫し）とある。

(72) 文集數十萬言、行於世『隋書』經籍志四に「梁廷尉卿劉孝綽集十四卷」とある。「行於時」は『南史』は「行於世」に作る。

(73) 孝綽兄弟及羣從諸子姪、當時有七十人、並能屬文、近古未之有也──「羣從」は、多くの從兄弟、諸子姪を言う。劉孝綽兄弟の他には劉孺、劉苞らがその名を知られている。『梁書』劉孺傳には「孺少與從兄苞、孝綽齊名。苞早卒。惟孺貴顯」（孺少くして從兄苞、孝綽と名を齊しくす。苞早くに卒し、孝綽數しば坐して免黜せられ、位並びに高からず。惟だ孺のみ貴顯なり）とある。『梁書』（文學上）劉苞傳に「自高祖卽位、引後進文學之士、苞及從兄孝綽・從弟孺・同郡到漑・漑弟洽・從弟沆・吳郡陸倕・張率並以文藻見知、多預讌坐、雖仕進有前後、其賞賜不殊」（高祖 卽位して自り、後進文學の士を引き、苞及び從兄孝綽・從弟孺・同郡の到漑・漑の弟洽・吳郡の陸倕・張率並びに文藻を以て知られ、多く讌坐に預かり、仕進に前後有りと雖も、其の賞賜は殊ならず）とある。

(74) 其三妹適琅邪王叔英・吳郡張嶸・東海徐悱、並有才學──「琅邪」は地名。「王叔英」は不明。逯欽立輯校『先秦漢魏晉南北朝詩』には王叔英妻劉氏の詩として三首が收められている。「吳郡」は郡名。「張嶸」（四八七〜五四八）は、字は四山。鎮北將軍稷の子。『梁書』卷四三・『南史』卷三一に傳がある。「東海」は郡名。「徐悱」は字は敬業。僕射徐勉の第三子。『梁書』卷二五、『南史』六〇に傳がある。

(75) 俳妻文尤清拔──「俳妻」は劉令嫺。『隋書』經籍志四に「梁太子洗馬徐俳妻劉令嫺集三卷」とある。「淸拔」は淸らかに秀

でること。『梁書』(文學上) 吳均傳に「均文體淸拔有古氣、好事者或斅之」(均の文體 淸拔にして古氣有り、事を好む者 或いは之に斅ふ)とある。また『南史』には以下に「所謂劉三娘者也」(所謂劉三娘なる者也)とある。

一六 俳、僕射徐勉子、爲晉安郡—『梁書』本傳に「出入宮坊者歷稔、以足疾出爲湘東王友、遷晉安內史」(宮坊に出入すること歷稔、足疾を以て出でて湘東王の友と爲り、晉安內史に遷る)とある。

一七 喪還京師、妻爲祭文、辭甚悽愴—「京師」を『南史』は「建鄴」に作る。「祭文」は死者を痛惜する文。『藝文類聚』卷三八に劉令嫺「祭夫文」が殘されている。「悽愴」は悼み悲しむ。王粲「登樓賦」(『文選』卷一一)に「心悽愴以感發兮、意忉怛而憯惻」(心悽愴として以て感發し、意忉怛として憯惻す)とある。

一八 勉本欲爲哀文、既觀此文、於是閣筆—『南史』は「哀辭」に作る。「閣筆」は筆をおく。

一九 孝綽子諒、字求信—『南史』には以下に「小名春」(小名は春なり)とある。

一八〇 尤博悉晉代故事、時人號曰皮裹晉書—『梁書』(文學上)劉昭傳に「初、昭伯父肜集眾家晉書注干寶晉紀爲四十卷、至昭又集後漢同異以注范曄書。世稱博悉」(初、昭の伯父肜 衆家の晉書を集めて干寶晉紀に注して四十卷と爲し、昭に至りて又た後漢の同異を集めて以て范曄書に注す。世 博悉と稱す)とある。「皮裹晉書」とは、學識の深さをその體の中に表現する。『世說新語』賞譽篇に「桓茂倫云、褚季野皮裹陽秋」(桓茂倫云ふ、褚季野は皮裹陽秋なり」と。謂其裁中也)(桓茂倫云ふ、褚季野は皮裹陽秋なり」と。其の中に裁するを謂ふなり)とある。

一八一 歷官著作佐郎、太子舍人、王府主簿、功曹史、宣城王記室參軍—「王府主簿」は王府の簿籍を司る官。「功曹史」は郡太守の下にあって選舉を司る。『宋書』百官志下に「郡官屬略如公府。無東西曹、有功曹史、主選舉」(郡官の屬は略ぼ公府の如し。東西の曹無く、功曹史有り、選舉を主る)とある。「宣城王」は蕭大器、字は仁宗。太宗簡文帝の嫡子の嫡子。『梁書』哀太子大器傳に「哀太子大器字仁宗、太宗嫡長子也。普通四年五月丁酉生。中大通四年、封宣城郡王、食邑二千戶」(哀太子大器 字は仁宗、太宗の嫡長子なり。普通四年五月丁酉生まる。中大通四年、宣城郡王に封ぜられ、食邑二千戶)とある。『南史』には以下に「爲湘東王所善。王有目疾、王嘗游江濱、歡秋望之美。諒對曰、今日可謂帝子降於北渚、以愁予邪」(湘東王の善くする所と爲る。王 目疾有り、以て己を刺己。應曰、卿言目眇眇以愁予爲之。王嘗て江濱に游び、秋望の美を歡ず。諒對へて曰く、「今日帝子 北渚に降ると謂ふべし。以て予を愁へしむ」と。應じて曰く、「卿の言 目眇眇として以て予を愁へしむるか」と。此より之を嫌ふ)とある。

梁第二十四

詩紀九十七

北海馮惟訥彙編

鄞郡謝 陸校訂

劉孝綽

字孝綽本名冉彭城人七歲能屬文梁天監初起家爲著作佐郎遷秘書丞甚爲武帝及昭明所禮累遷尚書吏部郎坐事左遷臨賀王長史卒孝綽雖貧才陵忽前後五免然辭藻爲後進所宗

樂府

1 釣竿篇 以下五言 ○藝文作劉孝威

釣舟畫彩鷁漁子服氷紈金轄茱萸網銀鈎翡翠

竿歛橈隨水脉急槳渡江湍湍長自不辭前浦有佳期船交橈影合浦深魚出遲荷根觸餌菱芒午宵絲蓮度江南手永渝京兆眉垂竿自有樂誰能為太師

2 夜聽妓賦得烏夜啼

鷗絃且輟弄鶴操暫停徽別有啼烏曲東西相背飛倡人怨獨守蕩子殊未歸忽聞生離唱長夜泣羅衣

3 銅雀妓

雀臺三五日弦歌〔一作吹〕似佳期況復西陵晚松風吹縹帷危絃斷復續妾心傷此時誰何〔一作言〕留客袂還〔一作翻〕掩望陵悲

4 班婕妤怨

應門寂已閉非復後庭時況在青春日萋萋綠草滋妾身似秋扇君恩絕復綦詎憶遊輕輦從今〔一作徒令〕賤妾辭

5 三婦豔

大婦縫羅裙中婦料繡文唯餘最小婦窈窕舞昭

君夫人慎勿去聽我駐浮雲

6 櫂歌行

日暮楚江上江深風復生所思竟何在相望徒盈盈舟子行催棹無所喝流聲

詩

7 詠風 四言

嫋嫋秋聲習習春吹鳴茲玉樹漾此銅池羅幃自舉襟袖乃披懃非楚侍濫賦雄雌

8 侍宴 外編作任助者○以下五言

清宴延多士鴻漸濫微薄臨炎出蕙樓望辰躔菌
閣上征切雲漢儵眺周京洛城寺鬱參差街衢紛
漠漠禁林寒氣晚方秋未搖落皇心重發志賦詩
追並作自昔承天寵於茲被人爵選言非綺綃何
以儷金醴

9 又

茲堂乃峭嶠伏檻臨曲池樹中望流水竹裏見攢
枝欄高景難蔽岫隱雲易垂邂逅逢休幸朱踶曳
青規丘山不可答葵藿空自知

10 三日侍華光殿曲水宴

薰袚三陽暮濯禊元巳初皇心睠樂飲帳殿臨春
渠豫遊高夏諺凱樂盛周居復以焚林日丰茸花
樹舒羽觴環堵轉清瀾傍席跪妍歌已嘹亮妙舞
復紆餘九成變綵竹百戲起龍魚

11 三日侍安成王曲水宴

滙澤良孔殷分區屏中縣躡跨兼流采襟喉邇封
甸吾王奄鄭畢析珪承羽傳不資魯俗移何待齊
風變東山富遊士北土無遺彥一言白璧輕片善

黃金賤餘辰屬上元一作已清祓追前諺持此陽瀨
遊復展城隅宴芳洲亘千里遠近風光扇方歡厚
德重誰言薄遊倦

12 春日從駕幸新亭應制

旭日輿輪動言追河曲遊紆餘出紫陌迤邐度青
樓前驅掩蘭徑後乘歷芳洲春色江中滿日華巖
上留江風傳葆吹巖華映采旂臨渦起鼉作駟馬
暫停軿侍從榮前阮雍容慙昔劉空然等彈翰非
徒嗟未道

13 侍宴集賢堂應令

北閣時既啟 西園又已關 宮屬引鴻鷺 朝行命金瑋
碧伊臣獨何 取隆恩 徒自昔 布武登玉墀 委坐倍
瑤席 綢繆參宴笑 淹留奉觴醳 壺人告漏晚 煙霞
起將夕反景入池林 餘光映泉石

14 侍宴餞庾於陵應詔

皇心眷將遠 帳餞靈芝側 是日青春獻 林塘多秀
色 芳卉疑綸組 嘉樹似雕飾 遊絲綴鶯領 光風送
綺翼 下輦朝既盈 留宴景將昃 高辯競談端 奇文

爭筆力伊臣獨無伎何用奉吹息

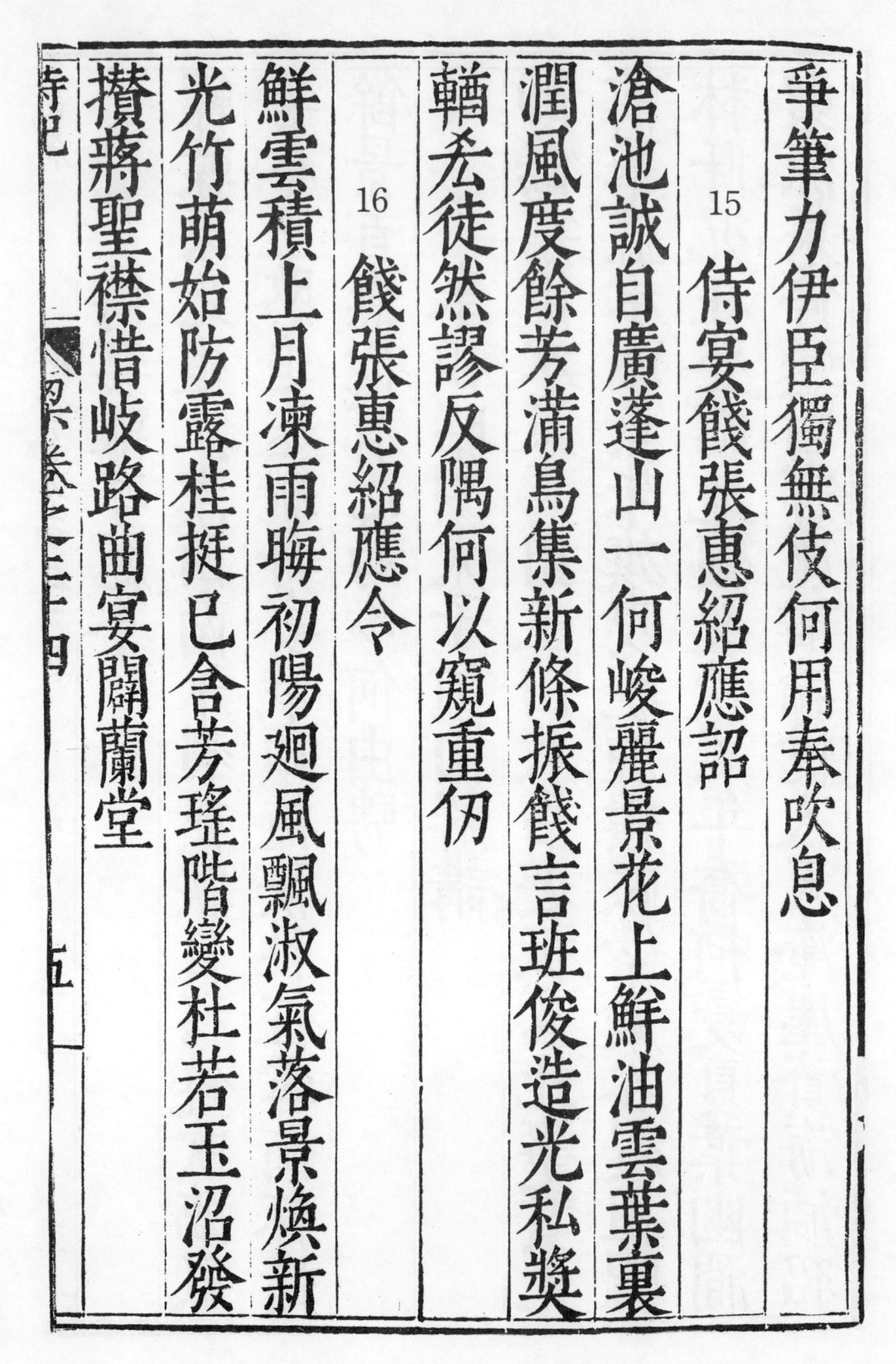

15 侍宴餞張惠紹應詔

滄池誠自廣蓬山一何峻麗景花上鮮油雲葉裏
潤風度餘芳蒲鳥集新條振餞言班俊造光私獎
輶玖徒然謬反隅何以窺重仍

16 餞張惠紹應令

鮮雲積上月凍雨晦初陽迴風飄淑氣落景煥新光竹萌始防露桂挺已含芳瑤階變杜若玉沼發攢蔣聖襟惜岐路曲宴闢蘭堂

17 侍宴離亭應令

輾轆東北望江漢西南永羽旗映日移鐃吹臨風警令王憨追送纚卅宴俄頃掩袂眺征雲銜杯惜餘景首燕徒有心局步何由騁

18 奉和昭明太子鍾山解講

御鶴翔伊水策馬出王田我后遊祇鷲比事實光前翠蓋承朝景朱旗曳曉煙樓帳縈巖谷緹組曜林阡況在登臨地復及秋風年喬柯變夏葉幽澗潔涼泉停鑾對寶座辯論悅人天淹塵資海滴昭

暗仰燈然法朋一已散筯劎儼將旋邂逅逢優渥
託乘侶才賢摛辭雖並命遺恨獨終篇

19 和湘東王理訟

馮翊亂京兆廣漢欲兼治豈若兼邦牧朱輪襄素
帷淮海封畿地雜俗艮在茲禁姦摛銖兩馭點震
豺狸

20 陪徐僕射晚宴〔藝文作陪徐僕射晚宴於兒宅〕

夫君追宴喜十日逝來過築室華池上開軒臨芰
荷方塘交宻篠對靁接繁柯景穆林攺色風去水

餘波洛城雖牛掩愛客待驪歌

21　上虞鄉亭觀濤津渚學潘安仁河陽縣詩

昔余笈賓始衣冠仕洛陽無貲徒有任一命忝爲郎再踐神仙側三入崇賢旁東朝禮髦俊虛薄厠才良遊談侍名理翶管創文章引籍陪下膳橫經絫上庠誰謂服事淺契闊變炎涼一朝謬爲吏結綬去承光烹鮮徒可習 惜一作 治民終未長化雞仰孝碑黃絹語神濤白鷺翔遨遊佳可望釋事上川

季智馴雉推仲康 字魯恭 此城鄰夏穴檽蘁茂筠篁

梁秋江凍雨絕反景照移塘纖羅殊未動駭水忽
如湯午出連山合時如高盖張漂沙黃沫聚礐石
素波揚榜人不敢唱舟子詎能航離家復臨水睿
然思故鄉中來不可絕奕奕苦人腸沂洞若無阻
謝病反清漳

22 太子泩落日望水

川平落日迥落照浦川漲復此 在一作淪波地派別
引沮漳耿耿流長脉熠熠動微光寒烏逐查漾饑
鶂拂浪翔臨泛流一作 自多美況乃此一作 還故鄉榜
詩已

人夜理機權女閨成粧欲待春江曙爭塗向洛陽

23 登陽雲樓

吾登陽臺上非夢高唐客回首望長安千里懷三益顧帷憗入楚降〔一作殊〕私等申白西沮水潦收昭假〔一作〕丘霜露積龍門不可見空慕凌寒柏

24 夕逗繁昌浦

日入江風靜安波似未流岸廻知舳轉解纜覺船浮暮煙生遠渚夕鳥赴前洲隔山聞戍鼓傍浦喧棹謳疑是辰陽宿於此逗孤舟

25 樅口守風

春心已應豫歸路復當歡如何此日風霾瞙駭波瀾條見搖心憭俄瞻鄉路難賴有同舟客移宴息層巒華茵藉初卉芳樽散緒寒譴浪雖云善江流苦未安何由入故園訐節紉新蘭寄謝浮丘子暫欲假飛鸞

26 還渡浙江

季秋弦望後輕寒朝夕殊商人泣絓扇客子夢羅襦憂來自難遣況復阻川隅日暮愁陰合繞樹噪

寒烏濛漠江煙上蒼茫沙嶼蕉解纜辭東越接軸驚西徂懸帆似馳驥飛棹若驚鳧三言歸遊俠窟方從寇盖衢

27 江津寄劉之遴

與子如黃鵠將別復徘徊經過一柱觀出入三休臺共摘雲氣藻同舉霞紋杯佳人每曉遊禁門恒晚開欲寄一言別高駕何由來

28 發建興渚示到陸二黃門 題云酬別非也

扁舟去平樂還顧極川梁猶聞棗下吹尚識杏間 外編作吳均詩

堂洛橋分曲渚官寺隱迴塘客行裁跬步即事已
多傷況復千餘里悲心未遽央

29 酬陸長史俌

王粲始一別猶且歎風雲況余屢之遠與子巫離
羣如何持此念復爲今日分悲宛悵（一作如昨弦）
望殊揮霍行舟雖不見行程猶可度度君路應遠
期寄新詩返相望且相思勞朝復勞晚薄暮闐人
進果得承芳信殷勤覽妙書留連披穉韻冽洲（一作
州）財賦總慈山行旅鎭已切臨睍情遽動思歸引

歸歟不可即　前途方未極　覽諷欲諼誚　研尋還慨
息　來喻勖雕金　比質非所任　虛薄無時用　徘徊守
故林　屏居青門外　結宇灞城陰　竹庭已南映　池牖
復東臨　喬柯貫簷上　垂條拂戶陰　條開風暫入　葉
合影還沈　帷屏溽早露　階霤擾昏禽　衡門謝車馬
賓席簡衣簪　雖愧陽陵春一作曲寧無流水　琴蕭條
聊屬和寂寞少知音　平生竟何託　懷抱共君深一作久
朝四美廢方見　百憂侵日余　濫官守因之　沂廬
九一作
水接淺原陰　山帶荊門右　從容少職事　疲病

踈僚友命駕獨尋幽淹留宿廬阜擅高名豈
岑凌太清舒雲類紫府標霞同赤城北上輪難進
東封馬易驚未若茲山險車騎息逢迎山橫路似
絕徑側樹如傾蒙籠乍一啓磈硊無暫平倚巖忽
廻望援蘿遂上征乍觀秦帝石復憩周王城交峯
隱玉壘對澗距金楹風傳鳳臺響雲渡洛濱笙紫
書時不至丹爐且未成無因追羽翮及爾宴蓬瀛
蓬瀛不可託悵然反城郭時過馬鳴院偶憩鹿園
閣旣異人世勞聊比化城樂影塔圖花樹經臺總

香藥月殿曜朱旙風輪和寶鐸園榱垣一作卽重嶺
階基仍巨礙朝後暖一作響壑棟夜水聲帷薄餘景
驚登臨方宵盡談謔談謔有名僧慧義似傳燈遠
師教逾闈生公道復弘小乘非汲引法善招報能
積迷頓已悟爲懺得未曾爲懺誠已往坐臥猶懷
想況復心所積親一作茲地多諧賞惜哉無輕軸更
泛輪湖上可思不可見離念空盈蕩賈生傳南國
平子相東阿優游匡贊罷縱橫辭賦多方才幸同
貫無令絕詠歌幽谷雖云阻煩君計吏過

答何記室

遊子倦飄蓬，瞻途杳未窮。晨征凌迸水，暮宿犯頹風。出洲分去燕，向浦逐歸鴻。蘭芽隱陳葉，荻苗抽故叢。忽憶園間柳，猶傷江際楓。吾生葉武騎，高視獨辭餘<small>一作雄</small>。旣殫孝王產，兼傾卓氏僮。罷籍雎陽囿，陪謁建章宮。紛余似鑿枘，方圓殊未工。黑貂久自弊，黃金屢已空。去辭追楚穆，還耕偶漢馮。巧拙良爲異，出處嗟莫同。若<small>一作君</small>厭蘭臺右，見訪灞陵東。

31 答張左西

相思如三月相望非兩宮持此連枝樹暫作背飛鴻若人惠思我擒藻蔚雕蟲仙掌方晞露靈烏正轉風方假排虛翮相與北山叢

32 歸沐呈任中丞昉

南史云孝綽天監初為著作郎為歸沐詩以贈任昉即此詩也昉有答詩

步出金華省還望承明廬壯哉宛洛地佳麗實皇居虹蜺拖飛閣蘭芷覆清渠圓淵倒荷芰方鏡寫簪裾白雲夏峯盡青槐秋葉疎自我從人爵蟾兔

屢盈虛殺青徒已汗司舉未云書文昌愧通籍臨
卬幸第如夫君多敬愛蟠木濫吹噓時釋簿領
驂駕入吾廬自唾誠礦砆無以儷璠璵但願長閒
暇酌醴薦焚魚

33 憶虞弟 藝文作與虞弟

下邑非上郡徒然想二馮余憨野王德爾助聖鄉
風望望餘塗盡悽悽良宴終朝蔬一不共夜被何
由同

34 淇上戲蕩子婦

桑中始奕淇上未湯湯羙人要雜佩上客誘明
璫日暗人聲靜微步出蘭房露葵不待勸鳴琴無
暇張翠釵挂已落羅衣拂更香如何嫁蕩子春夜
守空牀不見青絲騎徒勞紅粉粧

35 愛姬贈主人

臥久凝粧脫鏡中私自看薄黛銷將盡疑朱半有
殘垂釵繞落鬢微汗染輕紈同羞不相難對笑更
成歡妾心君自解挂玉且留冠

36 為人贈美人

巫山薦枕日洛浦獻珠時一遇便如此寧關先有期幸非使君問莫作羅敷辭夜長眠復坐誰知閤斂眉欲寄同花燭爲照遙相思

37 遙見鄰舟主人投一物衆姬爭之有客請

余爲詠

河流旣浼浼河鳥復關關落花浮浦出飛雜度洲遲此日倡家女競嬌桃李顏良人惜美珥欲以代芳菅新練疑故素盛趙茂衰班曳綃爭掩縠搖佩奮（一作鳴）環客心空振蕩喬枝不可攀

奪一作鳴

38 古意

燕趙多佳麗白日照紅粧蕩子十年別羅衣雙帶長春樓怨難守玉階空自傷復（一作此歸飛燕銜）泥繞曲房茎池入綺幕上下傍雕梁故居猶可念故人安可忘相思昏望絕宿昔夢容光冤交衣裳空使蘭御轉側定他鄉徒然顧枕席誰與同膏夜熠熠對繁霜

39 報王永興觀田

重門寂已暮案牘罷貰塵輕涼生筍席微風起扇

輪浮瓜聊可貴濫酒亦成珎復有寒泉井兼以瑩
心神睇彼忘言客閴居伊洛濱顧已慙困地徒知
薑桂辛但願崇明德無謂德無鄰

40 詠有人乞牛舌乳不付因餉檳榔詩

陳乳何能貴爛舌不成珎空持渝皓齒非但汙丹
唇別有無枝實曾要湛上人羞比朱櫻熟詎易紫
梨津莫言帶中久當看心裏新微芳雖不足含咀
願相親

41 夜不得眠

夜長愁反覆懷抱不能裁披衣坐惆悵當戶立徘
徊風音觸樹起月色度雲來夏葉依窓落秋花當
戶開光陰已如此復持憂自催

42 望月有所思

秋月始纖纖微光垂步簷朣朧入牀簟髣髴鑒窓
簾簾螢隱光息簾蟲映光織玉羊東北上金虎西
南昃長門隔清夜高堂夢容色如何當此時懷情
滿曾臆

43 校書秘書省對雪詠懷

桂華殊皎皎柳絮亦霏霏詎比咸池曲飄颭千里飛恥均班女扇羞儷曹人衣浮光亂粉壁積照朗彤闈鶼鶒搖翅歸相彼猶自得嗟余獨有違終朝守玉署方夜勞石扉未能奏緗綺何由辨國園坐銷風露質遊聯珠璧暉偶懷笨車是良知高蓋非旣言謝端木無為陳巧機

44 詠百舌

山人惜春暮旭旦坐花林復值懷春鳥枝間弄好音遷喬聲迥出赴谷響幽深下聽長而短時聞絕

復尋孤鳴若無對百囀似羣吟昔聞屢歡昔今聽
忽悲今聽聞非殊異遲暮獨傷心

45 侍宴同劉公幹應令 同疑作擬

副君西園宴陳王謁帝歸列位華池側文雅縱橫
飛小臣輕蟬翼黽勉謬相追置酒陪朝日淹留望
夕霏

46 賦詠百論捨罪福詩

尋因途乃異及捨趣猶并苦極降歸樂樂極苦還
生豈非輪轉愛皆緣封著情一知心相濁樂染法

流清

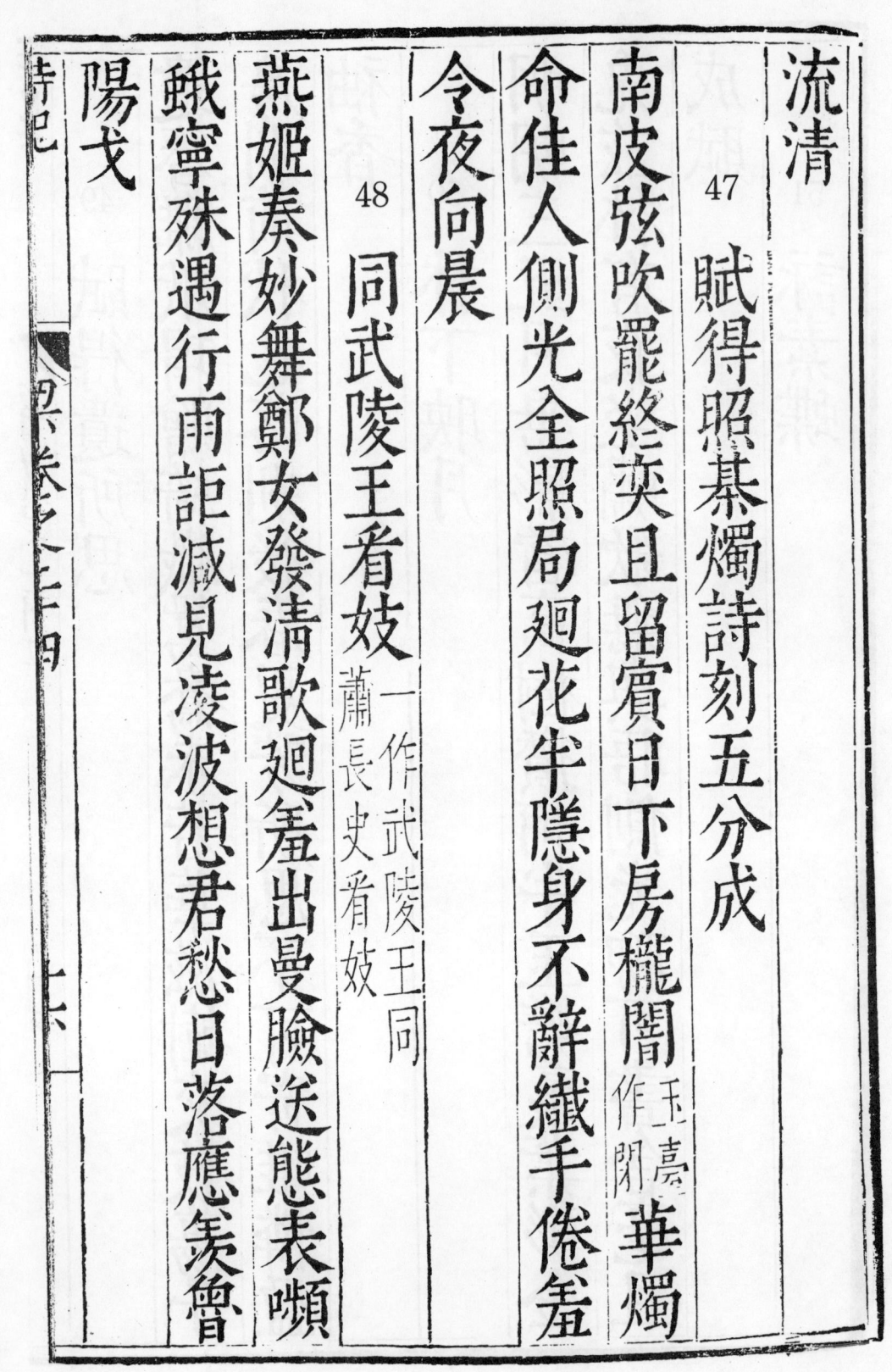

47 賦得照其燭詩刻五分成

南皮弦吹罷終奕且留賓日下房櫳闇作閉華燭

命佳人側光全照局廻花半隱身不辭纖手倦羞

令夜向晨

48 同武陵王看妓 一作武陵王同蕭長史看妓

燕姬奏妙舞鄭女發清歌廻羞出曼臉送態表嚬

蛾寧殊遇行雨詎減見凌波想君愁日落應篸魯

陽戈

49 賦得遺所思

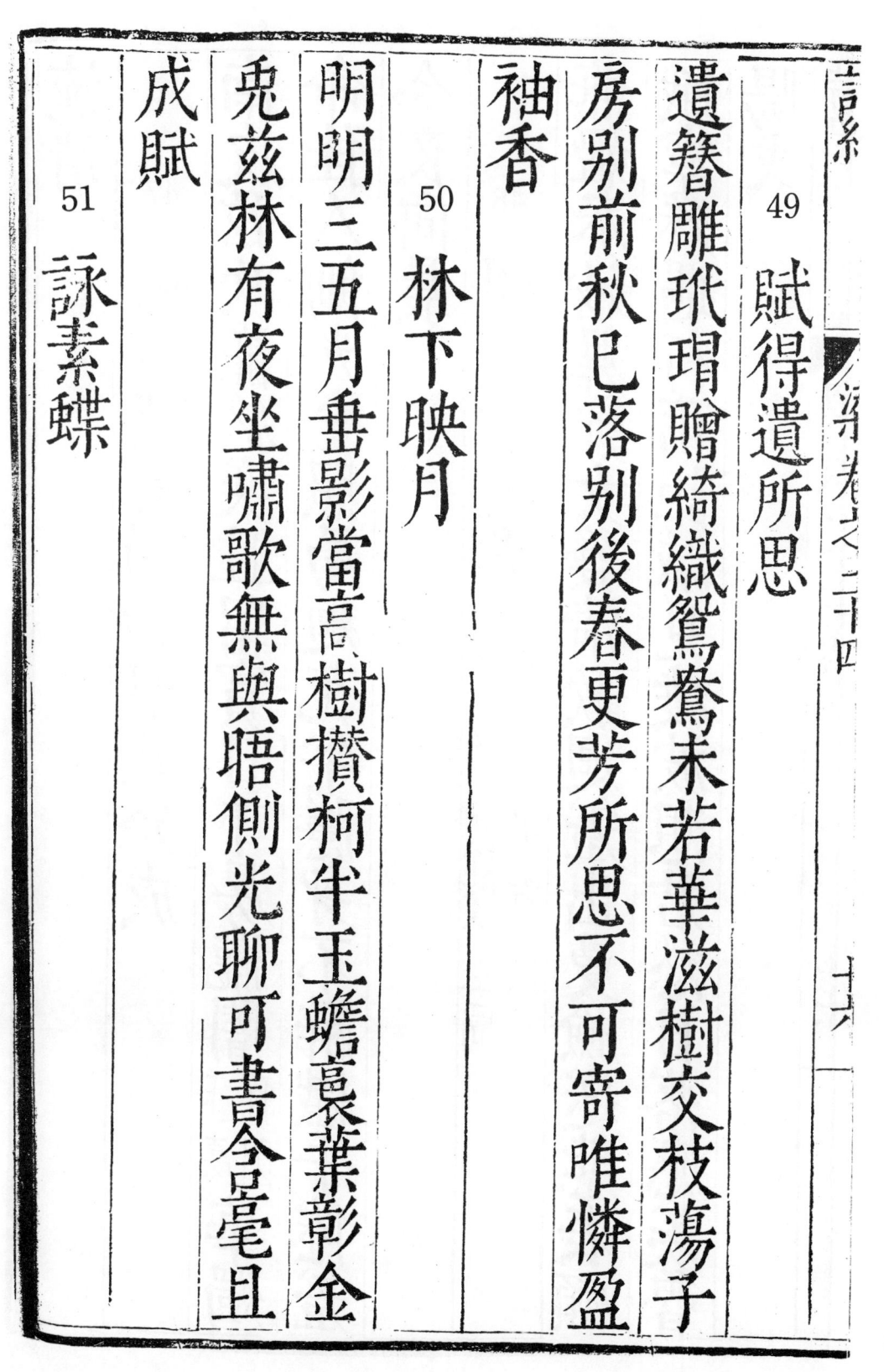

遺簪雕珮贈綺織鴛鴦未若華滋樹交枝蕩子房別前秋已落別後春更芳所思不可寄唯憐盈袖香

50 林下映月

明明三五月垂影當高樹攢柯牛玉蟾裛葉彰金兔茲林有夜坐嘯歌無與晤側光聊可書今宜且成賦

51 詠素蝶

随蜂远绿蕙避雀隐青薇映日忽争起因
归出没花中见参至叶际飞芳华幸勿谢嘉树欲
相依

52 於座應令詠梨花

玉壘稱津潤金谷詠芳菲詎匹龍樓下素蕊映華
扉雜雨疑霰落因風似蝶飛登不憐飄墜願
一作朱
入九重闈

53 秋雨臥疾

賈君徑役少潘生民務稀及此同多暇高臥掩重

閨寂寂桑榆晚滂沱曀不晞電隙時光帳風簾乍
和擬作扉

奉和湘東王應令二首

54 春宵

春宵猶自長春心非一傷月帶圓樓影風飄花樹
香誰能對雙燕暝暝守空牀

55 冬曉

冬曉風正寒偏念客衣單臨粧罷鉛黛含淚剪綾
紈寄語龍城下詎知書信難

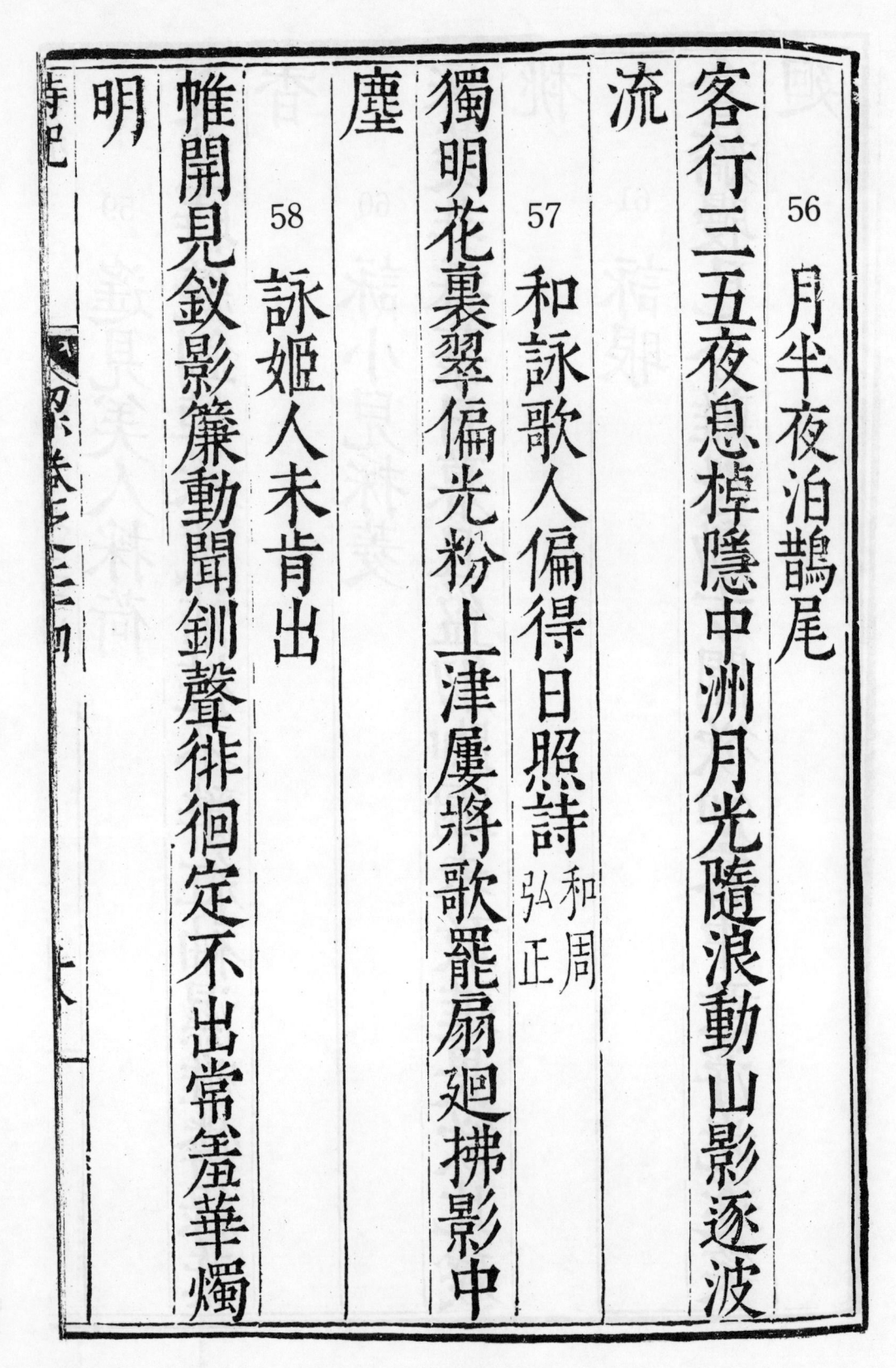

56 客行三五夜息棹隱中洲月光隨浪動山影逐波流

月半夜泊鵲尾

57 和詠歌人偏得日照詩 和周弘正

獨明花裏翠偏光粉上津屢將歌罷扇廻拂影中塵

58 詠姬人未肯出

帷開見釵影簾動聞釧聲徘徊定不出常至畏華燭明

59 採菱

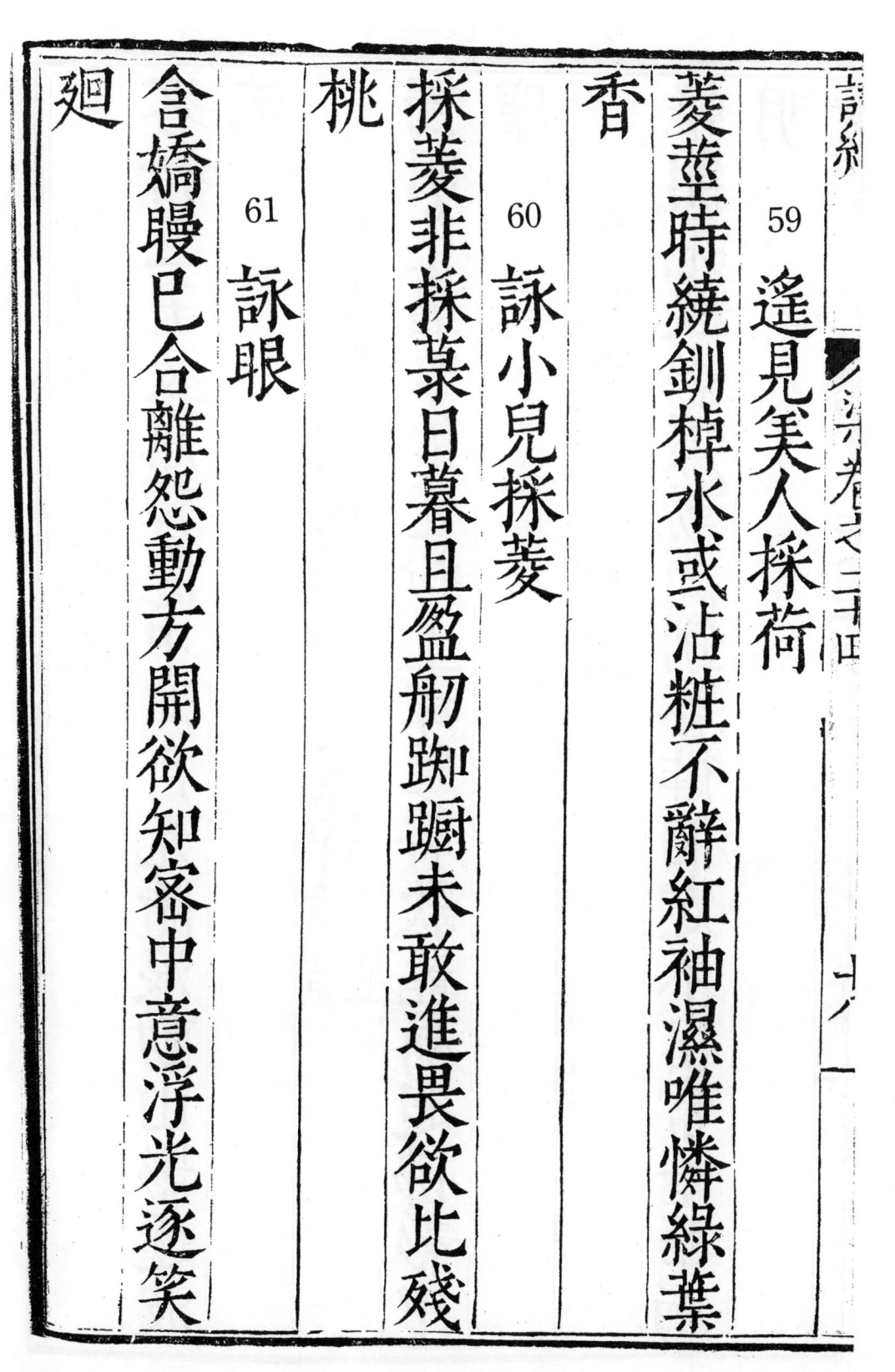

菱莖時繞釧棹水或沾粧不辭紅袖濕唯憐綠葉遙見美人採荷

香

60 詠小見採菱

採菱非採莢日暮且盈舡跼蹐未敢進畏欲比殘桃

61 詠眼

含嬌曬已合離怨動方開欲知密中意浮光逐笑廻

62 擬古 見何遜集

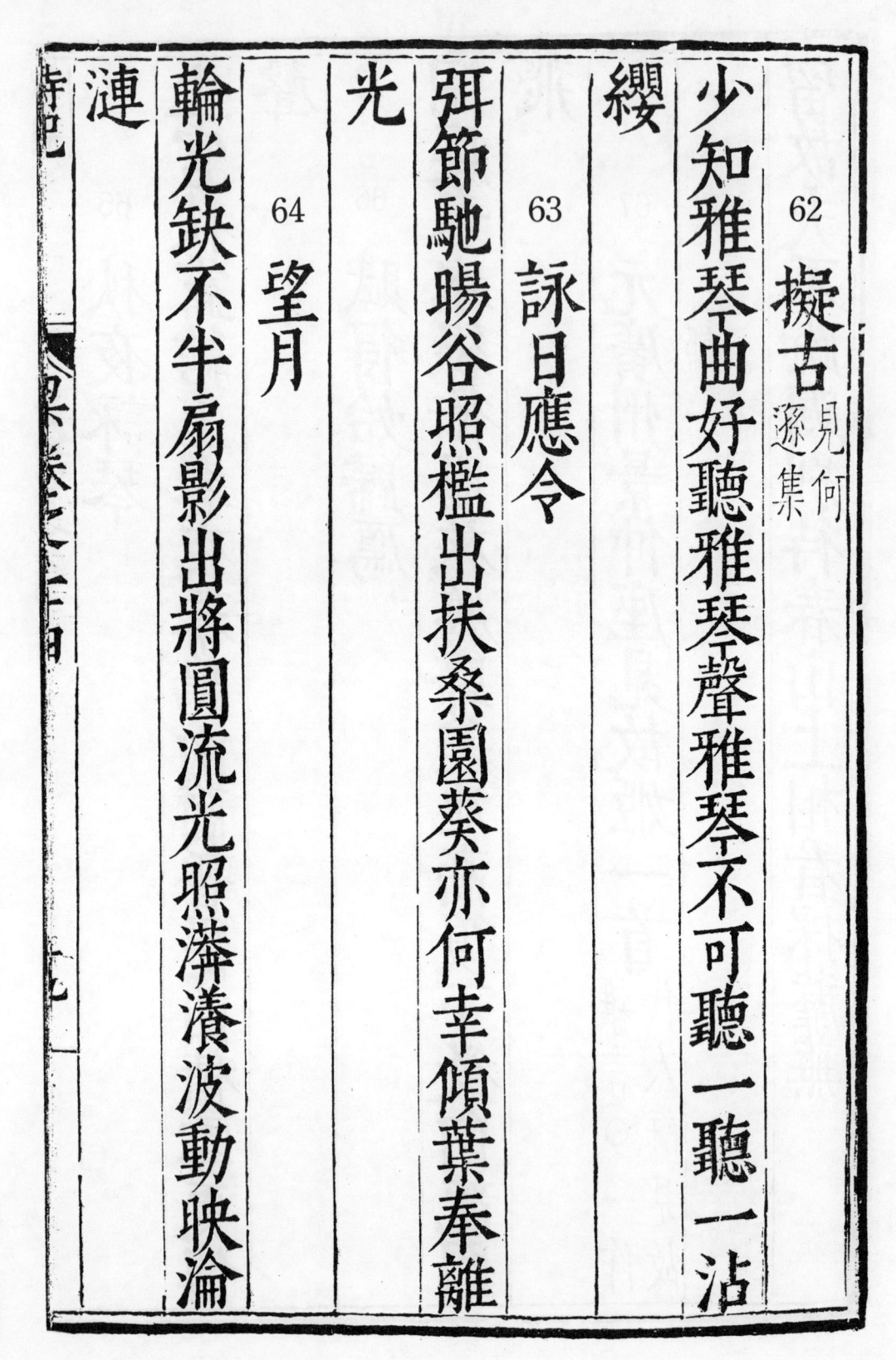

少知雅琴曲好聽雅琴聲雅琴不可聽一聽一沾纓

63 詠日應令

珥節馳暘谷照檻出扶桑園葵亦何幸傾葉奉離光

64 望月

輪光缺不半扇影出將圓流光照漭瀁波動映淪漣

65 秋夜詠琴

上宮秋露結上客夜琴鳴幽蘭暫罷曲積雲更傳聲

66 賦得始歸鴈

洞庭春水綠衡陽旅鴈歸差池高復下欲向龍門飛

67 元廣州景仲座見故姬一首 雜言○一作代人詠見故姬

留故夫不跴蹋別待春山上相看採蘼蕪

68 東林寺詩 （底本：大正藏本『廬山記』卷四）

朝猿響甍棟　夜水聲帷箔
月殿耀珠幡　風輪和寶鐸

69 詩 （底本：『韻補』卷二・下平聲一「先」韻）

無因停合浦　見此去珠還
行衣侵曉露　征舠犯夜湍

70 三光篇 (底本…『初學記』卷一)

三光垂表象　天地有晷度
聲和善響應　形立景自附
素日抱玄鳥　明月懷靈兔